● 丛书主编 庆振轩

故事里的文学经典

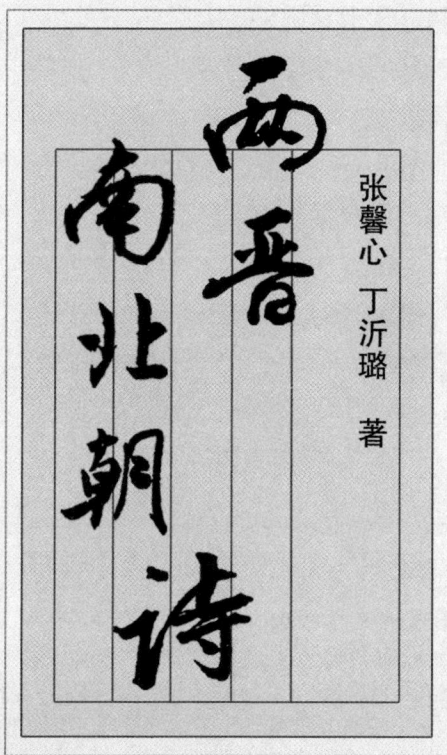

两晋南北朝诗

张馨心 丁沂璐 著

兰州大学出版社

图书在版编目（ＣＩＰ）数据

故事里的文学经典. 两晋南北朝诗 / 张馨心，丁沂
璐著. -- 兰州：兰州大学出版社，2014.10（2019.9重印）
ISBN 978-7-311-04592-0

Ⅰ. ①故… Ⅱ. ①张… ②丁… Ⅲ. ①古典诗歌－诗
歌欣赏－中国－魏晋南北朝时代 Ⅳ. ①I206.2

中国版本图书馆CIP数据核字(2014)第246787号

策划编辑　张　仁
责任编辑　锁晓梅
装帧设计　张友乾
───────────────────────────
书　　名　**故事里的文学经典　两晋南北朝诗**
作　　者　张馨心　丁沂璐　著
出版发行　兰州大学出版社　（地址：兰州市天水南路222号　730000）
电　　话　0931-8912613(总编办公室)　0931-8617156(营销中心)
　　　　　0931-8914298(读者服务部)
网　　址　http://press.lzu.edu.cn
电子信箱　press@lzu.edu.cn
印　　刷　三河市金元印装有限公司
开　　本　710 mm×1020 mm　1/16
印　　张　11.75
字　　数　193千
版　　次　2014年12月第1版
印　　次　2019年9月第3次印刷
书　　号　ISBN 978-7-311-04592-0
定　　价　23.50元
───────────────────────────
（图书若有破损、缺页、掉页可随时与本社联系）

学海无涯乐作舟

——"故事里的文学经典"系列序言

北宋文坛领袖欧阳修曾说:

> 立身以求学为先,求学以读书为要。

欧阳修是一位政治家、思想家、改革家,也是一位教育家,他认为人生如果要有一番作为,就要努力求学读书。千余年过去,时至今日,立志向学,勤奋读书,教育强国,已经形成社会共识。然而读什么书,如何读书,依然是许多人困惑和思考的问题。

人们常说"开卷有益",又说"好书不厌百回读",所谓的好书、有益的书,应该指的是经典作家的经典作品。何谓经典?瑞士作家赫尔曼·黑塞在《获得教养的途径》中认为,经典作品是"我正在重读",而不是"我正在读"的书。人文学科都有各自的经典作家和经典作品,诸如"哲学经典"、"史学经典"、"文学经典"等等。范仲淹曾经说过:"劝学之要,莫尚宗经。宗经则道大,道大则才大,才大则功大。"(《上时相议制举书》)儒家把《诗经》、《尚书》、《仪礼》、《乐经》、《周易》、《春秋》尊为"六经",文人学士研修经典的目的是为了经世致用,"六经之旨不同,而其道同归于用"。"故深于《易》者长于变,深于《书》者长于治,深于《诗》者长于风,深于《春秋》者长于断,深于《礼》者长于制,深于《乐》者长于性。"(陈舜俞《说用》)范仲淹与其再传弟子陈舜俞都是从造就经邦济世的通才、大才的角度论述儒家经典的。但古人研读经典,由于身份不同、目的不同,取径也不尽相同。郭绍虞在《中国文学批评史》中指出:"古文家、道学家和政治家一样的宗经,但是古文家于经中求其文,道学家于经中求其道,而政治家则于经中求其用。"

就文学经典而言,文学经典指的是具有深厚的人文意蕴和永恒的艺术价值,为一代又一代读者反复阅读、欣赏、接受和传承,能够体现民族审美风尚和美学精神,具有广阔的阐释空间和当代存在性,能不断与读者对话,并带来新的

发展,让读者在静观默想中充分体现主体价值的典范性权威性文学作品。"经也者,恒久之至道,不刊之鸿论。"(刘勰《文心雕龙·宗经》)

由于经典之作要经历时间和读者的检验,所以经典作家、经典作品经典化的过程会给我们一些有益的启示:读者和作家一起赋予了经典文学的经典含义。即就宋词而言,词体始于隋末唐初,发展于晚唐五代,极盛于两宋。但在宋代,词乃小道,不登大雅之堂,终宋一代,宋词从未取得与诗文同等的地位。欧阳修在《归田录》中曾记载:

> 钱思公(惟演)虽生长富贵,而少所嗜好。在西洛时,尝语僚属言:平生唯好读书,坐则读经史,卧则读小说,上厕则读小词。盖未尝顷刻释卷也。

虽然欧阳修之意在赞扬钱惟演好读书,但言及词则曰"小词",且小词乃上厕所所读,则其地位可知。即就宋代词坛之大家如苏轼,在被贬黄州时,为避谤避祸,开始大量作词;辛弃疾于痛戒作诗之时从未中断写词的事实,也可略知其中信息。直至后世的读者研究者,越来越感知和发现了词体的独特的魅力——"词之为体,要眇宜修,能言诗之所不能言,而不能尽言诗之所能言。诗之境阔,词之言长"(王国维《人间词话》),才把词坛之苏辛,视如诗坛之李杜,赋予了宋词与唐诗相提并论的地位。

其他文体中如元杂剧之《西厢记》、章回小说之《水浒传》,也曾被封建卫道士视为"诲盗诲淫"之洪水猛兽而遭到禁毁,但名著本身的价值、读者的喜爱和历史的检验,奠定了它们经典之作的地位。

在一些经典作品经典化的过程中,读者甚至参与了经典作品的创作。李白的《静夜思》就是一个典型的个例。从文献学的角度看,宋代刊行的《李太白文集》《李翰林集》中《静夜思》的原貌为:

> 床前看月光,疑是地上霜。
> 举头望山月,低头思故乡。

当代著名学者瞿蜕园、朱金城、安旗、詹瑛所撰编年校注、汇释集评本《李太白集》也全依宋本。但从明代开始,一些唐诗的编选者(读者)开始改变了《静夜

两晋南北朝诗

思》的字句,形成了流行今日的李白的《静夜思》:

床前明月光,疑是地上霜。
举头望明月,低头思故乡。

所以,经过了历史长河的淘洗和历代无数读者检验而存留至今的中华文明宝库中的经典文学作品,是中华民族精神智慧的结晶。那么,在大力弘扬与传承优秀传统文化的今天,我们应该怎样学习阅读自《诗经》、《楚辞》以来的文学经典? 古人的一些经典之作和经典性论述可以为我们借鉴。

横看成岭侧成峰,远近高低各不同。
不识庐山真面目,只缘身在此山中。

这是苏轼在元丰七年四月,自九江往游庐山,在山中游赏十余日之后所写的《题西林壁》诗。一生好为名山游的苏轼,在畅游庐山的过程中,庐山奇秀幽美的胜景,让诗人应接不暇。苏轼于游赏中惊叹、错愕,领略了前所未有的超出想象的陌生的美感。初入庐山,庐山突兀高傲,"青山若无素,偃蹇不相亲。要识庐山面,他年是故人。"移步换景,处处仙境,诗人喜出望外,"自昔忆清赏,初将杳霭间。如今不是梦,真个在庐山!"庐山幽胜美不胜收,于是诗人在《题西林壁》这首由游山而感悟人生的诗作中,寄寓了发人深思的理趣。苏轼之后,人们从不同的角度解读诗作给予人们的启悟。王国维《人间词话》中说:

两晋南北朝诗

诗人对于宇宙人生,须入乎其内,又须出乎其外。入乎其内,故能写之;出乎其外,故能观之。入乎其内,故有生气;出乎其外,故有高致。

而苏轼的《题西林壁》正是诗人对于人生对于庐山既入乎其内,又出乎其外的带有特有的东坡印记的智慧之作。古往今来,向往庐山,畅游庐山的游人难以数计,而神奇的庐山给予游人的感触各有不同,何以如此呢? 因为万千游客,虽同游庐山,但经历不同,观赏角度有别,学识高下不一,游赏目的异趣,他们都领略的是各自心目中的庐山,诚所谓"横看成岭侧成峰,远近高低各不同"。也正如钱钟书《谈艺录》中所说："盖任何景物,横侧看皆五光十色;任何情怀,反复说皆千头万绪。非笔墨所易详尽。"所以,换个角度看世界,世界会更加丰富多彩;换个角度看人生,现实人生就会更具魅力;换个角度读经典,你会拥有你自己的经典,经典会更加经典。

千江有水千江月,千江水月各不同。古今中外的许多经典作家正是以独特的眼光观察大千世界,以独到的思维角度思考人生,以生花妙笔写人叙事,绘景抒情,继往开来,推陈出新,创造出一部部永恒的经典。"不畏浮云遮望眼,只缘身在最高层。"经典之所以为经典,其要因之一就是经典作家能够站在时代的制高点上,眼光独到,视点独特,思想深邃,能发前人之所未发。即以被称为"拗相公"的王安石为例,作为勇于改革的政治家,思想深刻的思想家,他的诗、文、词创作都具有鲜明的个性特色。四川大学中文系古典文学教研室选注的《宋文选·前言》中说:

> 王安石的文章大都是表现他的思想见解,为变法的政治斗争服务的,思想进步故识见高超,态度坚决故议论决断。其总的特色是在曲折畅达中气雄词峻。议论文字,无论长篇短说,都结构谨严,析理透辟,概括性强,准确处斩钉截铁,不可移易。

这一段话是评价王安石散文风格的,用来概括他的诗词特色也颇为恰切。王安石由于个性独特,识见高超,所以喜欢做翻案文章。他的这一类作品不是为翻案而翻案,而是确有独到深刻的见解,其《读史》、《商鞅》、《贾生》、《乌江亭》、《明妃曲》均是如此。即以其《贾生》而言,司马迁《史记》有《屈原贾生列传》,对贾谊的同情叹惋之意已在其中。李商隐因自己人生失意,对贾谊抑郁失意更为关注,其《贾生》诗曰:

> 宣室求贤访逐臣,贾生才调更无伦。
> 可怜夜半虚前席,不问苍生问鬼神。

这首咏史诗在切入点的选取上颇为独到,在对贾谊遭际的咏叹抒写之中,蕴含着深沉的政治感慨和人生伤叹,而这种感慨自伤情怀颇能引起后世怀才不遇之士的情感共鸣,给予了高度评价。但王安石评价历史人物的着眼点则跳出

了个人人生君臣遇合的得失,立足于是否有用于世有助于时的角度,表达了独特的"遇与不遇"的人生价值观。遇与不遇,不在于官场职位的高低,而在于胸怀谋略是否得以实行,是否于国于民有益:

> 一时谋议略施行,谁道君王薄贾生。
> 爵位自高言尽废,古来何啻万公卿。

以人况己,以古喻今,振聋发聩,这样的诗作才当得上"绝大议论,得未曾有"的美誉。无论是回首历史,还是关注现实,抑或是感受人生,往往因作者的视角不同,立场观念有别,而感发不一,所写诗文,各呈异彩。

但是我们在阅读体验中还发现了一些很有趣的现象:读者有时所欣赏的并不是作者的得意之作,而有时候作者所自珍的,读者却有微词。欧阳修《六一诗话》有这样一段文字:

> 晏元献公文章擅天下,尤善为诗,而多称引后进,一时名士往往出其门。圣俞平生所作诗多矣,然公独爱其两联,云"寒鱼犹著底,白鹭已飞前",又"絮暖鲥鱼繁,露添莼菜紫"。余尝于圣俞家见公自书手简,再三称赏此二联。余疑而问之,圣俞曰:"此非我之极致,岂公偶自得意于其间乎?"乃知自古文士不独知己难得,而知人亦难也。

欧阳修这种阅读体验不止一端,刘攽《中山诗话》记载:永叔云:"知圣俞者莫如某,然圣俞平生所自负者,皆某所不好。圣俞所卑下者,皆某所称赏。"于是也感慨知心赏音之难。

正因为知心赏音之难,所以古人强调阅读欣赏应该知人论世。于是了解探究历史,就有"纪事本末"类的系列著述。阅读欣赏诗词,即有《本事诗》、《本事词》、《词林纪事》、《唐诗纪事》、《宋诗纪事》、《明诗纪事》、《清诗纪事》等著作;阅读唐宋散文,也有《全唐文纪事》、《宋文纪事》之类的著述。对于读者而言,这些著述有助于我们由事知史,由事知人,进而由事知诗,由事知词,由事知文;或者说有助于我们加深对相关诗、词、文的深入了解。正是从这个视点出发,出于弘扬传统文化,建设社会主义精神文明的责任感与使命感,兰州大学出版社策划出版"故事里的文学经典"、"故事里的史学经典"、"故事里的哲学经典"(统称为

"换个角度读经典")系列丛书,同样出于历史使命感,我们愉快地接受了"故事里的文学经典"系列的撰写工作,首批包括《故事里的文学经典之唐五代词》、《故事里的文学经典之唐文》、《故事里的文学经典之宋文》、《故事里的文学经典之北宋诗》、《故事里的文学经典之南宋诗》、《故事里的文学经典之元曲》、《故事里的文学经典之唐诗》、《故事里的文学经典之宋词》。

当凝聚着丛书的策划者和撰著者共同心血的著述即将付梓之际,我们为和兰州大学出版社这次愉快的合作感到由衷的高兴,因为共同的弘扬优秀传统文化的目标,出好书就成为我们共同的意愿,所以撰写以至出版的一些具体问题,就很容易通过沟通达成一致。参与丛书撰写的同仁均长期从事中国古典文学的教学科研工作,怎样让经典文学作品走出大学的讲堂,走向社会,走向千家万户,是我们长期思考的问题;而由学者在一定研究基础上撰写的,面向更为广大的读者群的融学术性的严谨和能给予读者阅读的知识性、愉悦性则是出版社策划者的初衷。合作的愉快也为我们下一步自汉魏至明清诗、词、文部分的写作奠定了良好的基础。

由"本事"或者说由"故事"入手诠解阅读文学经典是我们的共识。

那些与诗、词、文密切相关的"本事",在古典文学名篇佳作的赏鉴研读中,主要是指与相关作品的创作、传播以及作家的生平遭际有关的"故事",抑或是趣事逸闻,其本身就是最通俗、最形象吸引读者的"文学评论",许多流誉后世的名篇佳作,几乎都伴随有引人入胜的"故事"或传说。这些故事或发生于作家写作之前,是为触发其写作的契机,所谓"感于哀乐,缘事而发";或是出于一种自觉的责任感使命感,"文章合为时而著,歌诗合为事而作"。而有些诗文本身就在讲故事,史传文学本身就与后世小说特别是传奇小说有千丝万缕的联系,所以唐宋散文中的一些纪传体散文名篇诸如《张中丞传后叙》、《段太尉逸事状》、《杨烈妇传》、《唐河店妪传》、《姚平仲小传》等颇具小说笔法。即如范仲淹之《岳阳楼记》,王庭震《古文集成》中也记述说:

> 《后山诗话》云:"文正为《岳阳楼记》,用对语说时景,世以为奇。尹师鲁读之,曰:'传奇'体耳!"《传奇》,唐裴铏所著小说也。

有些诗歌也是感人的叙事诗,在很多读者那里了解的苏小妹的故事,只是民间的传说,得之于话本小说《苏小妹三难新郎》、近年新编的影视作品《鹊桥

两晋南北朝诗

仙》等。人们出于良好的心理愿望,去观看欣赏苏小妹和秦观的所谓爱情佳话,让聪明贤惠的苏小妹和苏轼最得意的门生秦观在虚构的小说、戏曲、影视作品中成就美好姻缘,而不去考虑受虐病逝于皇祐四年(1052)的苏洵最小的女儿、苏轼的姐姐八娘,和出生在皇祐元年(1049)的秦观结为秦晋之好是根本不可能的!而苏洵的《自尤》诗即以泣血之情记述了爱女所嫁非人,被虐致死的锥心之痛。但长期以来,由于资料的散佚,一些研究苏轼的专家对此亦语焉不详,台湾学者李一冰所著《苏东坡新传》即曰:

苏洵痛失爱女,怨愤不平,作《自尤》诗以哀其女(今已不传)。

我们依据曾枣庄先生《嘉祐集笺注》收录了《自尤》诗并叙,并未多加诠释,因为诗作本身就为我们含悲带愤地讲述了一个凄惨的八娘的短暂的一生的悲剧故事。苏小妹不是一个传说!

当然,也有一些故事发生在诗作传播之后,如《舆地广记》和《艇斋诗话》都记载,苏轼"为报先生春睡美,道人轻打五更钟"传到京城,章惇认为东坡生活快活安稳,于是又把诗人贬到海南。但是不论诗人是直书其事,还是借史言事,是因事论事,还是即事兴感,与诗作相关与诗人遭际相关的故事,都有助于我们对经典诗文在知人论世的基础上去读解诠释。

在"换个角度读经典"系列丛书之"故事里的文学经典"(第一批)将要出版发行之际,我们对兰州大学出版社的张仁先生、张映春女士为之付出的大量心血和兢兢业业一丝不苟的敬业精神表示由衷的感佩;对兰州大学文学院党政领导班子,特别是张炳成同志对于丛书的写作出版自始至终的关注支持深表感谢。同时,由于切入角度不同,对于相关诗、词、曲、文名篇的诠解也仅是我们的一得之见,所以我们热望广大读者多提宝贵意见,书山有路勤为径,学海无涯乐作舟,愿读者诸君和我们一起愉快阅读经典的同时,换个角度,读出我们各自心目当中的经典。

庆振轩

二〇一三年八月于兰州

目　录

两　晋

两晋南北朝诗

两晋南北朝诗

南　朝

两晋南北朝诗

两晋南北朝诗

两晋

两晋时期的名士们有一种不同于流俗,甚至不同于任何历史时期的言谈举止,也即后世所称道的"魏晋风度"。风度不仅仅是个人文化素质与精神状态在言谈与仪表上的反应,对于一定的社会阶层来说,风度集中体现了他们的人生观和世界观,集中塑造了他们的社会形象。它不仅是一种政治和文化现象,而且深深影响着人们的心理与行为,从而构成了这一时代所特有的社会现象。

鲁迅把魏晋风度归结为药与酒、姿容、神韵,李泽厚补充说:"还必须加上华丽好看的文采辞章。"宗白华在《美学散步》中评价两晋诗时则说:"晋人向外发现了自然,向内发现了自己的深情。山水虚灵化了,也情致化了。陶渊明、谢灵运这般人的山水诗那样的好,是由于他们对于自然有那一股新鲜发现时身入化境、浓酣忘我的趣味。"以"兰亭名士"(谢安、王羲之、王徽之、孙绰、许询等人)为代表的晋代名士,多有优秀的诗篇传世,为人则以狂放不羁、率真洒脱而著称,形成中国历史上绝无仅有的"魏晋风流"。

两晋南北朝诗

三国英雄士,四朝经济臣

——一代名将司马懿

晋宣帝司马懿有着显赫的家世和相当出色的个人奋斗简历。司马懿的高祖司马钧是汉安帝时的征西将军,曾祖司马量为豫章太守,祖父司马隽为颍川太守,父亲司马防做到了京兆尹,都是军队将领或地方长官。司马防育有八子,因字中都有一个"达"字,又都是十分出色和优秀的人,所以当时被称为"司马八达",其中最出色的就是司马懿。

司马懿

司马懿从小就聪明好学,史书记载他"少有奇节,聪明多大略,博学洽闻,伏膺儒教",不仅聪明,还遵循儒家思想,自幼就已经可以看出具备雄才大略的潜质了。当时的很多名人在见到司马懿后都认为这是个不寻常的人物。南阳太守杨俊特别善于发现别人的才能,一向以知人善任著称。司马懿二十岁前,杨俊曾见过他,说他绝对不是个普通人,以后一定会成就一番事业;尚书崔琰与司马懿的兄长司马朗关系很好,他也曾对司马朗说:"你弟弟聪明懂事,做事果断,英姿不凡,不是你所能比得上的。"正是因为大家都看出了司马懿的才能,所以也对他多加维护,隐士胡昭就曾经救过司马懿。少年时的司马懿因为和同郡的周生等人结怨而被谋害,胡昭知道后不顾风险,四处寻找,终于及时在崤山渑池之间找到周生一行,请求他们放过司马懿,周生开始不肯,但胡昭哀哀哭泣,不断恳求,最终用自己的诚意感动了周生,救出了司马懿。

司马懿也果然不负杨俊等人对他的评价和胡昭对他的维护,在建安六年,也就是公元201年时,因为声名渐起,被郡中推举为上计掾,上计是指地方官员向朝廷申报一年中的租赋、刑狱、选举等情况的制度,上计掾就是辅佐州郡上计事务的官员,是个十分重要的职位,上计掾的工作涉及地方政府每年工作的方方面面。司马懿能够被推荐任此职,可见他在州郡中名气是很大的。当时曹操正任司空一职,听说了司马懿的名声后,想要招揽他,就派人召他到府中任职。可是司马懿见汉朝国运已经走向衰微,就不想投奔曹操,便以自己有风痹病,身体不能自由活动为借口来推辞。曹操一向多疑,这样的借口他当然是不相信的,于是派人在深夜去司马懿家刺探消息,而司马懿也早就料到了曹操一定会来探查,早早就躺在了床上,一动不动,真像染上风痹一样,成功地骗过了曹操派去的人。

曹操明知司马懿是假借生病,逃避征召,虽然当时没有拆穿,却也始终没有放弃延揽司马懿的念头。建安十三年(公元208年),曹操官至丞相,马上就用强制手段征辟司马懿为文学掾。担心司马懿再次找借口推脱,曹操对派去征辟的使者说:"若复盘桓,便收之。"意思是如果司马懿还要找借口拖延,或者拖拖拉拉不愿意来做官的话,就直接把他关到牢房里面去。司马懿听说之后心存畏惧,只得屈从,终究还是在曹操手下做了官。曹操知道他的才华,就让他和太子往来,历任黄门侍郎、议郎、丞相东曹属、丞相主簿等职。

而《魏略》中对这件事则有完全不同的记载:司马懿好学,知识很是渊博,曹洪自以为才疏学浅,就想让司马懿去帮助他。司马懿也了解曹洪的为人,认为和曹洪来往是很丢脸的事,就拄着拐杖假装腿瘸,拒绝了曹洪。曹洪为了这件事很是记恨司马懿,就去跟曹操打小报告,曹操征召司马懿,司马懿认为曹操能够成就大业,于是立刻扔了拐杖去见曹操,为其效力。很明显,这则记载突出了曹操的雄才英姿对人才的吸引力,强调司马懿是主动为曹操效力,而绝不是曹操欣赏他的才华,再三延揽,甚至用了强迫的手段让司马懿勉强追随。两段记载差距很大,当然了,《魏略》本身就是魏国的史书,自然要为曹操说好话,把曹操塑造成一位天纵英才,引得人才纷纷来追随的真命天子,也是情理之中的,不过,其中的真实性就值得我们多加推敲了。

虽然曹操欣赏司马懿的才华,用尽了方法让他为自己效力,但在接触中逐渐察觉司马懿"有雄豪志",又发现他有"狼顾之相",无论长相还是性格,都有强势的一面,于是心里很是忌讳。他对自己的儿子曹丕说,司马懿不是甘为臣下的人,终究有一天会干预到我们家族的事,威胁到我们的大业。但是曹丕和司马懿私下里关系很好,并没有把曹操的话放在心上,平时还总是回护他,司马懿才得以平安无事,得知了曹操态度的司马懿从此勤于职守,废寝忘食,做出一副老实诚恳的样子,曹操也就逐渐放松了警惕。再加上汉朝政权不稳,曹操早有

取而代之的野心，但曹操手下的门阀官僚还有很多是拥护汉朝统治的，不支持曹操取而代之，这让曹操很是难堪，而司马懿早就不看好汉朝苟延残喘的统治，明里暗里都对曹操的雄心表示了支持，自然也就逐渐被接受并得到了重用。

东汉末年军阀混战时，公孙度据有辽东。这股割据势力对曹魏一直是时叛时降，保持着半独立的地位。公孙度死后，他的孙子公孙渊继任做了辽东太守。公孙渊其人野心勃勃，辽东太守的职位就是他从自己父亲手中强行夺取的，任职之后对魏就更加不服了，时有挑衅行为，有要脱离魏控制的趋势。曹叡震怒，派荆州刺史毌丘俭出任幽州刺史，讨伐辽东。但毌丘俭的运气不好，正好赶上了辽水大涨，不利而还，没能完成收服辽东的任务。毌丘俭这次讨伐受阻，使公孙渊更加得意，认为彻底脱离魏国的时机已经到来。景初元年（公元237年），公孙渊正式背叛了魏国，自立为燕王，定都襄平。公孙渊称王后，一面派遣使者向南方的孙权示好，一面又暗自联络鲜卑，诱使鲜卑政权侵扰北方，给魏朝廷带来了很多麻烦。于是，景初二年（公元238）正月，魏明帝召回司马懿，命他率兵讨伐。讨伐前，魏明帝问司马懿，公孙渊会有什么对策。司马懿说："听说大兵将至而事先弃城逃走，是上计；凭借辽水抗拒我大军，这是次计；坐守襄平，那他就要当俘虏了。"魏明帝又问："那你认为公孙渊会采用哪种？"司马懿回答道："只有聪明人才能正确估量彼此实力。预先弃城，不是公孙渊所能做到的。他定会认为我们这次孤军远征不能持久，故而定会先在辽水抗拒，再退守襄平，这是中计和下计，那他也就必败无疑了。"魏明帝接着问："这次征讨往还一共需要多少时间？"司马懿说："去百日，回百日，攻战百日，再用六十天休息，一年时间足够了。"

两晋南北朝诗

当时朝廷正在大修宫室，再加上出征所需的军用物资，是一笔很大的开销，明帝大征税赋，导致民力凋敝，怨声渐起。司马懿出征前劝告明帝："过去周公营造洛邑，萧何也建造了未央宫，今日宫室不完备，我们修建新的宫殿也在情理之中。然而黄河以北，百姓穷困，内外徭役繁多，势必不能百废俱兴。当战争迫在眉睫，民生亟待恢复之际，国家应暂时停止内务，将修建宫殿之事暂缓，集中精力以救目前之急。"

临行时，亲友相送，司马懿作诗感慨：

天地开辟，日月重光。遭遇际会，毕力遐方。

将扫群秽，还过故乡。肃清万里，总齐八荒。

告成归老,待罪舞阳。

诗中表明了自己要奋力一战,凯旋归来的愿望。而这场战争也是司马懿所领导的一场十分精彩的对战。

正月,司马懿率领步兵、骑兵四万,从京师出发,经孤竹,越碣石;六月,进至辽水。公孙渊果然如司马懿所料,急令大将军卑衍、杨祚等人率步骑数万,在辽水边围堑二十余里,坚壁高垒,阻击魏军。司马懿采用了声东击西的计谋,先在南线布置了很多旗帜,假装要攻打围堑,以此吸引敌军的主力,而己方主力军隐蔽地偷渡辽水,逼近敌军的襄平本营。部将不理解这样排兵布阵的原因,就去问司马懿,司马懿说:"敌人建起了坚固的防御工事,就是想让我们把时间和精力耗费在攻城上,直到兵疲粮尽,再来击败我们,所以如果我们正面攻城,就是正中敌人计谋了。古人说,敌人垒起高墙来防御,如果想让他们不得不与我军正面交战的话,只有去攻打对敌军来说十分重要、必须去救援的地方。现在他们大军在此,老巢却是空的。我直接攻打他们的都城襄平,那么敌军就必然会害怕,出于害怕而必然和我军交战,也就一定会失败了。"接着整兵列阵前进,敌军果然出来截击。司马懿对诸将说:"我之所以不攻其营,正是要等现在的局面。"于是指挥魏军痛击,三战皆捷,遂乘胜进军,围攻襄平。

当初公孙渊听说魏军前来攻打他,担心形势不利,就向孙权求救。孙权也出兵为其声援,并给公孙渊写信说:"司马懿善于用兵,所向无前,我真是深深为贤弟你感到担忧啊。"事后也证明司马懿果然是善于用兵的能将。与前次征战的毋丘检一样,司马懿也遇到了恶劣的天气——连降大雨。辽水在大雨之下暴涨,高出平地之上数尺,魏军都对洪水感到恐惧,将领们也想要把营地后迁,远离河流。战前迁营,势必会影响军心,于是司马懿下了严令,只要有敢说要迁营者,就立斩无赦,并且真的斩了想迁营的都督令史张静,自此军心安定,再也没有人想退缩了。双方僵持一段时间之后,魏军将领请求出击,司马懿不同意。司马陈圭问司马懿:"当年攻上庸,八路并进,昼夜不停,所以能在一旬半时间里,攻下坚城,杀了孟达。这次我们远道而来,为什么行动却如此缓慢?"司马懿说:"当年孟达军队少,而粮食能支持一年,我们的兵是孟达的四倍,粮食却不足一月,以有一月粮的军队对付有一年粮的军队,怎能不速战速决?四打一,即使一半人伤亡,也是可行,当时不计死伤,正是要为有限的粮草争取时间。现在形势不同,是敌兵多我军少,敌粮少我粮多,又遇到大雨,想速战也是不可能的。

从出兵开始，我就不担心敌人来进攻，而是怕他们会逃跑。如今敌军粮草将尽，我军包围尚未合拢，如果现在抢掠牛马，开始攻击，只会逼他们逃走。兵者诡道，善因事变，用兵之道讲究的就是顺应时势，时刻根据实际情况调整策略，才能百战百胜。他们现在凭借人多和大水，虽然饥困，也不肯就擒。这时候更应该稳住对方，不能为了一时的小利而把敌人吓跑。"

司马懿将计就计，故意示弱。朝廷听说雨大敌强，不少人请求召回司马懿。魏明帝却说："司马懿临危制变，生擒公孙渊指日可待。"过了月余时间，雨停了，洪水也渐渐退去。魏军完成了对襄平的包围，昼夜强攻。城内此时已是粮食耗尽，死者众多，并且有些将领已经投降魏军。这时又恰逢流星从城西南向东北划过，坠落在梁水附近。古时流星坠落是不祥的象征，尤其是在战争中的流星，往往兆示战事失利。这就更加引发了城内的恐慌，公孙渊也很惊惧，就在八月时派遣相国王建、御史大夫柳甫向魏军请求解围退兵。司马懿斩杀了使者，发布檄文斥责公孙渊："当初楚和郑是并列的国家，郑伯尚且肉袒牵羊而迎楚军。我是帝王派来的大臣，有上公的爵位，而王建等人却要我解围退兵，如楚郑一样同列相待。这两个人年老糊涂，必是传话不符原意，我已经将他们斩首。如果还有话要说，可再派年少明智果决的人来。"

公孙渊又派侍中卫演来请求商定日期遣送人质。司马懿对卫演说："作战最重要的有五个方面内容：能战当战，不能战当守，不能守当走，剩下的两件事就只有降与死了。公孙渊若不肯自缚请罪，就是决心寻死了，不须送什么人质。"

公孙渊见求和不成，就想从城南突围，司马懿纵兵击破其军，公孙渊战死在梁水边上。入城后，司马懿屠杀了十五岁以上男子七千多人，收集尸体，筑造京观（按：京观是古代战争中胜者为了炫耀武功，收集敌人尸体，封土而成的高冢），把公孙渊所任公卿以下将士一律斩首，杀死毕盛等将士二千多人。收编百姓四万户，释放了当年被公孙渊篡夺官位的公孙恭，又为被公孙渊迫害的纶直等人修了坟墓，表彰他们的后代。下令说："古代讨伐一个国家，只会杀掉其中顽固凶恶的人而已。各位被公孙渊所连累的人，全部无罪。中原人愿意返回故乡的，各随己愿。"并且上奏朝廷，把一千多名六十岁以上的士兵解除兵役，送返回乡。在原定一年的期限内，胜利班师。魏明帝派使者到蓟去犒劳部队，增司马懿食昆阳县，前后共二县。曹魏数十年来的辽东问题终于彻底解决，这也是司马懿的功劳。

战争结束后，原本朝廷让司马懿便赴关中镇守。但当到达白屋时，三天之

两晋南北朝诗

内接连收到了五道诏书，召他火速回京。其中还有魏明帝的手书："间侧息望到，到便直排阁入，视吾面。"让司马懿一到京城就马上来见自己。据说，司马懿在襄平时，曾梦见魏明帝枕在他膝上，说："视吾面。"他俯视，见魏明帝面有异色。如今一见诏书上又写着这句话，直觉不妙，就乘坐追锋车昼夜兼行，从白屋到京城，四百多里，只用了一夜时间就赶到了。到达京城后才知道果然是魏明帝病重，只等着见他最后一面。魏明帝临终前拉着司马懿的手，看着自己的儿子太子齐王，说："以后事相托。死乃复可忍，吾忍死待君，得相见，无所复恨矣。"死亡是不可抗拒和拖延的，但自己为了把身后事托付给司马懿，就强行与死亡对抗，硬是等到了他回来，有司马懿辅佐太子，自己就死而无憾了。

当天，魏明帝去世。这时正是景初三年（公元239年）正月。

明帝去世时，齐王曹芳只有八岁，按照明帝的嘱托，司马懿和大将军曹爽一起承担起辅佐少主的重任。于是齐王即位后，司马懿任侍中、持节、都督中外诸军、录尚书事，和曹爽各统精兵三千人，共执朝政。司马懿是一心辅佐齐王，曹爽却别有打算，计划先将司马懿排挤出朝廷，再谋夺小皇帝的江山，所以司马懿的辅政道路并不平坦，而是经历了艰苦的抗争，终于诛灭了曹爽，保住了魏国江山，完成了魏明帝的嘱托。

正因为司马懿劳苦功高，一心为主，魏帝掌权后即策命司马懿为相国，封安平郡公，孙及兄子各一人为列侯，前后食邑五万户，封侯者十九人，显赫一时。司马懿并没有恃功而骄，反而深知为人臣子，应谨慎低调，于是坚决推辞了要授予他的相国、郡公等职位。嘉平三年（公元251年）八月戊寅，司马懿在京师去世，享年七十三岁。当年九月庚申，司马懿被葬于河阴首阳山，谥文贞，追封相国、郡公。司马孚秉承他的遗愿，辞让郡公和殊礼，遗命简葬，作《顾命三篇》，敛以时服，不树不坟，不设明器；谥号后改为文宣。司马昭封晋王后，追封司马懿为宣王。公元265年，司马昭之子晋武帝司马炎受禅登基，给司马懿上尊号为宣皇帝，称其陵墓为高原，庙号高祖。

司马懿为人刚直，用兵如神，是魏国的四朝老臣，为魏国江山立下了汗马功劳，是鼎鼎有名的英雄人物，《三国演义》中引用了一首后人描述司马懿的诗，很能概括司马懿的一生功业和后人对他的敬仰之情：

开言崇圣典，用武若通神。三国英雄士，四朝经济臣。

屯兵驱虎豹，养子得麒麟。诸葛常谈羡，能回天地春。

周处全臣节，美名不能已

——从"三害"到义士的周处

　　周处，字子隐，义兴阳羡人。父亲周鲂，是吴国鄱阳太守。周处自幼就有一身神力，还没到二十岁，力气就很是惊人了，寻常人都不是他的对手。而周处自己平时很喜欢骑马打猎，四处玩乐，随心所欲，从不约束言行举止，恣意妄为，给州里乡曲的人带来了很多麻烦，大家都把他看成是祸患。周处刚开始并没有意识到自己的行为给邻里造成了伤害，直到有一天，他看到路边一位老人在唉声叹气，就过去问老人："现在年成这么好，风调雨顺，又很太平，大家都有吃有喝的，你为什么还不快乐呢？"老人告诉他："有三个祸害没有除掉，怎么快乐得起来呢？"周处接着问："这三害指的是什么？"老人回答道："南山有白额猛虎，长桥下有鳄鱼，这是两害，再加上你就是三害了。"周处这才知道自己为人所厌恶，便十分感慨，立志要除害改过，就对老人说："像这样的祸患，我能除掉它们。"老人说道："你如能除掉三害，那就是我们这一片地区的大庆，是做了大好事，而不只是除害而已。"周处便进入深山射死了猛兽，又跳到水中与鳄鱼搏斗，鳄鱼时沉时浮，游了几十里，周处也同它一道浮游，经过三天三夜的搏斗，还没有回来。人们就认为周处和鳄鱼一起死了，特别高兴，又是放炮又是敲锣打鼓地彼此庆贺，觉得这才真正能过上太平日子了。

　　周处历尽艰险，果真杀死了鳄鱼。回来后本以为大家会欢迎自己，可没想到四处看到的都是乡里为了自己的死讯而互相庆贺，这才知道自己以前的行为是多么的令人厌恶，便离开家乡，到吴国寻找陆机、陆云。当时陆机不在，周处见到陆云，便把自己的经历告诉了他，说："我想修养操行，改变在人们心中的印象，但是年纪已经大了，恐怕来不及了。"陆云说："古人云：'朝闻道，夕死可矣。'只要早晨听到了做人的道理，明白了自己的缺失，那么即使晚上就死去，也是值得的。你未来还有大好前途，现在应该担心的是不能及时确立志向，又何必担忧不能改变过去的形象，营造美好的名声呢？"于是周处便磨砺意志，发奋读书，

并且注重自我克制。果然在一年后，他的好名声传到了州府，被征召到朝廷做了官员，在吴国任东观左丞。孙皓末年，做了无难都督。

孙吴被晋朝奸灭后，王浑登上建邺宫饮酒，对吴国的人说："各位都是吴国灭亡后留下的人，你们难道就没有忧戚吗？"以此来讽刺吴国灭亡，这些大臣都成了亡国之臣。周处回答说："汉朝末年分崩离析，魏蜀吴三国鼎立，魏国先灭亡，吴国后灭亡，这亡国的忧伤，哪里只是一个人呢？"说政权交替并不仅仅发生在吴国，要说亡国，也是王浑自己所在的魏国首先亡国，亡国的耻辱和忧伤，王浑应该更有体会。王浑听了这番话后，面上露出了惭愧之色，也不再多言。

周处进入洛阳，开始在晋朝做官，渐渐迁任新平太守，在任上对戎狄安抚讲和，使叛乱的羌人归附，当地人都对这件事情大加赞扬。后来转任广汉太守，上任时郡内有很多拖延未决的案件，有的甚至经历了三十年还没有判决，周处上任后翻出了堆积的案卷，评考曲直，很快都做出了判决，为百姓所叹服。后来周处因为母亲年迈体弱，离官回家照顾，不久又被任命为楚内史，还没有到任，就又被征拜为散骑常侍。周处说："古人辞大官不辞小职，不能因为官职小就推辞不去。"便选择了官职较小的楚内史，先到了楚地。当地甫经丧乱，新老居户夹杂，风俗不一，时有矛盾产生。周处就用教义教导他们，敦促他们邻里间和善相处，又把那些露在野外没人认领的尸骸白骨安葬，然后才回到朝廷去做散骑常侍。远近的人都称赞他，周处的好名声也真的传遍了四方。

回到朝廷任职后，周处依然不改耿直负责的态度，当他升迁为御史中丞时，所做的工作就是纠察弹劾不法的大臣们，不论宠臣还是亲戚，他都公正处置，不徇情枉法。梁王司马肜（róng）违法，周处严格按照法律条文做出判决。这些公正的处置得罪了很多朝廷大臣，让他们对周处又怕又恨，但又抓不到周处的把柄，不能弹劾他。等到氐人齐万年反叛时，朝廷需要派大臣出征，这时朝中大臣因为讨厌周处的刚直，都说："周处是吴国名将的儿子，忠烈果敢刚毅，应该被派往战场，平叛齐万年。"便让他隶属于夏侯骏西征，其实是想要借战争中的意外除掉周处。伏波将军孙秀知道周处只要遵从命令上了战场，就一定会战死，便对他说："你还有老母亲需要照顾，可以用这个理由来推辞。"周处说："忠孝之道，怎么能够两全？既然已经告别亲人侍奉国君，父母又怎么能把我当儿子呢？现在就是我献身国家的时机。"齐万年得知后说："周处从前守卫新平，我知道他的为人，文武兼备，如果独自决断而来，势不可挡。如果受别人控制，就一定会被我捉住。"不久，梁王司马肜被任命为征西大将军，都督关中各种军事。

两晋南北朝诗

周处知道司马肜心怀不平，一定会陷害自己，而自己又认为做人臣的应当尽节，不应推辞畏惧，便悲愤地上了路，做好了献身疆场的准备。中书令陈准知道司马肜一定会抓住这个机会报旧仇，便在朝廷上为周处请命道："夏侯骏和梁王司马肜都是贵戚，不是将帅之才，进兵不求功名，撤退不怕责罚。周处是吴国人，忠勇果敢，与人有怨隙又没有救援，必将丧身。应该下诏让孟观带一万精兵当周处的前锋，必定能歼灭敌寇。不然，司马肜会让周处当先锋，定会失败。"但是由于有诸多大臣的蓄意作梗，朝廷驳回了陈准的建议。

周处最终还是跟随夏侯骏出征伐叛，当时贼兵驻扎在梁山，有七万人之多，夏侯骏却逼迫周处带领五千士兵进攻。周处说："我军没有后援，必定失败，自身灭亡是小事，这也将是国家的耻辱。"拒绝了明显不合理的要求。司马肜又命令周处进军讨贼，周处便与振武将军卢播、雍州刺史解系在六陌进攻齐万年。但司马肜根本就不是真心要让周处领兵取得胜利，所以一味急切地催促周处出兵。将要作战时，周处的士兵连饭都没来得及吃，就被司马肜催上了战场，同时还断绝了周处的后援，摆明了要让周处去送死。周处知道这一战必定会失败，便在战前赋诗道：

> 去去世事已，策马观西戎。藜藿美粱黍，期之克令终。

周处已经看到了形势的不容乐观，清楚地看到这一战恐怕就是自己的最后一战了，但还是抱着舍生取义的念头上了战场。战争从清晨一直进行到日暮，周处带领将士们杀敌万余人，直至弓箭用尽。大本营中的卢播、解系等人在司马肜的授意下眼看周处弹尽粮绝却拒不救援他，战争已进行到了尾声，眼看就无法支撑了。周处的手下劝他撤退，周处按剑说道："这是我报效国家献出生命的时刻，为何要撤退？以身殉国，不也是可以的吗？"于是全力作战，直至战死。

周处战死后，晋廷追赠他为平西将军，赐他百万钱，安葬之地一顷，又将京城的五十亩地赐给周处家作为宅第，还赐给他王家的近田五顷。朝廷下诏书说："周处母亲年纪大，又是远方之人，朝廷每每怜悯她孤老一人，当供给她医药酒米，直至她寿终正寝。"

有感于周处明明知道自己出战是九死一生，却还是毅然遵从了政令军令，战死沙场，当时潘岳奉诏作《关中诗》道：

周徇师令，身膏齐斧。人之云亡，贞节克举。

西戎校尉阎缵也写诗赞叹：

周全其节，令问不已。身虽云没，书名良史。

　　都对周处的气节大加赞扬，到后来司马睿当晋王时，打算为周处加封谥号，太常贺循说："周处德行清廉方正，非常有能力，历任各地的地方官员，都能够安定人心、建立美政；回到中央朝廷做官时，主管监督举报大臣们的行为，做到了不屈不挠；而出征以身为国，面对国家危难不惜献出生命，这都是忠臣贤士们极大的美德，也是英烈勇士高远的节操。按照加封谥号的法则，坚定地奉行仁德的行为规范而不做坏事叫作孝。"于是便将周处的谥号定为孝。年少时"三害"的名声终于在周处后来不断地努力下换成了众人称颂的美名，由此可见，无论什么时候，只要认识到了自己的错误，积极地改正，就一定能得到世人的认可。

周　处

日暮东风怨啼鸟，落花犹似坠楼人

——石崇与绿珠的爱情传说

现代人将十分有钱的人们戏称为"土豪"，按照这个标准，石崇绝对是古代著名的"土豪"。

石崇的富有程度没有办法换算成现在的存款、身价等来衡量，不过可以通过一段斗富的故事来说明。石崇斗富的对象可不是寻常的商人或者百姓，而是当朝皇帝晋武帝的舅舅王恺。王恺是出了名的既富且贵，可以用"富可敌国"来形容，这两个人的斗富过程也是我们这些寻常人不能想象的。王恺饭后用糖水洗锅，石崇就用蜡烛当柴烧；王恺做了四十里长的紫丝布步幛，石崇马上就做五十里的锦步幛（按：所谓的步幛，是指晋代富家出门时用来遮蔽风尘或者视线的一种屏幕，其实不需要用太好的布料）；王恺用赤石脂涂墙壁，石崇便用花椒（古人有用花椒和泥涂墙壁，取其温暖、芳香、多子之义，西汉未央宫即如此，故而又名"椒房"）。

石　崇

绿　珠

装饰上没有占到优势，食物上王恺也是屡屡失败。当时没有高压锅、豆浆机，所以豆粥是比较难煮的，要在锅里煮很久才能把豆子煮烂。可石崇想让客人喝豆粥时，只要吩咐一声，须臾间就热腾腾地端来了；每次到了寒冷的冬季，石家却还能吃到绿莹莹的韭菜碎末儿，这在没有大棚生产的当时可是件怪事；石家的牛从形体、力气上看，似乎都不如王恺家的，可说来也怪，石崇与王恺一块出游，抢着进洛阳城，石崇的牛疾行若飞，总能超过王恺的牛车。这三件事，让王恺百思不解，忌恨不已。于是，他用金钱贿赂石崇的下人，问他这些怪事到底是怎么回事。下人回答说："豆子确实是非常难煮的，所以石崇家总是先预备好加工成的熟豆粉末，客人一到，先煮好白粥，再将豆末投放进去就成豆粥了；韭菜是将韭菜根捣碎后掺在麦苗里；牛车总是跑得快，是因为驾牛者的技术好，对牛不加控制，让它撒开欢儿跑。"于是，王恺仿效着做，靠着收买来的诀窍才和石崇隐隐有了势均力敌的趋势。石崇后来知道了这件事，愤怒地杀了告密者。虽然在这几件小事上能够依靠小窍门打成平手，但终究是石崇发明在先，几次交锋下来，王恺都处在下风。晋武帝知道后十分诧异，以皇家之富贵竟然赢不了一个富翁，于是在暗中帮助王恺，赐了他一棵二尺来高的珊瑚树，枝条繁茂，灿灿生辉。大家都知道，珊瑚长在海中，是珊瑚虫堆积而成，大棵的珊瑚树即使在现代也是十分珍贵的，更何况是在潜水装备不齐全的晋代呢！这棵两尺高的珊瑚树已经是宫廷中最好的一株，晋武帝和王恺都认为世上绝对没有可以与之媲美的宝物了。于是，王恺拿到珊瑚树后就十分得意地拿来给石崇看，石崇看后完全不在意，随手拿起一个铁制的如意，照着珊瑚树随手就敲了下去，珊瑚树应声而碎。王恺大惊之下心疼不已，觉得这绝世的宝物竟然就这样被毁于一旦。但是，他内心又有些窃喜，认为石崇是嫉妒自己的宝物才做出这样的举动，于是佯装发怒，想要逼着石崇认输。石崇说："这点小事不值得发怒，我现在就赔给你。"于是命令手下的人把家里的珊瑚树全部拿出来，这些珊瑚树的高度有三四尺，树干枝条举世无双而且光耀夺目，像王恺那样的就更多了。王恺看了，心中暗自感慨，在宫廷中都如此难得的珊瑚树，在石崇家竟然根本就算不得稀罕，只得失落地承认，这场斗富，自己是彻底失败了。

能和皇亲国戚斗富，在皇帝暗中支持的情况下还胜得如此轻松，石崇之富可见一斑。不过石崇的富有可不是来自前辈的产业，这位"土豪"可不是"富二代"，他的家业别有来源。石崇的父亲石苞，在晋武帝时曾官至大司马，后曾一度遭受排挤，最终死于泰始八年。从现有的记载不太能看出石苞有多富，只知

两晋南北朝诗

道他生有六个儿子,而石崇是其中最小的一个。

民间一般习俗,家中的小儿子会比较得宠,在继承家业方面也会占一些优势,但石崇却没有继承什么家产。石苞临死前将自己的财物分给几个儿子,可恰恰对这个最小的儿子石崇,非但不偏袒,反倒什么都不给。石崇的母亲心疼小儿子,对丈夫的决定提出了异议,说这样的分配方法对石崇不公平。可石苞却说,这个儿子虽小,但以后一定能靠一己之力获得财富,不需要继承现有的家产。这话有点奇怪,就算石崇从小就聪明伶俐,可按常理去想,也应该分得父亲的一份财物。但这奇怪之举却告诉后人石崇的财富不是继承家产得来的。

石崇后来官至城阳太守,伐吴有功,封安阳乡侯。但这不能保证使他富起来,而且能富到压倒贵戚王恺的地步。因为在伐吴过程中得以封侯者为数不少,王浚是伐吴第一功臣,所以刘禹锡写有"王浚楼船下益州,金陵王气黯然收"的诗句。王浚年轻时就好奢侈,因伐吴之功被封为襄阳县侯时,其子同时也被封侯,赐绢万匹,钱三十万,是本次封赏中得财较多的,如果真能借这次封赏发家致富,那么首富就应该是王浚了。但王浚也只是自己锦衣玉食而已,奢侈享乐虽然有,可想要和人斗富,却是实力不足,万万不能的。

武帝死后,昏庸的惠帝继位。石崇出京为南中郎将、荆州刺史,领南蛮校尉,加鹰扬将军。史书中记下了这样一笔:"在荆州,劫远使商客,致富不赀。"短短一句话,总算让我们明白了石崇是怎么富起来的了。刺史是一州的最高长官,商人路过荆州,石崇对他们实施了明火执仗式的抢劫,这种勾当绝对是亦官亦盗,短短一段时间的劫商敛财虽然不足以积累出富可敌国的财富,但也可以让我们对石崇是如何白手起家而成为巨富有所了解了。对他后来能建有金谷园就比较能理解了。有在荆州的抢劫垫底,足以财产丰积,室宇宏丽。而此前是怎样富起来的,则仍然是个谜。

我们无法深究石崇致富的最终原因,却可以从史书记载中一次次地为石崇的富有所震撼。据《世说新语》等书记载,石崇家里连厕所都修建得华美绝伦,里面准备了各式各样的香水、香膏,以供客人洗手、抹脸。经常有十多个女仆恭立侍候,一律穿着锦绣,打扮得艳丽夺目,列队侍候客人上厕所。客人上过了厕所,这些婢女要把客人身上原来穿的衣服脱下,侍候他们换上新衣后才让他们出去。凡是上厕所穿过的衣服,就不能再穿了,如此客气,以至于很多来石崇家做客的客人都不好意思如厕。官员刘寔年轻时很贫穷,无论是骑马还是徒步外出,每到一处歇息,从不劳累主人,砍柴挑水都亲自动手。后来官当大了,依然

保持着勤俭朴素的美德。有一次,他去石崇家拜访,上厕所时,见厕所里有绛色蚊帐、垫子、褥子等极讲究的陈设,还有婢女捧着香袋侍候,忙退出来,笑着对石崇说:"真是不好意思啊,我错进了你的内室。"石崇说:"那就是厕所!"刘寔惊叹道:"我可享受不了这个。"硬是改去了别处的厕所。

石崇的财产用金山银海都不足以比拟,宏伟壮观的房舍彼此相连,内宅养着几百个姬妾,都穿着刺绣精美无双的锦缎,身上装饰着璀璨夺目的珍珠美玉和各色宝石。凡是天下美妙的丝竹音乐都进了他的耳朵,凡水陆上的珍禽异兽都进了他的厨房。据《耕桑偶记》记载,外国进贡火浣布,晋武帝以为很难得,就制成衣衫,穿着去了石崇那里。石崇故意穿着平常的衣服,却让身边的奴仆五十人都穿火浣布的衣服迎接武帝,真是让武帝颜面扫地。

石崇的姬妾美艳者多达千余人,他常常选择数十人,妆饰打扮完全一样,乍然一看,甚至分辨不出来。石崇请能工巧匠雕刻玉龙佩,又制作金凤凰钗,无论白天夜晚,都有乐工奏乐,姬妾们佩戴不同的钗佩,翩翩起舞,昼夜相接,称为"恒舞"。每次石崇想要招姬妾侍寝时,都不直接称呼姬妾的姓名,只听佩声看钗色。佩声轻的居前,钗色艳的在后,依次侍寝。侍女们在口中各含异香,谈笑之间则香气随风而起,动人心魄。石崇又将沉香屑均匀撒在象牙床上,让所宠爱的姬妾踏在上面,没有留下脚印的赐珍珠一百粒;如果留下了脚印,就让她们节制饮食,以使体质轻弱。有了百粒珍珠作为奖励,这减肥的动力可是十足的,所以女子们时常在闺中相互笑闹说:"你不是细骨轻躯,又哪里能得到百粒珍珠呢?"

在石崇的诸多姬妾中,他最宠爱的就是绿珠。据传说,绿珠原本姓梁,生在白州境内的双角山下(今广西博白县绿珠镇)。白州古时属于越地,当地的民俗普遍喜欢宝珠,所以生了女儿就称为珠娘,生了儿子就称作珠儿,绿珠的名字由此而来。据说绿珠相貌绝美,世间罕见。石崇当时作为交趾采访使,听说了绿珠的美貌,就以珍珠十斛的代价得到了绿珠。

绿珠善于吹笛,又善舞《明君》,明君就是指汉元帝时的王昭君。石崇特意为这首曲子写了新词,教给绿珠吹奏此曲:

> 我本汉家子,将适单于庭。辞诀未及终,前驱已抗旌。
>
> 仆御涕流离,猿马为悲鸣。哀郁伤五内,涕泪沾珠缨。
>
> 行行日已远,遂造匈奴城。延我于穹庐,加我阏氏名。

殊类非所安，虽贵非所荣。父子见凌辱，对之惭且惊。

杀身谅不易，默默以苟生。苟生亦何聊，积思常愤盈。

愿假飞鸿翼，弃之以遐征。飞鸿不我顾，伫立以屏营。

昔为匣中玉，今为粪上英。朝华不足欢，甘与秋草并。

传语后世人，远嫁难为情。

诗作对昭君出塞时的心情、出塞后的抑郁寡欢、在塞外生活的诸多艰辛和对家乡的思念都有细致的描述，绿珠演唱时声情并茂，以女子之口道出女子心事，凄凉婉转，听者无不为之动容。绿珠妩媚动人，恍若天仙下凡，又善解人意，温柔体贴，所以石崇在众多姬妾之中，唯独对绿珠宠爱有加。然而恰恰是石崇对绿珠的情有独钟，带给绿珠以身殉情的悲剧命运，也为金谷园的美景添上了一笔凄美的色彩。

石崇在河南洛阳西北的金谷涧建了一座很大的庄园，起名为"金谷园"，凡远行的人都在此饯饮送别。园内随地势高低筑台凿池，周围几十里内，楼榭亭阁，高下错落，金谷水萦绕穿流其间，鸟鸣幽涧，鱼跃荷塘。郦道元《水经注》中描述金谷园："清泉茂树，众果竹柏，药草蔽翳。"在元康六年（公元297年），石崇和欧阳建等人在此欢聚，石崇写下了著名的《金谷诗序》。《世说新语·品藻篇》记载了全文：

> 余以元康六年，从太仆卿出为使持节监青、徐诸军事、征虏将军。有别庐在河南县界金谷涧中，去城十里，或高或下，有清泉茂林，众果、竹、柏、药草之属，莫不毕备。又有水碓、鱼池、土窟，其为娱目欢心之物备矣。时征西大将军祭酒王诩当还长安，余与众贤共送往涧中，昼夜游宴，屡迁其坐，或登高临下，或列坐水滨。时琴、瑟、笙、筑，合载车中，道路并作；及住，令与鼓吹递奏。遂各赋诗以叙中怀，或不能者，罚酒三斗。感性命之不永，惧凋落之无期，故具列时人官号、姓名、年纪，又写诗着后。后之好事者，其览之哉！凡三十人，吴王师、议郎关中侯、始平武功苏绍，字世嗣，年五十，为首。

同为《世说新语》的企羡篇，记载了一则轶事：东晋大名鼎鼎的王羲之听到人们把自己写的《兰亭集序》和石崇写的《金谷诗序》媲美，把自己和石崇相比，

"甚有欣色",看上去是十分高兴的。当然了,我们大家都知道,王羲之后来居上,《兰亭集序》不论从意境上还是从情调上都比《金谷诗序》要高,诚如苏东坡的评论:"兰亭之会或以比金谷,而以逸少比季伦,逸少闻之甚喜。金谷之会皆望尘之友也;季伦之于逸少,如鸥鸢之于鸿鹄。"认为兰亭会风格更为高雅,而金谷会就显得俗气了。尽管在两相比较中贬低了金谷之会,但我们依然可以看出,在晋代,金谷园、《金谷诗序》是足以和流芳后世的兰亭集会与《兰亭集序》相媲美的。

与传颂一时的金谷诗序相比,金谷园的美丽景色更为人们所喜爱。每当阳春三月,风和日丽的时候,桃花灼灼,柳丝袅袅,楼阁亭台交辉掩映,蝴蝶翩飞,舞于花间,鸟语花香,让人沉醉。所以人们把"金谷春晴"誉为洛阳八大景之一。

明代诗人张美谷诗曰:

金谷当年景,山青碧水长,楼台悬万状,珠翠列千行。

这首诗很贴切地描绘出了金谷园当年的华丽景象。在连绵的亭台楼阁中,最引人注目的是百丈高的崇绮楼。这座高楼专为绿珠而建,其高度可"极目南天",之所以修建如此之高的楼阁,就是为了让绿珠能够登楼远望,眺望故乡,以慰藉她的思乡之愁。楼里装饰以珍珠、玛瑙、琥珀、犀角、象牙等珍宝,可谓富丽堂皇,穷奢极欲。由此也可以看出石崇对绿珠非同一般的喜爱。

石崇和当时的名士左思、潘岳等二十四人曾结成诗社,号称"金谷二十四友"。每次宴客,必命绿珠出来歌舞侑酒,见者都会失魂落魄,绿珠之美因此名闻于天下。

石崇在朝廷里投靠的是贾谧,他为逢迎贾谧,无所不用其极。甚至每逢贾谧出门,他都要站在路边,对着贾谧扬长而去的车影扪扬起的尘埃揖拜。这种行为在追求随性而行的晋代是深为时人不齿的。等到贾谧被诛,石崇因与贾谧同党而被免官。当时赵王司马伦专权,石崇的外甥欧阳建与司马伦有仇。依附于赵王的孙秀一直暗恋绿珠,过去因为石崇有权有势,他不敢招惹,只能心里暗自恋慕。石崇一被免职,他便明目张胆地派人向石崇索取绿珠。那时石崇正在金谷园登凉台、临清水,与群妾饮宴,吹弹歌舞,极尽人间之乐,忽见孙秀差人来索取美人,石崇将其婢妾数十人叫出让使者挑选。这些婢妾都散发着兰麝的香气,穿着绚丽的锦绣,石崇让使者随意挑选,没想到使者说:"这些婢妾个个都艳

绝无双,但小人受命索取绿珠,不知道哪一个是?"石崇勃然大怒:"绿珠是我所爱,想让我送出绿珠,是绝对做不到的!"使者说:"您博古通今,自然能够明白现在的形势,还请您三思,不要一口回绝。"其实是暗示石崇今非昔比,应该审时度势,不该为了一名女子连累自身。但石崇仍坚持不给,使者回报后孙秀大怒,劝赵王杀掉石崇以绝后患。

赵王听信了孙秀的挑拨,要派兵杀石崇。石崇对绿珠叹息说:"我现在因为你而获罪。"绿珠流泪说:"为了你这样地维护我,我愿意以死来报答你。"于是从崇绮楼上一跃而下,石崇措手不及,想拉住却已来不及,只得看着绿珠跳楼自尽。绿珠死后,石崇被乱兵杀于东市,临死前石崇感叹道:"这些人,还不是为了贪我的钱财!"押他的人说:"你既然早知道人为财死,为什么不早些把家财散了,做点好事,也可免除今日的杀身之祸了。"然而一切已经悔之晚矣,石崇和绿珠最终都只为这座美丽的金谷园留下了凄美的爱情故事。

石崇斗富的故事,还有绿珠为石崇殉情勇而坠楼的典故,以及有关金谷园的美丽传说,千百年都来为人们所传颂。唐代诗人杜牧有《金谷园》诗:

> 繁华事散逐香尘,流水无情草自春。
> 日暮东风怨啼鸟,落花犹似坠楼人。

唐代诗人崔郊也有诗写道:

> 公子王孙逐后尘,绿珠垂泪滴罗巾。
> 侯门一入深如海,从此萧郎是路人。

骆宾王诗中也有关于金谷园和绿珠故事的描述:

> 莫言贫贱无人重,莫言富贵应须种。
> 绿珠犹得石崇怜,飞燕曾经汉皇宠。
> 良人何处醉纵横,直如循默守空名。

这些诗作叹息绿珠的以身殉情,也感慨时光匆匆,昔日的一代名园经历了历史战乱,沧桑巨变,早已荡然无存,无迹可寻。古时的金谷园究竟在哪里,就

两晋南北朝诗

像李白的故乡在哪里一样,历来众说纷纭。一说在洛阳火车站附近的金谷园村一带,一说在白马寺附近,一说在孟津县宋庄乡凤凰台村附近,还有一说就是在孟津县白鹤镇北部的黄河岸边。各种说法,不一而足,流传在我们心中的,就只有前人那些关于金谷园和石崇、绿珠故事的美好传说和诗句了。

金谷园

秋风起兮木叶飞，吴江水兮鲈鱼肥

——张翰与"莼鲈之思"

张翰的故事很简单，诗作也很简短，但是他的诗作为后世诗坛留下了一个著名的典故，所以我们来简单介绍一下相关的内容。

张翰，字季鹰，是西晋著名文学家，吴江莘塔人氏，晋惠帝太安元年（公元302年）官至大司马东曹掾，父亲是三国孙吴的大鸿胪张俨。张俨死后不久，东吴就被西晋所灭，作为亡国之人的张翰虽然有才华，善于写文章，但是身受亡国之痛，佯狂避世，不愿意受礼法约束，恃才放达，很像曹魏时放荡不羁的阮籍，因为阮

张 翰

籍曾经担任过步兵校尉，世称"阮步兵"，所以当时人就称张翰为"江东步兵"。

据《世说新语》记载，东吴灭亡之后，有一次张翰在阊门附近的金阊亭听到有清越的琴声传来，心动之下循声找去，原来是会稽名士贺循泊船于阊门下，在船中弹琴。张翰和他从不相识，但是一见如故，如同伯牙子期一般，顿有相见恨晚的知音之感。两人依依不舍，当张翰了解到贺循是要去洛阳而途径阊门时，当即决定也要和贺循一起去洛阳，当下登船就走，连家人也没有告诉。从这件事上就可以看出张翰为人处世确实随心所欲，颇不负"江东步兵"的雅称。

除了随心所欲，不受世俗牵绊外，张翰还刻意躲避政治纷争。据《晋书·张翰传》记载："翰因见秋风起，乃思吴中菰菜、莼羹、鲈鱼脍，曰：'人生贵适志，何能羁宦数千里，以邀名爵乎？'遂命驾而归。"从字面上看，是说张翰看到秋风起，就思念起家乡的菰菜（茭白）、莼羹、鲈鱼，认为人生一世，最宝贵的应该是能做符合自己志愿的事，怎么能为了求取名利而违背自身的意愿，远离家乡做官呢？于是毅然辞官回吴淞江畔，"营别业于枫里桥"。但实际上张翰这时辞官是

两晋南北朝诗

因为不愿卷入晋室的八王之乱，就找了一个如此洒脱，又是如此让人神往的借口，说他想起了往昔的乡居生活与家乡风物，尤其思念起吴中特产美食，所以才要辞官回家。为了印证自己所言不虚，张翰还特意写下了著名的《思吴江歌》：

秋风起兮木叶飞，吴江水兮鲈鱼肥。

三千里兮家未归，恨难禁兮仰天悲。

当时张翰在洛阳为官，遂去官返乡，从此中国的诗学中就多了一个"莼鲈之思"的典故。这一典故不仅仅在后世被人们用来代称各种思乡之情，也可以为现代的"吃货"们做一楷模了，试想，只为了想吃家乡的土产，就毅然放弃了政府官员的铁饭碗，回家去过隐居生活了，这等洒脱又有几人能做到？恐怕我们只能一面回想家乡种种难忘的食物，一面在异乡打拼，与千百年前的张翰相比，只能唱叹一声"望尘莫及"啊！

恨难禁兮仰天悲

两晋南北朝诗

何意百炼钢，化为绕指柔

——刘琨的绝命诗

刘琨是西汉中山靖王刘胜的后裔，如果说八王之乱在张翰身上只留下了"莼鲈之思"的典故，那么这段历史留给刘琨的，则是随之起伏波动的人生轨迹了。

刘琨出身显赫，祖父刘迈，曾为相国参军、散骑常侍。父亲刘蕃也官至光禄大夫，到了刘琨这一代，是典型的官宦之后。刘琨从少年时代起就工于诗赋，颇有文采。贾后之侄贾谧权势熏天，身旁聚集了一批豪族贵戚出身的文人，其中包括前面提到的富豪石

刘 琨

崇。这批文人时常在石崇的金谷园中互相唱和，号为"二十四友"，而刘琨兄弟也厕身其间，可见其文采斐然。

我们都听说过"闻鸡起舞"的故事，可时常会忽略了故事中的主人公并不只有祖逖，刘琨也是其中之一。刘琨与祖逖一起担任司州主簿时，感情深厚，关系非同一般，不仅常常同床而卧，同被而眠，而且都有着建功立业、成为栋梁之材的远大理想。一天半夜，祖逖听到鸡叫，叫醒刘琨道："这不是不好的声音啊。"言外之意是说，这是老天在激励我们上进，让我们早早为将来做出努力，于是与刘琨一同到屋外舞剑练武。正是因为有了青年时期的勤奋努力和宝贵的天赋，刘琨在青年时期就走上了仕途，开始了征战生涯。

西晋元康五年（公元295年），刘琨才26岁，就出任了司隶从事。后又被高密王司马泰辟为掾属，迁任著作郎、太学博士、尚书郎。很快，就迎来了晋代历史上知名的八王之乱。永康元年（公元300年），赵王司马伦执政，任命刘琨为记室督，又改任从事中郎。永宁元年（公元301年），司马伦称帝，刘琨任太子詹

两晋南北朝诗

事,辅佐司马蓉。齐王司马囧、成都王司马颖、河间王司马颙等诸王共同讨伐司马伦,刘琨被司马伦任命为冠军将军、假节,与孙会领兵三万抵抗司马颖,结果在黄桥大败而回。司马囧辅政后,刘琨因出身名门,被任命为尚书左丞、司徒左长史。太安元年(公元302年),司马囧兵败,范阳王司马虓镇守许昌,并推荐刘琨为司马。永兴元年(公元304年),晋惠帝被张方胁迫迁都长安。次年,刘乔攻击司马虓,刘琨援救不及,导致战事失利,父母亲都被敌人俘获,刘琨深以为耻。光熙元年(公元306年),刘琨从幽州王浚处求得八百骑兵,击破东平王司马懋,大败刘乔,救出父母,又斩杀司马颖麾下大将石超,收降荥阳守将吕朗。同年,司马越将晋惠帝救回洛阳,刘琨因功被封为广武侯,邑二千户。

虽然有一段失败的经历,但总体来说,在这段混乱的征战中,刘琨凭借自己的才能,成功地为自己谋得了政治地位。光熙元年(公元306年)九月,司马越为了扩张势力,派刘琨出任并州刺史、加振威将军、领护匈奴中郎将。刘琨带领一千余人辗转离开首都洛阳,于元嘉元年(公元307年)春到达晋阳(今山西太原)。当时的晋阳饱经战乱之苦,已成一座空城。刘琨在左右强敌环伺的环境下安抚流民,发展生产,加强防御。不到一年晋阳就恢复了生气,成为晋在中原存留的少数几个抵抗势力之一。

当时的晋阳南面是强大的匈奴前赵,北面是正在崛起的鲜卑代国,东面是和段部鲜卑结盟的幽州刺史王浚。刘琨和拓跋鲜卑首领拓跋猗卢结为兄弟,和前赵石勒等大将的战斗互有胜负。刘琨吸引了许多志愿抗击匈奴、羯人的志士,而他的多方面才能也帮助他守住了晋阳城。

刘琨精通音律,创作了《胡笳五弄》(包括《登陇》《望秦》《竹吟风》《哀松露》《悲汉月》五首琴曲),在传统的琴曲中加入北方游牧民族的音调,描写北方历经战乱的景象,抒发了思乡爱国之情。这几首琴曲不仅有极高的艺术价值,还曾帮助刘琨退兵守城。曾经有一次前赵匈奴围攻晋阳,刘琨见势不妙,知道如与敌军硬拼,必然兵败城破,于是一面严密防守,一面修书请求援军。过了七天援军还未到,城内粮草不济、兵士恐慌万状。刘琨登上城楼,俯眺城外敌营,冥思苦想对策。忽然想起了"四面楚歌"的故事,于是下令让会吹胡笳的军士全部到帐下报到,很快组成了一个胡笳乐队,朝着敌营方向吹起了《胡笳五弄》。曲调既哀伤又凄婉,匈奴兵听了军心骚动。半夜时分,刘琨命人再次吹起这支乐曲,匈奴人听到后思乡流泪,将军看将士已无心再战,只得撤兵而去,为晋阳城解了燃眉之急。

建兴元年(公元313年),晋愍帝继位,封刘琨大将军、都督并州诸军事,加散骑常侍、假节。建兴三年(公元315年),刘琨被晋愍帝封为司空、都督并冀幽诸军事。刘琨辞去司空,接受都督之职。不久,代王拓跋猗卢被其儿子拓跋六修杀死,拓跋普根平定叛乱也因病而死,刘琨在拓跋部作为人质的儿子刘遵同箕澹(按:《晋书》写作"箕澹";《魏书》写作"姬澹")等率3万余人投奔刘琨。

建兴四年(公元316),石勒出兵进攻并州,刘琨不听箕澹劝阻全军尽出,中伏大败,丢失并州,只身投奔幽州刺史段匹磾(dī),并与其结为兄弟。同年,刘曜攻破长安,晋愍帝被俘,西晋灭亡,刘琨令长史温峤向司马睿劝进。司马睿称帝后,加封刘琨为侍中、太尉,其余官衔不变,并赐他名刀一把。建武元年(公元317年),段匹磾以刘琨为大都督,率军讨伐石勒。结果段匹磾堂弟段末杯(又作段末波)接受石勒贿赂,不肯进军,刘琨因势弱无援只得退兵。

大兴元年(公元318年),段部鲜卑内斗,段末杯击败段匹磾自任单于,并俘虏了刘琨的儿子刘群。刘群得到段末杯的厚待,便给刘琨写密信邀请他共击段匹磾,谁料密信被段匹磾截获。段匹磾虽然相信刘琨,但最终还是将刘琨下狱。

刘琨素有名望,拘押期间,远近之人尽为之愤愤不平。代郡太守辟间嵩与刘琨部下将领企图反叛段匹磾救出刘琨,最终因走漏消息而失败。东晋权臣王敦派人密告段匹磾,让他杀掉刘琨。刘琨听说王敦来使,便对儿子刘遵说:"处仲(王敦)使来而不我告,是杀我也。死生有命,但恨仇耻不雪,无以下见二亲耳。"料到了王敦派使者来就是为了杀自己,生死有命,只是遗憾不能报仇雪耻,死后无颜面对父母。虽然知道自己必死无疑,刘琨并没有惊慌失措,反倒是神色自若,给别驾卢谌写了一首五言诗:

> 握中有悬璧,本是荆山球。
>
> 惟彼太公望,昔是渭滨叟。
>
> 邓生何感激,千里来相求。
>
> 白登幸曲逆,鸿门赖留侯。
>
> 重耳凭五贤,小白相射钩。
>
> 能隆二伯主,安问党与仇!
>
> 中夜抚枕叹,想与数子游。
>
> 吾衰久矣夫,何其不梦周?
>
> 谁云圣达节,知命故无忧?

宣尼悲获麟,西狩涕孔丘。

功业未及建,夕阳忽西流。

时哉不我与,去矣若云浮。

朱实陨劲风,繁英落素秋。

狭路倾华盖,骇驷摧双辀。

何意百炼钢,化为绕指柔!

  此诗前半段引用了姜尚、管仲、陈平、邓禹等人的典故,表达了对晋室的忠诚;后半段描述了自己壮志未酬的心情:"何意百炼钢,化为绕指柔。"无奈之情溢于言表。这两句诗流传至今,不再用来表达壮志未酬的志士之悲,而是仅仅用了字面的意义,形容在男女恋爱关系中,男方沉浸于爱情中,放弃了以往的倔强,变得温柔体贴。虽然单独拿出来也能自圆其说,但终究是脱离了整体的诗句。

  同年五月初八,段匹磾自称奉皇帝诏旨将刘琨缢杀,子侄四人同时遇害。刘琨时年四十八岁。太兴三年(公元320年),刘琨的从事中郎卢谌、崔悦等上表朝廷为刘琨鸣冤,太子中庶子温峤也上表附议。晋元帝于是追赠刘琨为侍中、太尉,谥曰愍。

两晋南北朝诗

携笔落云藻,碧玉小家女

——孙绰和他的《碧玉歌》

　　孙绰,字兴公,太原中都(今山西平遥西南)人,后迁会稽(今浙江绍兴),是东晋士族中很有影响的名士。孙绰早年就博学多才,写得一手好文章,又喜欢游山玩水,放旷山水之间,曾著有《遂初赋》自述其志,并著有《天台山赋》。与高阳的许询并称为"一时名流"。当时的人们大多分为两派,有一部分喜欢许询,认为许询为人高迈,就贬低孙绰,说孙绰鄙俗;另外一部分拥护孙绰的人则推崇他的文采,很不喜欢许询。沙门支遁曾经试探着询问孙绰:"你自己觉得是怎样呢?"问他自认与许询相比孰高孰低。孙绰答道:"许询的高情远致,是我很久以前就很佩服的;但如果说到吟诗作赋,那么即使是许询,在我面前也是要败北的。"自称"情致"不及许询,但在文才上胜出,这也是符合当时人们对二人的看法的,可见孙绰也是个能够客观评价自己和对方的人。

孙 绰

据《晋书·孙楚传附孙绰传》记载,孙绰承袭父亲的爵位,做了长乐侯,官拜太学博士、尚书郎。后历任建威长史、右军长史、永嘉太守。哀帝时,迁散骑常侍、统领著作郎。晋哀帝隆和元年(公元362年),大司马桓温北伐收复洛阳后阴谋篡位,想要迁都洛阳,并上表要求让"永嘉之乱"时南渡的人全部向北迁徙到河南地区。朝廷上上下下的官员都被桓温的权势所威慑,没有人敢提出异议。只有孙绰挺身而出,写了《谏移都洛阳疏》给皇帝。疏中写道:迁都乃"舍安乐之国,适习乱之乡;出必安之地,就累卵之危。"是舍弃安乐之地,会导致国家动荡。皇帝看过了孙绰的上书,打消了迁都的念头,孙绰也由此而一举名垂青史。并且被誉为当时文士之冠,朝中名臣如殷浩、桓温、庾亮等人去世后,都必须要由孙绰来撰写悼词,然后刻在石碑上流传后世,孙绰在文坛的名声之大,由此可见。

孙绰任右军长史、永嘉太守时,在会稽住过相当长的时间,与谢安、王羲之等皆为一时名流,是当时绍兴文士集团的重要成员。晋穆帝永和九年(公元353年),与王羲之、谢安、支遁等四十一人会于兰亭,饮酒赋诗。孙绰与其兄孙统各赋诗两首,孙绰的诗作如下:

> 春咏登台,亦有临流。怀彼伐木,宿此良俦。
> 修竹荫沼,旋濑萦丘。穿池激湍,连滥觞舟。

> 流风拂枉渚,停云荫九皋。莺语吟修竹,游鳞戏澜涛。
> 携笔落云藻,微言剖纤毫。时珍岂不甘,忘味在闻韶。

诗作很是清丽,写出了兰亭集会清雅的风韵和文人雅集的特殊情趣。当时集会所写的诗作被编成了《兰亭集诗》,孙绰被推举为其写跋,同时与会的王羲之为其写序,这也就是流传至今的《兰亭集序》一文之来历。

孙绰信奉佛教,与名僧竺道潜、支遁都有交往。他写了很多佛教方面的文章,如《名德沙门论目》《道贤论》等。在《道贤论》中,他把两晋时的七个名僧比作魏晋之间的"竹林七贤":以竺法护比山涛,竺法乘比王戎,帛远比嵇康,竺道潜比刘伶,支遁比向秀,于法兰比阮籍,于道邃比阮咸,认为他们都是高雅通达、超群绝伦的人物。《晋书》中记载,晋室南迁之后,避乱到江南的士大夫把崇尚佛老和清谈之风带到江南并加以发展,这种风气影响到诗歌,便催生了中国文学

两晋南北朝诗

史上盛极一时的玄言诗,孙绰也被文学家们誉为玄言诗的大师和一代文宗。

作为一代文宗,诗歌风格的多样性是不可或缺的,孙绰诗作中与玄言诗风格截然不同的,是一组《碧玉歌》,这组诗作一共有五首:

> 碧玉破瓜时,郎为情颠倒。芙蓉凌霜荣,秋容故尚好。

> 碧玉小家女,不敢攀贵德。感郎千金意,惭无倾城色。

> 碧玉小家女,不敢贵德攀。感郎意气重,遂得结金兰。

> 碧玉破瓜时,相为情颠倒。感郎不羞郎,回身就郎抱。

> 杏梁日始照,蕙席欢未极。碧玉奉金杯,渌酒助花色。

诗作最早被列为"宋汝南王"所作,但是宋并没有"汝南王"头衔,晋代才有,所以后来《通典·乐典》中就又把这组诗归入"晋汝南王"名下,王运熙先生则认为所谓的"晋汝南王"应该是司马义。经《六朝乐府与民歌·吴声西曲杂考》一书考证,最终确认这组诗的作者是孙绰。这组诗作写的是情窦初开的女孩遇到了心上人,先是芳心暗许,之后心中忐忑不安,生怕对方不喜欢自己,经过试探、相处之后,二人心心相印、甜蜜相处的情景。诗作将女孩羞涩腼腆、含蓄婉转的情态勾勒得十分到位,使人们仿佛能够通过诗作看到一位清秀的邻家女孩面带微笑、脉脉含情的图景,所以后来就有了"小家碧玉"一词,形容的就是清纯秀美的女孩子。

两晋南北朝诗

此外俗尘都不染,惟余玄度得相寻

——许询与玄言诗

许询,字玄度,祖籍高阳(今属河北),"父皈,以琅琊太守随中宗(晋元帝)过江,迁会稽内史,因家于山阴。"西晋灭亡后,许询的父亲作为司晋元帝的部属,也随皇室南渡。因为父亲做官的原因,后来就一直住在会稽(今浙江绍兴)。许询自幼就有文名,"总角秀惠,众称神童。"被人们称为神童,长大之后风情简素,有才华,善于写作,故而能与孙绰并称为"一时文宗"。许询喜好游山玩水,以登山涉水为乐趣,所以当时的人们夸赞他说:"许询可不仅仅有观光览胜的情怀,还有真正游观山水的经历!"

许 询

许询出身世家,才华超群。晋代是没有什么科举考试制度的,选拔官吏只在豪门大户中进行。在这样一个"上品无寒门,下品无世族"的时代,许询要做官是轻而易举的,也是顺理成章的。但许询深受佛学影响,清心寡欲,不慕浮华,更不想参与政治。朝廷一再请他出来做官,他都婉辞不就,"寓居会稽,司徒蔡谟辟,不起。中宗闻而征为议郎,辞不就职。遂托迹,居永兴。"地方官员推荐他做官,皇帝也要征召他,这样的机遇如果换作一般人,肯定是乐得顺水推舟的,但许询非但不愿意做官,甚至为了摆脱做官,还迁居到了永兴。可是他的名气太大,即使到了永兴,朝廷也还是要他做官,"王中郎(王坦之)举许玄度为吏部郎,肃宗(晋明帝)连征司徒掾。"许询没有办法再推脱,又实在不愿意勉强自己,于是决心隐居,"乃策杖披裘,隐于永兴西山。凭树构堂,萧然自致。至今此地,名曰萧山。遂舍永兴、山阴二宅为寺。家财珍宝,悉皆是给。既成,启奏。

孝宗(晋穆帝)诏曰：'山阴旧宅，为祇园寺。永兴新宅，为崇化寺。'"非但自己拄着手杖进了西山，就连自己的家宅也毫不犹豫地捐作寺院，摆出一副无论如何都不会再涉足尘世的姿态来。等隐居地和家产都处理好之后，许询直接把这一切汇报给了皇帝。这样一来，皇帝也知道他为了隐居，连住宅家产都不要了，可见去意坚决，只好十分遗憾地下了诏书，给他的两处宅地赐了寺名，表示认可了这一事实，从此就再也不来征召他了。

在封建时代，像许询这样的皇帝征召而不肯出仕的人被尊崇为高尚之士，号称征君或征士，受人景仰，许询由此而名气更大了。许询做过"都讲"，即主持学舍之人，也就是现在的校长，当时自然是由于才华出众而被选任的。他所讲授的内容包括黄帝、老子学说等，老子学说中重要的一部分就是有关道德的学问，要讲授道德之学，想必其中就已有教化作用；而与医学有关的《黄帝内经》等，具体到采药炼丹，就一定有辨认草药、矿石药用价值的知识，还应包括配方草药、炼就丹丸亲自服食验证等论说。由此可见，许询的学问才华是多方面的。

我们主要关注的是诗歌，所以在许询的多方面才华和成就中，我们要特别说一说他的诗作。《世说新语·文学篇》注引《续晋阳秋》记载："正始中，王弼、何晏好庄老玄胜之谈，而世遂贵焉。至过江，佛理尤盛，故郭璞五言，始会和道家之言而韵之。询及太原孙绰转相祖尚，又加以三世之辞，而《诗》《骚》之体尽矣。询、绰并为一时文宗，自此作者悉体之。"许询是东晋玄言诗人的代表。简文帝曾称其诗"玄度五言诗，可谓妙绝时人。"(《世说新语·文学篇·引》)许询的诗文保存到现在的很少，仅存《竹扇诗》一首及《白尘尾铭》等文，现在能够看到的比较完整的许询的诗歌，仅《竹扇诗》四句：

良工眇芳林，妙思触物骋。箑疑秋蝉翼，团取望舒景。

虽然只有四句，但很符合玄言诗的要求。所谓玄言诗，是一种以阐释老庄和佛教哲理为主要内容的诗歌，约起于西晋之末而盛行于东晋。其特点是以玄理入诗，以诗为老庄哲学的说教和注解。这一诗派的兴起与当时的时代背景紧密相关。自魏晋以后，社会动荡不安，士大夫托意玄虚以求全身远祸。到了西晋后期，这种风气，逐步影响到诗歌创作。尤其是东晋时代，更因佛教的盛行，使玄学与佛教逐步结合，许多诗人都用诗歌的形式来表达自己对玄理的领悟。《文心雕龙·时序》篇说："自中朝贵玄，江左称盛，因谈余气，流成文体，是以世极

两晋南北朝诗

迤遭,而辞意夷泰。诗必柱下(老子)之旨归,赋乃漆园(庄子)之义疏。"《世说新语·文学》篇注引檀道鸾《续晋阳秋》时指出"过江(指东晋)佛理尤盛"。从这个角度来看,许询的这首诗完全无涉政治,只阐述佛理哲思,与他以隐居来逃避官场一样,都反映出了当时士大夫逃避现实的精神状态。所以虽然许询存诗极少,但诸多编著《中国文学史》的专家学者们还是将许询视作东晋玄言诗人的代表。

玄言诗从某种意义上说,距离传统诗歌"诗言志"的要求已经很远,故而历来论者大抵取贬斥态度。刘大杰的《中国文学发展史》就认为:"至如孙绰、许询、恒温、庾亮们的作品,诗既无情韵,体近偈语,那真不能算是诗歌了。"但玄言诗有另一个积极方面的意义,那就是孕育了建立在山水风月基础上的山水诗,这或许也属于塞翁失马吧。比如许询的《竹扇诗》里"篾疑秋蝉翼,团取望舒景"的描述,就颇有情致。

作为文坛的代表人物,许询与当时的许多名人都有交往,比如王羲之、谢安、孙绰、郗愔、郗昙、王修、王坦之、司马昱(晋简文帝)、支遁等,这些都是当时的著名人物。许询能言善辩,长于说理,在来萧山之前,清谈玄理的名声就已经非常显赫了。魏晋人说话比较直率,刘真长就说他"才情过于所闻"(《世说新语》),似乎是说许询实际的才能不如名声那么大,不过或许这也不是有意识地贬低许询,只是说他的名声实在太大了。因为在实际生活中,刘真长是非常尊重许询的,也很喜欢与许询谈话:"许玄度停都一月,刘尹无日不往,乃叹曰:'卿复少时不去,我成轻薄京尹'",并且还说过"清风明月,辄思玄度"这样的话,担任京尹职务(也就是地方长官,类似市长)的刘真长能够放下手头的其他工作,每天与许询清谈。简文帝未登位前,有一天,许询前去拜访,"尔夜风恬月朗,乃共作曲室中语。襟怀之咏,偏是许之所长。辞寄清婉,有逾平日。简文虽契素,此遇尤相咨嗟。不觉造膝,共叉手语,达于将旦。"月朗风清之夜谈天说地,正是许询的特长,他情怀高远而言辞婉丽,使得简文帝对许询十分佩服。后来简文帝也很喜欢与许询设难题争辩、驳诘。刘孝标为《世说新语》作的注,还把二人辩论的题目写了出来:"今有一丸药,得济一人疾,而君父俱病,与君邪与父邪?"只有一丸药,只能救一个人,但是父亲和皇帝都需要,那么应该救谁?这个"举君亲"的难题,有点如同在民间流传的母亲与夫人同时落水,作为儿子与丈夫,应该先救哪一个?许询认为君父并举,难分轻重,所以无法抉择,简文帝当时并不回答,只在许询走后说:"玄度不应该这样不明白。"由此可见,还是对他有些

不满。简文帝与许询辩论,不在于辩论什么,谁胜谁负,关键在于找谁辩论。而许询清谈的名声,正如中国现代棋圣聂卫平的围棋;简文帝找许询辩论,正如同与老聂下棋,至少可以证明此人相当聪明,这也是对许询的极大认可。

许询与王羲之的友谊也很深。永和九年三月初三,王羲之宦游山阴,与谢安等在会稽山阴的兰亭聚会,饮酒赋诗,修祓禊之礼,也写了著名的《兰亭序》。许询是参与王羲之的兰亭修禊的四十一人之一。

王羲之晚年隐居嵊县金庭,许询特地从萧山赶过去与王羲之为邻。李白有诗云:"此中久延伫,入剡寻王、许。"(《送王屋山人魏万还王屋》)诗中的"王、许",就是指王羲之与许询。

许询和刘惔交情也很好。刘惔任丹阳尹,许询去看望,刘惔招待得十分周到:"床帷新丽,饮食甘丰。"许询在都城住了一个月,刘惔天天去看望,还时时想念他:"清风朗月,辄思玄度。"许询也结交地方官:"许玄度隐于永兴南幽穴中,每致四方诸侯之遗。"别人议论他,他却不以为然,说比起把天下让给他来,这样轻松得多了。

许询"好游山水,而体便登陟","好泉石,清风朗月,举酒永杯","好神游,乐隐遁之事",游山玩水对许询来说就是人生的一大乐趣。他一生中,还在萧山其他地方隐居过,如北干之阳、究山、皋屯。皋屯在楼塔,唐朝就呼为"玄度岩"。而后世诗人缅怀许询,也主要是由于他的隐士身份。唐代李颀在《题璇公山池》诗中说:"此外俗尘都不染,惟余玄度得相寻。"刘长卿在《题灵佑和尚故居》诗中则有"残经窗下依然在,忆得山中问许询"之语。能够游山玩水、脱离俗世到了让后人歆羡缅怀的地步,许询也堪称隐士中的成功者了!

寸心斗酒争芳夜,千秋万岁同一情

——刘妙容和她的《宛转歌》

《乐府诗集》卷六十中有两首《宛转歌》,据说是东晋吴令刘惠明的女儿刘妙容所作。但是这二首诗作最早都出自吴均的《续齐谐记》。根据《续齐谐记》记载,诗作是妙容死后遇到王敬伯时所作,颇有些神鬼之说,应该是不可信的。这两首诗大概是王敬伯所杜撰的,又或者是吴均所作,抑或是当时流传在民间的诗作,这些都已经不能确定了。

《续齐谐记》中说:"晋有王敬伯者,会稽余姚人。少好学,善鼓琴。年十八仕于东宫,为卫佐。休假还乡,过吴。维舟中者,登亭望月,怅然有怀。乃倚琴歌泫露之时,俄闻户外有嗟赏声。见一女子,雅有容色。谓敬伯曰:女郎悦君之琴,愿共抚之。敬伯许焉,既而女郎至。姿质婉丽,绰有余态。从以二少女,一则向先至者。女郎乃抚琴挥弦,韵调哀雅,类今之登歌。曰古所谓楚明君也,唯嵇叔夜能为此声。自兹以来,传习数人而已,复鼓琴歌迟风之词。因叹息久之,乃命大婢酌酒,小婢弹箜篌,作宛转歌。女郎脱头上金钗,扣琴弦而和之。意韵繁谐,歌凡八曲,敬伯唯忆二曲。将去,留锦卧具、绣香囊并佩一双,以遗敬伯。敬伯报以牙火笼玉琴轸。女郎怅然不忍别,且曰:深闺独处,十有六年矣。邂逅旅馆,尽平之志,盖冥契非人事也。言竟便去,敬伯船至虎牢戍。吴令刘惠明者,有爱女早逝舟中,亡卧具。于敬伯船获焉,敬伯具以告。果于帐中得牙火笼玉琴轸。女郎名妙容,字雅华。大婢名春条,年二十许。小婢名桃枝,年十五。皆善弹箜篌及宛转歌,相继俱卒。"

这个故事充满了传奇与浪漫的色彩。王敬伯休假回家的路上倚琴而歌,忽然听到有人叹赏自己的琴音,探出头去发现是一名秀丽的女子。女子被王敬伯的琴音雅韵打动,引为知音,并与他同奏。王敬伯抚琴而歌:

低露下深幕,垂月照孤琴。空兹益宵泪,谁怜此夜心。

两晋南北朝诗

女子听罢为其抚琴挥弦，又作了《宛转歌》相赠。故事的最后才透露出了女子的身份，是"冥契非人事"，原来这名女子早已逝去，感于王敬伯的琴声，不顾阴阳相隔而与之相见，写诗为赠。女子离去时将卧具留给了王敬伯，以作纪念，王敬伯也回赠以火笼琴轸。后来等王敬伯行船至虎牢戌时，被县令刘惠明捉住，称在王敬伯的船上找到了自己女儿陪葬的卧具，王敬伯将事情的经过告诉了刘惠明，又在陪葬品中看到了火笼琴轸，误会才解除了。同时刘惠明也证实了王敬伯所见的女子正是自己的女儿刘妙容，连同一起弹箜篌、唱《宛转歌》的侍女，都已然早逝了。

刘妙容所唱的《宛转歌》一共有八首，王敬伯只记住了其中二首：

月既明，西轩琴复清。寸心斗酒争芳夜，千秋万岁同一情。
歌宛转，宛转凄以哀。愿为星与汉，光影共徘徊。

悲且伤，参差泪成行。低红掩翠方无色，金徽玉轸为谁锵？
歌宛转，宛转情复悲。愿为烟与雾，氛氲对容姿。

诗歌中宛转而又真切地表达了刘妙容对知音者王敬伯的爱慕之情，在"愿为星与汉，光影共徘徊"的美好愿望中，蕴含着对"千秋万岁同一情"的向往和赞美，对琴瑟相合、天长地久的执着，体现出年轻女子对于爱情的追求和憧憬，婉转低吟，感人至深。

古人时常用"琴"来暗指与之谐音的"情"，这种用法在诗文中屡见不鲜，如"我欲独眠卿且去，明朝有意抱琴来"。刘妙容为王敬伯抚琴挥弦并作歌以示爱意，而《宛转歌》也因其对爱情"千秋万岁同一情"的执着而千古流芳。当然了，就算不借用"琴"的读音，单就琴声来传情，也是常有的事。最著名的例子就是司马相如琴挑卓文君，说的是才子司马相如见到了新寡的卓文君，一时之间惊为天人，又不方便直接上前追求，于是就借着大家邀请他弹奏琴曲的机会，大大方方地弹唱了一曲《凤求凰》：

凤兮凤兮归故乡，遨游四海求其凰。
时未遇兮无所将，何悟今兮升斯堂！

两晋南北朝诗

有艳淑女在闺房,室迩人遐毒我肠。

古时的神鸟凤凰其实是有雌有雄的,雄鸟为凤,雌鸟为凰,司马相如借用了凤求凰的曲调,配上了追求淑女的词,一曲琴声过后,成功地打动了卓文君的心,心甘情愿地跟着他私奔,放弃了富家女的生活,抛头露面地当垆卖酒去了。这首琴曲可谓传情达到了极致,其效果也达到一种极致。

再演变到后世,元曲中的《西厢记》《玉簪记》,都少不了用琴声传递情思的桥段。在古代男女有别,无法面对面坦然交流的情况下,能用发自肺腑的琴声来传递感情、加深了解,也是十分唯美浪漫的事,更胜过现代发达的通信设备传来的冷冰冰的短信。

大概也正是因为这个故事太过于美好,所以后世的人们并没有抓住神鬼传说的不可信不放,而是坦荡荡地接受了这一事实,即《宛转歌》就是出自刘妙容与王敬伯相互用琴声倾吐心绪的过程中,发自肺腑的吟咏。至于这则传说背后有多少的杜撰,在美好的琴声中,似乎也就显得不那么重要了。

两晋南北朝诗

逍遥云雾间，呼吸发九嶷

——女仙杜兰香及其诗作

如果说刘妙容的故事带有一些神异色彩的话，那么杜兰香就完全是神话传说中的人物了。

《墉城仙录》中有关杜兰香的记载是这样的："杜兰香者，有渔父于湘江之岸见啼声，四顾无人，唯一二岁女子，渔父怜而举之。十余岁，天姿奇伟，灵颜姝莹，天人也。忽有青童自空下，集其家，携女去，归升天。谓渔父曰：'我仙女也，有过，谪人间，今去矣。'其后降于洞庭包山张硕家。"

渔夫在湘江边发现了独自啼哭的小女孩，好心的渔夫收养了女孩，十几岁的时候，这个女孩子就长得晶莹剔透，美貌非凡，一看就知道不是凡人。果然，忽然有一天，仙童从天而降，聚集在渔夫家，之后带着这个女孩又回到了天上。临走时女孩告诉渔父："我本来是仙女，因为犯了错误，所以被贬谪到了人间，现在我就要回天上去了。"这段记载主要说的是仙女下凡，从童年到成年的经历，最后提到了仙女离开渔夫家后的去向——洞庭山的张硕家。

而《搜神记》中的记载正好是从张硕开始的："汉时有杜兰香者，自称南康人氏，以建业四年春数诣张硕，言本为君作妻，情无旷远，以年命未合，其小乖，太岁东方卯当还求君。"仙女在这里有了明确的名字，叫杜兰香，兰香主动上门找到张硕，要嫁给张硕做妻子，但是又提出年命不合，这桩婚事看来是还有很多客观阻碍，不能像柳毅传书中的柳毅和龙女那样，突破仙人之别，顺利地在一起。而《杜兰香别传》中则称杜兰香婚前几次来见张硕，还留下了两首诗作：

阿母处灵岳，时游云霄际。众女侍羽仪，不出墉宫外。
飚轮送我来，岂复耻尘秽。从我与福俱，嫌我与祸会。

逍遥云雾间，呼吸发九嶷。流沙不稽路，弱水何不之。

两首诗作写得仙风缥缈，虽然也说"从我与福俱"，似有求婚之意，但对于仙女身份的强调还是占了上风，似乎也隐隐预示着这桩婚姻的不寻常。果然，《太平御览》引《杜兰香别传》："香降张硕，既成婚，香便去，绝不来。年余，硕忽见香乘车山际，硕不胜悲喜，香亦有悦色。言语顷时，硕欲登其车，其婢举手排硕，凝然山立。硕复于车前上车，奴攘臂排之，硕于是遂退。"杜兰香倒是真的嫁给了张硕，但是刚一结婚，杜兰香就自己离去了，而且一直都没有回来。直到几年后，张硕忽然在山脚遇到了坐在车上的杜兰香。忽然见到久违的仙女妻子，张硕当然是欣喜若狂，兰香看上去也是很开心的样子，二人说了几句话，张硕就想要上车与兰香同乘，可兰香身边的侍女使劲用手搡开了张硕，还挡在车边不让他靠近。张硕再次试图上车的时候，这个侍女就更严厉了，直接用胳膊去推搡他，张硕看到这种情形，就无奈地退了回来。

总而言之，在诸多的仙人相恋的故事中，杜兰香和张硕的这一则无论如何也称不上完满，既没有生死相许的浪漫过程，又没有长相厮守的幸福结局，连牛郎织女每年都能按时见面的一点点安慰都没有。这也说明，传统的仙人相恋故事并不是一开始就那么惊天地、泣鬼神的，都要经过长时间的艺术加工和民间流传过程，结合大家的美好愿望，才能产生出缠绵悱恻的爱情传说。

大概是当时的人们也觉得这则故事太简单，结局又太凄凉，所以东晋时的曹毗专门写了诗作来嘲讽张硕："桂阳张硕为神女杜兰香所降，毗以二诗嘲之，并续《兰香》歌诗十篇。"（《晋书·曹毗传》）。虽然诗作没能流传下来，可这则记载却明明白白地告诉我们，曹毗写诗是在"嘲之"，嘲笑张硕顶着娶了仙女的名声，却过着孤家寡人的日子，实在是不实惠得很啊！曹毗还写有《神女杜兰香传》："杜兰香自云：'家昔在青草湖，风溺，大小尽没。香年三岁，西王母接而养之于昆仑之山，于今千岁矣。'"借杜兰香之口补充了她自己的身份，说她本来是住在青草湖的普通人家，遭遇天灾导致了家破人亡，就剩下三岁的杜兰香，西王母将兰香接到了昆仑山养育长大，到现在已经上千岁了。这倒是从另一个角度解释了为什么杜兰香和张硕"年命未合"，年龄相差实在是太大了，按照现在的说法，代沟深到不可逾越，也难怪他们长期处于分居状态了。

两晋南北朝诗

身谋百年事，豪杰事垂成

——祖逖的英雄赞歌

祖逖，字士稚，范阳遒县（今河北涞水）人，是东晋著名的将领。祖逖少年时生性豁达，不拘小节，轻财重义，慷慨有气节，乡里宗族都很看重他。后来发奋读书，"博览书记，该涉古今"，有经时辅国之才。太康十年（公元289年），二十四岁的祖逖被阳平郡举为孝廉，又被司隶举为秀才，但都没有应命。不久，祖逖与刘琨一起出任司州主簿。两人的关系十分融洽，常纵论世事，相互勉励道："若四海鼎沸，豪杰并起，吾与足下当相避于中原耳。"认为二人都是有才华、有追求的人物，将来豪杰并起的时候，都会成为一时的风云人物，逐鹿中原。"闻鸡起舞"的故事也是发生在这个阶段，是祖逖和刘琨一起奋发学习的证明。

祖 逖

永嘉五年（公元311年），洛阳陷落，祖逖率亲族乡党数百家避乱于淮泗（今江苏徐淮地区）。一路之上，祖逖躬自步行，把车马让给老弱疾病之人，衣粮药物赠予有需要的人。逃亡途中多次遇到盗贼险阻，祖逖应付自如，被同行诸人推为"行主"。抵达泗口时（今徐州市），被镇东大将军、琅琊王司马睿任命为徐州刺史。不久，又被征为军谘祭酒，在京口（今江苏镇江）屯驻。

西晋被推翻后，祖逖常怀"振复之志"，想要凭借个人努力恢复西晋国土。对手下的宾客义徒十分优待，希望他们将来为北伐建功。当时扬州灾荒，这些宾客常常劫掠富户，有时难免被官府抓住，祖逖不但前去解救被官府捕获的门客，还常常主动问他们："比复南塘一出不？"意思是，要不咱们再到南塘（当时富户集中的地方）去干一票？人们因此对他多有非议，但祖逖仍若无其事，我行我素，为了北伐而积极做着准备。

　　建兴元年(公元313年),晋愍帝即位,任命司马睿为侍中、左丞相、大都督陕东诸军事,令其率兵赴洛阳勤王。司马睿当时致力于确保江南一隅不失,根本无意北伐。祖逖进言道:"晋室之乱,非上无道而下怨叛也。由藩王争权,自相诛灭,遂使戎狄乘隙,毒流中原。今遗黎既被残酷,人有奋击之志。大王诚能发威命将,使若逖等为之统主,则郡国豪杰必因风向赴,沈弱之士欣于来苏,庶几国耻可雪,愿大王图之。"陈说了晋朝动乱的根本原因,表明自己愿意致力于收复失地,雪洗国耻。司马睿于是封祖逖为奋威将军、豫州刺史,并象征性地拨调了千人粮饷、三千匹布帛当作军费,其余的招募战士,制造兵器等工作就都交给祖逖自己去组织了。

　　祖逖率先前随他南下的宗族乡党百余家,毅然从京口渡江北伐。当他船至中流之时,望着面前滚滚东去的江水,感慨万千。想到山河破碎和百姓涂炭的情景,想到困难的处境和壮志难伸的愤懑,豪气干云,热血涌动,于是敲着船楫朗声发誓:"祖逖不能清中原而复济者,有如大江!"意思是,若不能平定中原,收复失地,决不重回江东!

　　渡过长江后,祖逖暂驻淮阴,起炉冶铁,铸造兵器,同时又招募两千多士兵。建武元年(公元317年)六月,祖逖进驻芦洲(今安徽亳县),遭到流人坞主张平、樊雅的阻遏。张平、樊雅是兖豫一带的豪强,各自占据一个地方,下属有上千人之多。张平部下还有董瞻、于武、谢浮等十多支小部队,都有数百人。祖逖派参军殷义去联络二人,但殷义蔑视张平,认为他保不住头颅。张平大怒,杀死殷义,并拥兵固守。祖逖攻城不下,遂使用离间计,引诱张平的部将谢浮。谢浮借与张平商讨军情之际,杀死张平,率众归降,祖逖则进据太丘(今永城)。张平死后,祖逖又攻下了樊雅占据的谯城。

　　大兴二年(公元319年)四月,陈川以浚仪(今河南开封)投降石勒。五月,祖逖进攻蓬关(蓬陂,今河南开封),讨伐陈川。石虎领兵五万来援,战丁浚仪。祖逖大败,退守淮南(今安徽寿县)。石虎在豫州进行了一番洗劫之后,带着陈川回师襄国,只留下将领桃豹戍守蓬陂坞西台。大兴三年(公元320年),祖逖派韩潜镇守蓬陂坞东台。相持四十日后,祖逖派人用布囊盛满沙土,假装是食用的大米,派千余人运至东台;又派人挑着真正的大米,佯作累坏了躺在道旁喘气歇息。赵军派精兵来袭击,担夫假装害怕,扔下担子转身就逃。赵军见里面全是大米,以为晋军粮食充足,士气大挫。石勒遣大将以千头壮驴运粮,祖逖在汴水设伏,截获了石勒的粮草,逼得赵军退据东燕城。此后,祖逖多次出兵邀截

两晋南北朝诗

赵军,使石勒的力量迅速萎缩。

祖逖注重调和河南诸晋将和坞堡头目之间的矛盾,对他们动之以情、晓之以理,陈说利害关系,最终使这些人都听从他的指挥,成功收复了黄河以南中原地区的大部分土地。

祖逖军纪严明,以身作则,生活简朴,从不为自己屯田占地,而是亲力亲为地劝督农桑,让自己家中的子弟带头发展生产,又收葬战乱中弃尸荒野的枯骨,加以祭奠,百姓看在眼里,心中都充满了感激之情。一次,祖逖设宴招待当地的父老,一些老人流着眼泪说:"吾等老矣! 更得父母,死将何恨!"我们已经是这么大的年龄了,这时遇到了这么好的父母官,即使现在就死去,也是没有遗憾的! 进而歌颂祖逖:

> 幸哉遗黎免俘虏,三辰既朗遇慈父。
> 玄酒忘劳甘瓠脯,何以咏恩歌且舞。

称赞祖逖对待百姓就像是慈父对待家中的子弟,让百姓免除了作为俘虏的屈辱生活,还得以生活得太平安稳,这样的恩德没有办法报答,只有通过唱歌跳舞来抒发出内心对祖逖的感激。

大兴三年(公元320年)七月,祖逖被加封为镇西将军。石勒见祖逖势力强盛,不敢南侵,就命人在成皋县为其母修墓,又遣书请求通商。祖逖虽然没回信,却任凭通商贸易,更收利十倍,兵马日益强壮,凭借强大的军事实力,祖逖与石勒修好,禁止边将进侵后赵,边境暂得和平。

大兴四年(公元321年),晋元帝任命戴渊为征西将军、都督司、兖、豫、并、雍、冀六州诸军事、司州刺史。之所以没有继续让祖逖担任征西将军,很大程度上是出于皇帝的戒备心理,一般情况下,既有军功,又得人心的将领都会被中央朝廷默认为潜在的威胁,并且会在各个方面多加提防,祖逖此时也是朝廷重点防范的对象。但祖逖一心北伐,认为戴渊虽有才望,但没有远见,不足以主持北伐,而且自己已经收复了黄河以南大片土地,却突然要由文臣统领,心中十分抑郁。同时,祖逖忧虑权臣王敦和宠臣刘隗对立,内乱将会爆发,北伐难成,因而忧愤成疾,不久,就病逝在雍丘了。

祖逖死后,他的弟弟祖约代替他统领部众,但节节失败,祖逖收复的河南大片土地最终被后赵攻陷。一场轰轰烈烈的北伐战争终究由于权臣作祟、皇帝昏

庸而功败垂成。

　　祖逖一生忠心为国，始终不忘恢复之志，后世的爱国志士多以祖逖自励，而有亡国之悲者也多感念祖逖的义举。如文天祥就曾写诗道：

　　　　平生祖豫州，白首起大事。东门长啸儿，为逖一头地。
　　　　何哉戴若思，中道奋螳臂。豪杰事垂成，今古为短气。

　　与祖逖的遭遇相似，文天祥亦是面对残山剩水，空有恢复之志，却被懦弱的南宋朝廷掣肘，无力回天，只能感慨"豪杰事垂成，今古为短气"。文天祥还作有《自叹》诗：

　　　　草宿披宵露，松餐立晚风。乱离嗟我在，艰苦有谁同。
　　　　祖逖关河志，程婴社稷功。身谋百年事，宇宙浩无穷。

　　以祖逖和程婴自比，虽前途渺茫，身处艰辛，但一颗为社稷百姓汲汲不休之心终究不变。诗作是对自己的鼓励，也是对祖逖的认可。

鼻如广莫长风，眼如悬河决溜

——"三痴"顾恺之的拜祭诗

顾恺之，字长康，小名虎头，晋陵无锡人。父亲顾悦之官至尚书左丞。恺之官至散骑常侍，是皇帝的亲信，时常参与国家机要的商讨与制定。顾恺之博学有才气，擅长诗赋，文思敏捷。曾经游历会稽，当人们问起会稽当地的风光时，他出口成章："千崖竞秀，万壑争流；草木蒙笼其上，若云兴霞蔚。"短短几句话就把会稽的山水胜景生动地勾勒出来了。征西将军桓温营造的江陵城十分壮丽，桓温在江边邀请宾客和群僚聚会，声称能用诗歌描摹该城者可得奖赏。顾恺之随即吟道："遥望层城，丹楼如霞。"深得桓温赞许。

顾恺之颇有一些有趣的嗜好，比如他每次吃甘蔗，都是从最寡淡的甘蔗梢开始吃起，逐渐才吃到甘甜的蔗根，大家都不理解这种吃法，顾恺之就解释说，这才叫作"渐入佳境"。顾恺之很擅长绘画，谢安特别推崇顾恺之，认为绘画自古以来从未达到他的高度。顾恺之尤其擅长的是人物画，后人评价六朝画家的人物画时，称张僧繇注重人物的皮肉，陆探微注重人物的骨骼，顾恺之注重人物的神态。顾恺之画人像，有时放好几年都不点眼珠。人们不解其故，他便解释说，相貌画得美丑一些都无关大体，要传达神态，关键就在这眼珠上。嵇康有"手挥五弦，目送归鸿"的诗句，顾恺之把它变成绘画题材后说："手挥五弦易，目送归鸿难。"顾恺之曾为裴楷画像，裴楷脸上长有毫毛，一般画家出于美化和避讳的原则，都会自动省略毫毛这种细节，就像是美图软件里的"磨皮美白"功能自动开启一样，力图通过细节的改变达到美化形象的目的。可

两晋南北朝诗

顾恺之

顾恺之却一反常规,在他的画像上加了三根毫毛,旁观者一致认为这是突出相貌特征的神来之笔。他为谢鲲画像,将人物周围画上山岩,理由是谢鲲爱游山玩水,应该放在山岩之中。正是因为有了这些小创意,使得他每画一幅画,都妙绝一时。顾恺之还很相信各种小法术,时常四处找人学习,认为这些法术都是十分有效的。有人跟他开玩笑,就给了他一片柳叶,骗他说:"此蝉所翳叶也,取以自蔽,人不见己。"说这片柳叶是树上的蝉用来遮蔽自己身体的叶子,人拿着这片叶子,别人就看不到自己了。这种话一般人根本就不会相信,可顾恺之却如获至宝,真的就拿着柳叶,相信别人都看不到自己了。所以当时传说顾恺之有三绝:才绝,画绝,痴绝。这"痴绝"一项,也可以从桓温死后,顾恺之的态度上看出来。

顾恺之是全国知名画家,也是全国知名清谈家,深受桓温的赏识,曾经做过桓温的参军,所以桓温建江陵城,找人描述胜景时,顾恺之也在场。简单地说,顾恺之是桓温的帐前参谋,桓温对他有知遇之恩。

桓温去世后,顾恺之前去拜祭,还写诗道:"山崩冥海竭,鱼鸟将何依?"有了之前的知遇之恩,顾恺之去祭拜桓温可以理解,桓温的去世对于他而言如同山崩海枯自然也是可以理解的。都山崩海枯了,海里的鱼和山里的鸟,哪儿有地方可以去啊! 可对于东晋皇室来说,桓温实在不是一个应该拿出来缅怀的人。桓温一直以来都以夺权为己任,可直到他死,纵然权倾朝野,也没有达到他原本希望得到的名誉和地位。顾恺之的痴绝这时就体现得淋漓尽致了,像桓温这样的造反都造成明反,还没有成功的人,死后就应该赶紧撇清关系,可他还巴巴地赶去祭拜,毫不顾忌可能会被牵连的风险。更有甚者,祭拜还不足以表现他对桓温的缅怀,还要接着写诗。人们故意问他怎样的伤心哭泣,其实就是想要拿他和桓温的关系做文章,可顾恺之如果是那怕事的人,就不会有痴绝之名了。他眯缝起眼睛,像在回忆 件痛苦的往事,毫不理会对方问话里那一丝促狭的意味。想了一会儿,悠悠地说,"鼻如广莫长风,眼如悬河决溜。"(或曰"声如震雷破山,泪如倾河注海。")古人依据风向风性,有八风之说。据《说文解字》记载:"东方曰明庶风,东南曰清明风,南方曰景风,西南曰凉风,西方曰阊阖风,西北曰不周风,北方曰广莫风,东北曰融风。"魏晋二都,建康、洛阳北皆有广莫门,或可认为广莫代指北方。北风,即广莫风,起于孟冬,过则万物肃杀,草木凋零。顾恺之不愧才绝之名,这个广莫长风用得好啊,不仅表现出了当时的动态和声音,还用北风的那种悲凉肃杀形容自己的心情,简直形神具备。这还只是

喘气,真哭起来更是涕泪横流,好比九天悬瀑,直挂沧海。顾恺之不仅绘影绘形地描述了当时那种样子,而且这句话用词经典,对仗工整,简直堪称"绝对"。所以,刘义庆在记述这件事情的时候,生怕自己记错了,又加了一句,后面这句虽然不像前面这句用典这么深刻,不过辞藻更加华丽,对仗更为工整。说:顾恺之当时的哭声,就像是雷霆震怒,劈山裂石;当时的泪水,就像是江河入海,如倾如注。不管是记错也罢,补注也罢,总之,顾恺之去祭奠桓温,简直如丧考妣,悲痛莫名。

桓将军去了,世上还有几个识得我顾虎头?世上已无伯乐,哪里还有千里马?要说,顾恺之确实是个妙人,他跟桓温关系好,跟桓温的儿子,后来正式扯大旗造反的桓玄更是相交极深,偏偏谢安也是他好朋友。所以,顾恺之最后做官也就做到散骑常侍,说到底,他就是个艺术家,与政治家相差甚远。

顾恺之人物画作

潇洒出风尘，笔精妙入神

——王羲之的诗文故事

王羲之，字逸少，祖籍琅琊（今属山东临沂），后迁会稽山阴（今浙江绍兴），晚年隐居剡县金庭。历任秘书郎、宁远将军、江州刺史，后为会稽内史，领右将军，所以后来又被人们称为"王右军"。王羲之是东晋时期鼎鼎大名的书法家，有"书圣"之称。他的书法兼善隶、草、楷、行各体，并且精心研究各种书体，博采众长，将各家书法之长融为一体，摆脱了汉魏笔风，自成一家，影响深远。他的代表作《兰亭序》被誉为"天下第一行书"。在书法史上，他与其子王献之合称为"二王"。

王羲之

王羲之书法享誉于世，关于他书法的故事也有很多，最著名的就是"入木三分"了。他七岁时就擅长书法，十二岁时就已经很是出名了，晋帝当时要到北郊去祭祀，让王羲之把祝词写在一块木板上，再派工人雕刻。王羲之写完后，刻字的工人把木板削了一层又一层，发现王羲之的书法墨迹一直印到木板里面去了。工人削进了足有三分深度，才见到木头本身的颜色，木工惊叹王羲之的笔力雄劲，书法技艺炉火纯青，笔锋力度竟能入木三分。王羲之时常通过日常生活的所见所闻提高自己的书法造诣，他认为养鹅不仅可以陶冶情操，还能从鹅的某些体态姿势上领悟到书法执笔、运笔的道理。有一天清早，王羲之和儿子王献之乘一叶扁舟游历绍兴山水风光，船到县襄村附近，只见岸边有一群白鹅，在摇摇摆摆、晃晃悠悠地散步。王羲之看得出神，便想把它们买回家去。得知这群鹅是附近的道士所养，王羲之就去向道士索买。道士说："倘若右军大人想要，就请代我书写一部道家养生修炼的《黄庭经》吧！"王羲之求鹅心切，欣然答

两晋南北朝诗

应。唐代诗人李白专门为王羲之换鹅的故事写了一首诗：

> 右军本清真，潇洒出风尘。山阴过羽客，爱此好鹅宾。
> 扫素写道经，笔精妙入神。书罢笼鹅去，何曾别主人。

用书法换一群鹅，足见王羲之为人"潇洒出风尘"，随性而为的特点。这种为人处世的洒脱不羁，也是极其符合魏晋风度的行事规范的。16岁时，王羲之被郗鉴选为东床快婿。郗鉴有个女儿，名叫郗璿，字子房，正是二八年华，相貌秀美。郗鉴心疼爱女，所以要用心为女儿挑选夫婿。郗鉴与丞相王导关系很好，又同朝为官，听说王家有很多子弟，而且个个才貌俱佳，就想在王家挑选一个乘龙快婿。一天早朝后，郗鉴把自己择婿的想法告诉了王丞相。王导说："那好啊，我家里子弟的确很多，就由您到家里挑选吧，凡你相中的，不管是谁，我都同意。"

郗鉴就命心腹管家，带上重礼到了王丞相家。王府子弟听说郗太尉派人来挑女婿，又都知道郗鉴的女儿聪明美貌，都想要被选中，纷纷仔细打扮，整理衣着，然后才出来相见。王府管家便领着郗府管家逛遍了王府，一直来到东跨院的书房里，进门就看到靠东墙的床上有一个袒腹仰卧的青年人，非但没有提前

《兰亭集序》

梳洗打扮,就是管家进门,他也无动于衷。郗府管家回到府中,对郗太尉说:"王府的年轻公子有二十余人,听说郗府觅婿,都争先恐后,唯有东床上有位公子,袒腹躺着若无其事。"郗鉴说:"我要选的就是这样的人,走,快领我去看看。"郗鉴来到王府,见此人既豁达又文雅,才貌双全,便当场下了聘礼,择为快婿,这人正是王羲之,而"东床快婿"一说就是这样来的。

王羲之幼年时曾得过重病,虽然保住了性命,但每隔一两年就会发作一次。有一次又发病,正在浑浑噩噩的时候,灵感忽至,随口吟出一首小诗:

取欢仁智乐,寄畅山水阴。清冷涧下濑,历落松竹林。

诗作写出了寄情山水的悠远情怀,很为后人推崇,无锡著名的"寄畅园"就得名于此。等病况稍好时,身边服侍的人把这首诗念给王羲之听,他自己也感慨,即使是病中癫狂,也不影响人自身的品性。

东晋穆帝永和九年(公元353年),农历三月三日,王羲之和谢安、孙绰等41人在绍兴兰亭修禊(一种祓除疾病和不祥的活动)时,众人饮酒赋诗,汇诗成集,王羲之即兴挥毫为此诗集作序,这便是有名的《兰亭集序》。此帖为草稿,28行,324字。记述了当时文人雅集的情景。作者因当时天时地利,又是兴之所至,故而发挥极佳,据说后来再写此文已不能达到草稿的境界了。其中有二十多个"之"字,写法各不相同。宋代米芾称之为"天下第一行书"。他的书法平和自然,笔势委婉含蓄,遒美健秀,世人常用曹植的《洛神赋》中的"翩若惊鸿,婉若游龙,荣曜秋菊,华茂春松。仿佛兮若轻云之蔽月,飘飘兮若流风之回雪"一句,来赞美王羲之的书法之美。

两晋南北朝诗

永和十一年(公元355年)三月王羲之称病弃官。"携子操之由无锡徙居金庭。建书楼,植桑果,教子弟,赋诗文,作书画,以放鹅弋钓为娱。"他和许询、支遁等人,开始遍游剡地山水。定居金庭后,书法兴起。其后裔多擅书画,作品挂满厅堂、书房,人称"华院画堂"。后人定村名为"华堂",沿称至今。

昂昂若千里之驹，汎汎若水中之凫

——王徽之的"七言诗"

　　王徽之，字子猷，是王羲之的第五个儿子，同时也是东晋的名士和著名书法家。徽之自幼追随其父学书法，在兄弟中唯有"徽之得其势"，书法成就在王氏兄弟中仅次于其弟王献之。传世书帖中有《承嫂病不减帖》《新月帖》等。

　　王徽之有个"乘兴而来"的小故事。王徽之住在山阴县，有一天晚上下了大雪，他一觉醒来，打开房门，屋外白雪皑皑，王徽之一时兴致大发，叫家人拿酒来喝。眺望四方，一片皎洁，于是起身徘徊，朗诵左思的《招隐》诗。忽然想起好友戴逵，当时戴逵住在会稽剡县（今浙江省嵊州市），两人相距甚远，但王徽之仍然坚持要拜访好友，于是当晚乘舟而行。船行了一夜，第二天中午才到，到了戴家门口，王徽之却没有进去，转身原路返回。别人问他什么原因，王徽之说："我本是乘酒兴而来，现在兴致没了，自然该回去了，为什么一定要见到戴逵呢？"真是乘兴而来，兴尽而归，洒脱得很呢！

　　魏晋时期这样随性的人可不止王徽之一个，桓子野也是可以和王徽之媲美的风度之士，这两个人碰到一起，那可是默契有加。王徽之坐船进京，船停泊在码头上，人还没有上岸。这时正碰上桓子野从岸上经过。王徽之以前听说桓子野擅长吹笛子，可是并不曾谋面。只是在船上听到有人说那就是桓子野，便派人替自己传话给桓子野，说："听说您擅长吹笛子，请为我吹奏一曲。"桓子野当时已经做了大官，早就听说过王徽之的名声，立刻就掉头下车，上船坐在马扎儿上，为王子猷吹了三支曲子，吹奏完毕，就上车走了。双方自始至终都没有交谈，只字未言，这默契可不是一般人能理解的。

　　王徽之特别喜欢竹子，号称一天都不能缺了竹。有一次到外地去，经过吴中，听说一个士大夫家有个很好的竹园，就要去参观。竹园主人已经知道王徽之会去，早早洒扫布置一番，并且端坐在正厅里等他。但王徽之却坐着轿子径直来到竹林里，吟咏长啸了很久，压根也没想到要先去见见主人。竹园主人十

分失望，还以为他返回时会派人来通报一下，可没想到王徽之玩赏够了就要直接离开，连招呼也没准备打。主人终于忍受不了，就叫手下的人去关上大门，不让他出去。王徽之非但没有因此而生气，反倒更加赏识竹园的主人，欣然留步坐下，尽情畅聊了一番才走。

日常生活如此洒脱随性，不仅没有妨碍王徽之在文学和书法上的造诣，而且使得王徽之对文学的认识不同流俗。一次，王徽之去拜访谢安，谢安就问他："你觉得什么是好的七言诗呢？"王徽之随口答道："昂昂若千里之驹，汎汎若水中之凫。"这两句可不是现成的七言诗，而是出自《楚辞》中，原文是："宁昂昂若千里之驹乎？将汎汎若水中之凫乎？"意思是宁愿昂然如同一匹千里马呢，还是如同一只普普通通的鸭子，随波逐流，苟且偷生来保全自己的身躯呢？虽然不是完全意义上的七言诗，但是王徽之挑选的这两句对仗工整、平仄合理，最重要的是，还体现出了诗人不愿随波逐流的昂然精神，即使是后世完整的七言诗，也少有能达到如此境界的。可见王徽之对诗体的认识是十分深入和独到的，既重视形式上的合规，又强调意义上"诗言志"传统的发扬，看似信手拈来，实则工整妥帖，由此可见王徽之的文学造诣不凡。

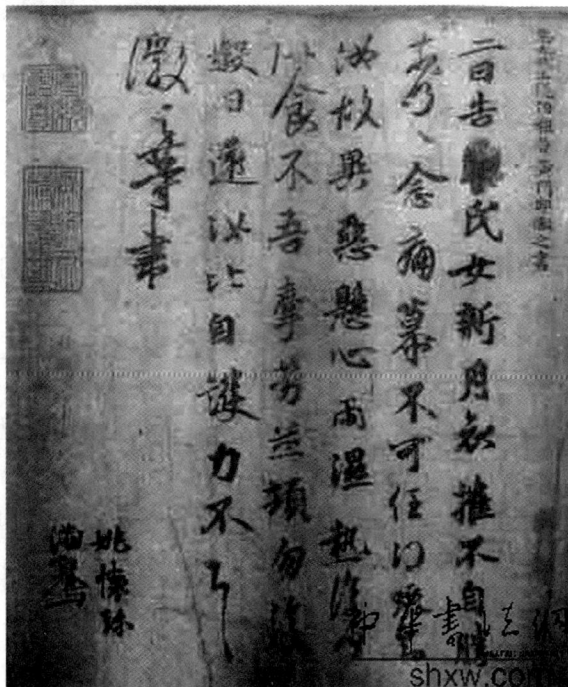

王徽之书法

春花映何限，感郎独采我

——王献之的《桃叶歌》

王献之，字子敬，小名官奴，是王羲之的第七子，东晋书法家、诗人、大臣，还是晋简文帝司马昱的驸马。王献之是王羲之几个儿子里书法成就最高的，与其父并称为"二王"。后期由于唐太宗并不十分欣赏其作品，使得他的书法没有像他的父亲那样有大量留存。

王献之

王献之和他的哥哥王徽之一样，都颇具魏晋时期人们所推崇的自在随性的性格特征，甚至在气度方面还要胜过王徽之。据《世说新语》记载，王献之和王徽之曾经坐在同一个房间里，前面忽然起火了。"子猷遽走避，不惶取屐；子敬神色恬然，徐唤左右，扶凭而出，不异平常。"王徽之看到起火就急忙逃避，连鞋子都顾不上穿，而王献之则神色安然，慢悠悠地叫来随从，搀扶着再走出去，就跟平时一样。世人从这件事上判定二王神情气度的高下，认为王献之更胜过王徽之。

王献之娶的妻子是郗昙的女儿，但两人没有白头偕老，而是早早离婚了，王献之心中一直对此事耿耿于怀。后来病重之时，按当时习俗要请道家做章表，写明病人姓名，以及病人所坦白的自己的罪过，向上天祷告除难消灾。道家问王献之自认为一向有什么异常和过错。王献之说："想不起有别的事，只记得和郗家离过婚。"可见在他心中，自己一生中最大的过错就是离婚，也可以看出，王献之是很重感情的人。我们接下来要介绍的《桃叶歌》便是王献之的真情流露之作：

两晋南北朝诗

桃叶映红花，无风自婀娜。

春花映何限，感郎独采我。

《桃叶歌》是东晋乐府《清商曲辞·吴声歌曲》中的一个曲调。据《乐府诗集》引《古今乐录》，该曲调是王献之所作，有歌词三首，这首是其中之一。桃叶是王献之的妾，献之非常爱她，因此作了这首诗歌。

这首诗以桃叶的口吻来抒写桃叶对王献之爱她的感激之情，篇中的郎即指王献之。上两句说：桃树绿叶红花互相映照，它那轻盈娇艳的体态，虽然没有春风的吹拂，也仿佛在微微晃动，显得婀娜多姿。这两句表

王献之书法

面上写桃树，实际上则是以桃花比喻爱妾桃叶的美丽。下两句说：春天百花盛开，在明媚的阳光下，灿烂绽放的花木品种，真是多得数也数不清；可是郎君唯独喜爱、采撷我（桃花），其情谊是多么令人感动啊！这两句以桃叶的口吻，写她受到王献之宠爱的感激心情。整首诗都以桃花比宠妾桃叶，用桃花之美衬托出她的娇艳美丽；以王献之于春日百花中独采桃花，表现出他对桃叶的深情和桃叶对他的感激。短短四句，通过生动的比喻，把桃叶的美丽、献之和桃叶两人间的情爱都表现出来了，语短情长，堪称古代爱情诗中的一篇佳作。诗的语言朴素明朗，比喻生动，可以看出深受当时吴地民歌的影响。

《桃叶歌》抒写对侍妾的情爱，除了受民歌大胆表现爱情的影响外，还显示出魏晋时代文人思想比较解放的特色。在汉代，儒家思想的统治相当强大，儒家提倡诗教，要求诗歌"发乎情，止乎礼义"，表现男女情爱而无关政治教化的作品，往往受到轻视，甚至被视为淫辞，大加限制。因此在汉诗中，读者只能看到像秦嘉、徐淑夫妻赠答的诗篇：

秦嘉《赠妇诗》：

人生譬朝露，居世多屯蹇。忧艰常早至，欢会常苦晚。

两晋南北朝诗

念当奉时役,去尔日遥远。遣车迎子还,空往复空返。

省书情凄怆,临食不能饭。独坐空房中,谁与相劝勉。

长夜不能眠,伏枕独展转。忧来如循环,匪席不可卷。

徐淑《答秦嘉诗》:

妾身兮不令。婴疾兮来归。沈滞兮家门。历时兮不差。

旷废兮侍觐。情敬兮有违。君今兮奉命。远适兮京师。

悠悠兮离别。无因兮叙怀。瞻望兮踊跃。伫立兮徘徊。

思君兮感结。梦想兮容辉。君发兮引迈。去我兮日乖。

恨无兮羽翼。高飞兮相追。长吟兮永叹。泪下兮沾衣。

即使是夫妻之间,表达感情也是含蓄委婉的,遵奉的依然是"温柔敦厚"的诗教原则。而且即便是这样的诗作,在汉代诗坛也是极为少见的,更别说是像《桃叶歌》那样的作品了。到了魏晋时期,儒家思想的统治大为削弱,道家的老庄思想抬头。当时不少文人要求摆脱森严的礼法束缚,崇尚自然,主张顺着人的自然感情行动。在处理男女关系上也是如此。《桃叶歌》敢于表现对社会地位低下的妾的情爱,可以说,正是这种时代新风气下的产物。与《桃叶歌》同时出现的,乐府吴声歌曲中的《碧玉歌》《团扇歌》,与之声气相通。《碧玉歌》据说写的是晋汝南王司马义的爱妾碧玉对汝南王的感情,《团扇歌》写的则是晋中书令王珉和谢芳姿间的情爱,题材内容与《桃叶歌》非常接近,反映了一个时代贵族、文人在生活、创作方面的共同风尚。

两晋南北朝诗

动摇郎玉手,因风托方便

——谢芳姿与《团扇歌》

前面我们已经看过了《碧玉歌》和《桃叶歌》,再来看看与之声气相通的《团扇歌》。

"团扇"这一意象开始在诗作中形成是在西汉,才女班婕妤作《团扇歌》自咏:

> 新裂齐纨素,皎洁如霜雪。
>
> 裁作合欢扇,团圆似明月。
>
> 出入君怀袖,动摇微风发。
>
> 常恐秋节至,凉意夺炎热。
>
> 弃捐箧笥中,恩情中道绝。

班婕妤原名班姬,汉成帝时被选入宫,封婕妤,所以后世都称她为班婕妤。《隋书》中记载她有《成帝班婕伃集》一卷,但是现在已经散佚了,只有《自悼赋》《捣素赋》《怨歌行》存世,其中的《怨歌行》也就是这首《团扇歌》。这首诗作从字面看,是一首题咏扇子的咏物诗。然而句句都是明写团扇,暗喻人情,寓情于物,委婉地写出了一位薄命女了的怨情。

开头四句写的是悉心挑选了上好的布料,裁成了如明月般团圆、如霜雪般皎洁的扇子。表面上是赞美团扇的精美,实则借喻女主人公的高洁秀丽。这也是作者精炼了自身经历而写成的心酸回忆。班婕妤入宫前就有才名,是远近推崇的才女,有如纨素一样无瑕。被选入宫后,也依然光彩夺目。

"出入君怀袖,动摇微风发。"如同团扇常被主人爱不释手地放在怀中,时刻摇扇纳凉一样,刚入宫的班婕妤深得汉成帝的喜爱,时常把她带在身边。然而扇子只在夏天有用,而夏日无长,夏天过去后,扇子也就没有了用处。"常恐秋节

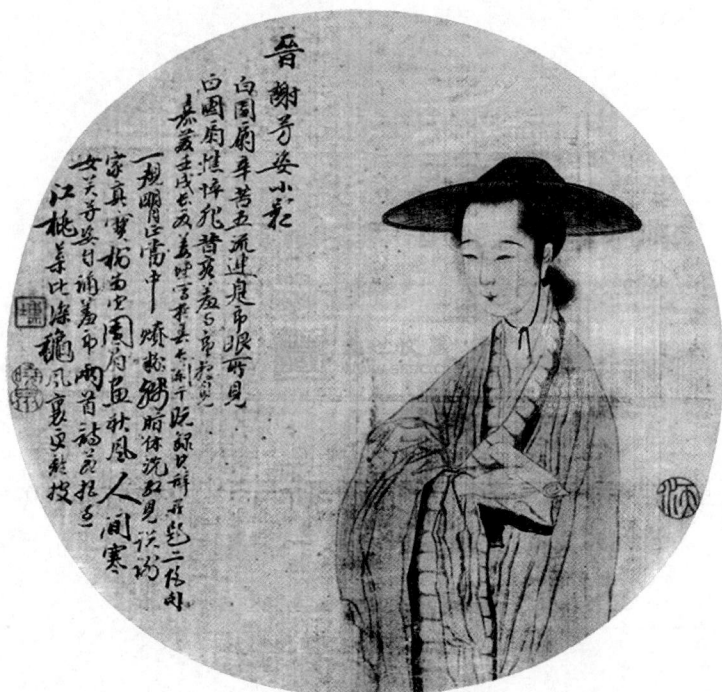

谢芳姿

至,凉意夺炎热"一句点出了作者的恐惧之情。炎热的夏日不能常驻,青春美貌也会随时光流逝,她预感自己终将被新宠代替,"弃捐箧笥中,恩情中道绝"。据《玉台新咏》中记载,赵飞燕入宫后,在汉成帝面前诋毁班婕妤,导致班婕妤失宠,幽居于长信宫,"乃作赋自伤,并为怨诗一首"。此时幽居在冷宫中的班婕妤就像搁置在箱匣中的团扇一样,昔日的恩情已然断绝,再也找不回来了。

诗作语言清丽,没有华丽的辞藻和修辞,读来平平淡淡,但其哀怨之情却充斥于字里行间,具有深远悠长的意境。也正是因为这首诗作感人的艺术魅力,故而"团扇"在后世的诗作中屡屡被用来比喻女性,尤其是被抛弃女性的悲惨命运。

东晋《团扇歌》的作者也是一位女性,名叫谢芳姿。东晋的中书令王珉,据《世说新语》记载,是一位"风情秀发,才辞富赡"的大家公子。他与嫂嫂的婢女谢芳姿相爱,情意很是深厚。这样的感情当然是为主人所不容的,所以王珉的嫂嫂时常虐打芳姿。有一次实在打得很凶,王珉之兄王珣出来劝阻,碍于丈夫的面子,女主人只得答应饶过芳姿,但有个条件,就是要谢芳姿当场吟诗一首。芳姿应声便道:

白团扇,辛苦五流连,是郎眼所见。

"郎"指的就是王珉,据说王珉喜欢手持团扇,所以谢芳姿就以团扇自比,希望自己能像王珉手中的团扇一样,常伴他左右。这时王珉也听到了消息,赶来探问,谢芳姿见到王珉,马上改了字句,吟道:

白团扇,憔悴非昔容,羞与郎相见。

还是用白团扇来比喻自己,说自己饱受虐待,已经憔悴不堪,即使王珉此时出现,也是羞于和他相见的。公子和婢女相爱,婢女不惮在主人面前唱出这段爱情,主人也因这首歌而宽恕了她,这倒是一段颇为有趣的佳话。比起班婕妤来,这段故事也少了些凄凉,多了些浪漫,至少这里的白团扇还是被王珉所珍惜的。

还有一种记载,说书法家王献之的爱妾桃叶作过三首《团扇歌》。有一首道:"团扇复团扇,持许自障面。憔悴无复理,羞与郎相见。"与上举谢芳姿所唱很相似,应该是同一首诗被收录到了不同人的名下,并且加以附会。我们还是把这首《团扇歌》归入谢芳姿名下。另两首附会为桃叶所作的诗是:

七宝画团扇,灿烂明月光,与郎欲暄暑,相忆莫相忘。

青青林中竹,可作白团扇。动摇郎玉手,因风托方便。

她将白团扇赠予情郎,希望他不要忘记他们的恋情。七宝,指扇上镶嵌的各种珍宝。后来南齐丘巨源有《咏七宝画团扇》云:"表里镂七宝,中衔骇鸡珍(一种珍贵的犀角)。"白团扇面上,可以题诗,可以作画。丘巨源诗便说:"画作景山树,图为河洛神。"有风景,有人物。南齐另一著名诗人江淹《杂体诗·班婕妤咏扇》也说:"画作秦王女,乘鸾向烟雾。"

吴声歌曲中的《团扇歌》是颇为著名的。北魏杨衒之《洛阳伽蓝记》卷四说,河间王元琛"有婢朝云,善吹篪,能为《团扇歌》"。北魏都有能唱《团扇歌》的婢女,可见这曲调已经越过长江,唱到北方去了。

后来用团扇作歌的习俗也一直沿袭了下来,善于使用民间歌曲的曲调自创歌词的刘禹锡也有《团扇歌》传世:

> 团扇复团扇,奉君清暑殿。
> 秋风入庭树,从此不相见。
> 上有乘鸾女,苍苍虫网遍。
> 明年入怀袖,别是机中练。

依然是用团扇比人,承袭了班婕妤诗中团扇夏日伴人左右,秋日便收起来的意象,诗的最后两句则是说,虽然夏天还会到来,但是明年夏天又会裁制新的团扇,而今年的旧扇子,是再也不会"入怀袖"了。将"只见新人笑,不闻旧人哭"的闺怨情绪表达得更为明显,而不改以团扇喻失宠女子的传统。

秋风入庭树

数子勉之哉，风流由尔振

——谢混的人物品评诗

众所周知，魏晋是个盛产帅哥的时代，"王家书法谢家诗"，王谢两家作为东晋的顶级豪门，在男色方面自然也是高人一等的。谢混的祖父谢安被誉为"风神秀彻"，父亲谢琰是出了名的"美姿容"，谢混本人更是被时人称之为"江左风华第一"。对此《宋书·谢晦传》《南史·谢晦传》都有记载："时谢混风华为江左第一，尝与晦俱在武帝前，帝目之曰：'一时顿有两玉人耳。'"谢混和谢晦同时站在武帝面前，连武帝都忍不住感慨，说真是两个像玉一样温润美丽的人啊！谢混因政治原因被刘裕赐死后，"谢晦谓刘裕曰：'陛下应天受命，登坛日恨不得谢益寿奉玺绂。'裕亦叹曰：'吾甚恨之，使后生不得见其风流！'"虽然迫不得已赐死了谢混，但是内心十分惋惜，觉得让后世不能见到谢混这样美貌的男子，十分遗憾。另据《南史》记载："（王）智无子，故父僧朗以景文继智。幼为从叔球所知怜。美风姿，为一时推谢。袁粲见之叹曰：'景文非但风流可悦，乃哺歠亦复可观。'有一客少时及见谢混，答曰：'景文方谢叔源，则为野父矣。'粲惆怅良久，曰：'恨眼中不见此人。'"王景文也是当时鼎鼎大名的美男子了，尚书令袁粲见到他后不禁称赞："非但风流可爱，就连吃饭喝酒的样子也很好看。"然而他的一位早年见过谢混的朋友却说："拿王景文比谢混，则为一介野夫了。"弄得这位宰相惆怅不已，恨不得一睹其风采，只可惜不能如愿。

谢混妻子是东晋孝武帝女儿晋陵公主，据《晋书》记载，当年孝武帝择婿，跟王珣商量说："我知道像当年王敦、桓温这样才能卓越的驸马是找不到了。不过这种人也麻烦，总是干预帝王家事，我也不喜欢。我对女婿的要求不高，像刘惔、王献之这样的人就可以了。"上述这四人，都是晋室驸马，当时鼎鼎有名的人物，只不过前两人都有威胁皇权的动作，而后两人比较乐于清谈，只是怡情山水而已。武帝的条件不是不高，而是十分之高的。于是王珣左挑右选，终于选定了谢混。他进宫报告选婿的结果："谢混虽然不如刘真长，但是绝对不会比王献之差。"武帝深以

为然,可没多久皇帝驾崩,婚事就被耽搁了下来。谢混出身大家,又有如此出名的美貌,绝对是标准的"高富帅",生在任何一个时代都是抢手的女婿人选。有一个叫袁山松的大臣也看上谢混,想把女儿嫁给他,就跑去问王珣的意见。王珣大笑,说:"你还是不要靠近禁脔了。"当年晋元帝刚刚建政江左之时,财政紧张,每次有人送猪肉,都觉得是美味,特别猪脖子上有一块肉味道最美,大臣们从来都不敢吃,得来就赶紧送给皇帝,当时就把这块肉称为"禁脔"。王珣借此戏称谢混是皇帝看中的女婿,是皇家碗里的肉,他人不可妄想染指,让袁山松死了这条心。

　　谢混有敏锐的洞察力,以善于识人而闻名。《世说新语》说:羊绥的次子羊孚,少年时就才智出众,和谢混关系很好。有一次,他一大早就到谢家去,还没有吃早饭。一会儿王齐、王睹也来了,他们原先不认识羊孚,又自视甚高,不愿意与不认识的人同座。所以落座后脸色就有点不高兴,想让羊孚离开。羊孚看也不看他们,只是把脚搭在小桌子上,无拘无束地吟诗、观赏。谢混和二王寒暄了几句后,回头仍旧和羊孚谈论、品评,二王这才体会出他非同一般,开始和他一起说话。一会儿摆上饭菜,二王一点也顾不上吃,只是不停地劝羊孚吃喝。羊孚也不大搭理他们,只顾着大口大口地吃饭,吃完便告辞。二王苦苦挽留,羊孚不肯留下,只是说:"刚才我不能顺从你们的心意马上走开,是因为肚子还是空空的。"谢混敬重和优待后进之士的举动,提高了他在士人中的威望,成了一时瞩目的人物。据《宋书》说:"混风格高峻,少所交纳,唯与族子灵运、瞻、晦、曜以文义赏会,常共宴处,居在乌衣巷,故谓之'乌衣之游'。混诗所言'昔为乌衣游,戚戚皆亲姓'者也。其外虽复高流时誉,莫敢造门。"谢混是当时年轻人都渴望结交的对象,不过他并不是个无原则交游的人,谢混的家族观念很强,时常往来的就是族侄谢灵运、谢瞻、谢晦、谢曜等人。这些人经常以文辞欣赏聚会,又都住在乌衣巷,于是他们的交游就被称为"乌衣之游",谢混曾写诗道:"昔为乌衣游,戚戚皆亲姓",说的就是与族侄的交往。现在南京夫子庙景区里还保留有"乌衣巷""王谢故居",房屋巷道依旧,但当年享誉一时的"乌衣之游"已是"昔日王谢堂前燕,飞入寻常百姓家","风流早被,雨打风吹去"了。

　　谢混与族侄的交往并不仅仅停留在宴饮上,他用心观察各位子侄,对每个人都提出了中肯的意见。他曾说:"阿远刚躁负气;阿客博而无检;曜恃才而持操不笃;晦自知而纳善不周,设复功济三才,终亦以此为恨;至如微子,吾无间然。"又说:"微子异不伤物,同不害正,若年造六十,必至公辅。"说谢瞻性格刚硬浮躁;谢灵运虽然博学多才,但行为不够严谨;谢曜则恃才狂傲;谢晦虽然能认

识到自己的缺点,但却不能听取他人的意见善加改正,以后也终会因此留憾。谢混最欣赏的是谢弘微,认为他没有缺点,日后必成大器。

除了这些评价外,谢混还曾在宴会后乘酒兴为几个子侄各写了一首诗:

> 康乐诞通度,实有名家韵。若加绳染功,剖莹乃琼瑾。(谢灵运)
> 宣明体远识,颖达且沉隽。若能去方执,穆穆三才顺。(谢晦)
> 阿多标独解,弱冠纂华胤。质胜诚无文,其尚又能峻。(谢曜)
> 通远怀清悟,采采标兰讯。直辔鲜不踬,抑用解偏吝。(谢瞻)
> 微子基微尚,无倦由慕蔺。勿轻一篑少,进住必千仞。(谢弘微)
> 数子勉之哉,风流由尔振。如不犯所知,此外无所慎。

在这里他积极评价了谢灵运的诗文,说他的诗作颇有创意,又有通达的风度,是名家风格,如果能加以雕琢、渲染,分明就是一篇篇美文琼诗,这为谢灵运的成长起了很大的促进作用。对其他几位子侄的评价也十分中肯。事实证明,谢混的眼光是很准的,谢灵运后来在诗歌创作方面取得了卓越的成就,开创了山水诗派。而谢混最为认可的谢弘微,后受刘裕重用,谢混死后,晋陵公主改嫁时将家业交付于谢弘微。"弘微经纪生业,事若在公,一钱尺帛出入,皆有文簿。迁通直郎。高祖受命,晋陵公主降为东乡君,以混得罪前代,东乡君节义可嘉,听还谢氏。自混亡,至是九载,而室宇修整,仓廪充盈,门徒业使,不异平日,田畴垦辟,有加于旧。东乡君叹曰:'仆射平生重此子,可谓知人。仆射为不亡矣。'中外姻亲,道俗义旧,见东乡之归者,入门莫不叹息,或为之涕流,感弘微之义也。"谢弘微将谢混的家业照管得井井有条,甚至比谢混在世时还有所扩充,难怪晋陵公主感慨谢混生前看重谢弘微,真是慧眼独具,没有看错人。

虽然谢混有看人的独到眼光,但传名后世的还是他的风度相貌,唐朝的孙元晏就写有《谢混》诗:

> 尚主当初偶未成,此时谁合更关情。
> 可怜谢混风华在,千古翻传禁脔名。

感慨谢混当年风华绝代,早早被皇帝看中选作驸马,即使如此,也还有大臣在婚事拖延之时试图将女儿嫁给他,如此风姿的人物,千百年间亦不能一出!

两晋南北朝诗

试使夷齐饮，终当不易心

——廉洁楷模吴隐之

　　吴隐之可以说是古代清官的典范，与他有关的故事，都是他在清贫中始终保持气节的表现。吴隐之自幼家境贫寒，但志存高远。他饱览诗书，以儒雅著称于世。即使每天喝粥，也不受外来之财，母亲去世时，他悲痛万分，每天早晨都以泪洗面，行人皆为之动容。当时韩康伯是他的邻居，韩康伯之母常对康伯说："你若是当了官，就应当推荐像吴隐之那样的人才。"

吴隐之

　　后来，韩康伯成了吏部尚书，便推荐吴隐之为辅国功曹。当时吴隐之的哥哥吴坦之是袁真的功曹，袁真被桓温打败，吴坦之被俘，即将被斩。吴隐之前去拜见桓温，请求用自己来代替哥哥，桓温认为吴隐之是难得的忠义之士，于是放了吴坦之，并且上奏皇帝，拜隐之为奉朝请、尚书郎。接着吴隐之又被谢石点名要过去做主簿，再后来是入朝做中书侍郎。与尚书郎、主簿一样，中书侍郎也是秘书性职务。吴隐之卖狗嫁女，就发生在他做谢石主簿的时候。

　　谢石是东晋著名人物，淝水之战的晋军司令便是他。谢石对吴隐之的生活很关心。吴隐之的女儿要出嫁，谢石知道他家穷，"遣女必当率薄"，肯定是没有

能力操办婚礼的,便吩咐手下人带着办喜事所需的各种物品去帮忙操办。到了吴隐之家,只见家中冷冷清清,毫无办喜事的气氛,唯见婢女牵了一只狗要去市上卖,原来吴隐之要靠卖狗的钱来做女儿的嫁资!虽说晋代和现代物价肯定有差别,但是普通一只狗的价格肯定是少之又少的,用卖狗的钱来嫁女儿,婚事之寒酸就可想而知了。

东晋时的主簿,虽然不是什么了不起的大官,其职责无非是主管文书,为将相大臣的幕僚而已。但如果说起这个官职的地位,却又十分重要,论其权力,有时甚至大得使人咋舌。如桓温以郗超为参军,王珣为主簿,时人便有"髯参军,短主簿,能令公喜,能令公怒"之语,主簿地位之重要和权力之大,甚至可以直接影响将相的喜怒哀乐。其时谢石声誉日隆,炙手可热,且谢家十分富有,吴隐之在他手下当差,俸禄定当不菲。退一步说,吴隐之的俸禄即使不多,但他只要运用自己的地位和影响,以顶头上司谢石为榜样(谢石聚敛无度同样很有名),聚财敛资,怎么也不会穷到卖狗嫁女的地步。很显然,吴隐之家穷,是另有原因的。史书上说他"弱冠而介立,有清操","虽居清显,禄赐皆班亲族,冬月无被,尝浣衣,乃被絮,勤苦同于贫庶"。他家穷,是他始终保持清廉的操守,又乐善好施造成的。

众所周知,两晋时的官风,是相当腐败的。何曾父子日食万钱,石崇与王恺比阔斗富这类丑闻,都是发生在那个时代。在那种环境和条件之下,吴隐之能够清廉自守,确实难能可贵。特别是,上司谢石聚敛无度,他却毫不动心,甘于清贫,尤其让人崇敬。隆安年间(公元397年—402年),朝廷想革除岭南的弊端,就任命吴隐之为龙骧将军、广州刺史、假节领平越中郎将。目的就是希望他到那里去树立新的形象,改变过去岭南历任刺史皆贪污受贿、中饱私囊的弊端。

岭南之地面海环山,多有象牙、珍珠、海味和名贵药材出产。现在当然是备受青睐的旅游胜地,但在东晋时期因为地处僻远,瘴疫流行,还属蛮荒之地,所去之人大多为艰苦的环境所困,生病甚至丧命都是常有发生的。所以很少有人愿意去那里做官,只有那些家里贫困而又想发横财的人才肯去。到广州做刺史,只要弄上一箱珍珠宝物,那就是几辈子都享用不尽的。以往的广州刺史都是为了发财才去做官的,所以没有一个是不贪的。吴隐之不信这个邪,到广州后,他对亲人说:"不见可欲,使心不乱。越岭丧清,吾知之矣。"如果压根儿没有贪污的欲望,就不会见钱眼开,说什么过了岭南就丧失了廉洁,纯属一派胡言。赴任途中行至距广州20里处的石门,遇一山泉,当地人都传说不管是谁喝了泉

·061·

里的水都会变得贪婪无比，所以给这口泉起名叫"贪泉"。为了表明立志清廉，吴隐之特意来到贪泉，掬水而饮，并赋诗为志：

古人云此水，一歃怀千金。试使夷齐饮，终当不易心。

人们都说喝了这泉水，就会贪财爱宝，假若让伯夷、叔齐那样品行高洁的人喝了，我想终究不会改变那颗廉洁的本心。以伯夷、叔齐自比，表示自己要保持清廉的作风，永远不会改变。上任后，他果然廉洁奉公，清俭勤苦，矢志不渝。作为地方最高行政长官，吴隐之每天所吃的不过是稻米、蔬菜和干鱼，穿的是粗布衣衫，住处的帐帷摆设均交到库房，有人说他故意摆样子，隐之笑而不语，一如既往。部下送鱼，每每剔去鱼骨，隐之对这种媚上作风非常厌烦，总是呵斥惩罚后赶出帐外。

吴隐之"处可欲之地，而能不改其操"，经过他的惩贪官、禁贿赂等一系列改革，岭南习俗也就日趋淳朴。为了表彰他"革奢务啬，南域改观"的操行和政绩，元兴元年（公元402年），吴隐之被升迁为前将军，并得到钱五十万、谷千斛的奖赏。

吴隐之做主簿时卖狗嫁女和他后来做广州刺史时饮贪泉而不贪，这两件事表明：真正的清廉之士，是不管处在何种环境和条件下，也不管他手中有权还是无权，都是不会改变其志操的。

一个人能否保持清廉，其关键还在于自己，不能怪罪于环境和条件。

吴隐之在广州多年，离任返乡时，小船上仍是初来时的简单行装。唯有妻子买的一斤沉香，不是原来的物件，隐之认为来路不明，立即夺过来丢到水里。到家时，只有茅屋六间，篱笆围院。刘裕赐给他牛车，另为他盖一座宅院，隐之坚决推辞掉了。后升任度支尚书、太常，隐之仍洁身自好，清俭不改，生活如平民。每得俸禄，留够口粮，其余的都散发给别人。家人以纺线度日，妻子不沾一分俸禄。

如此廉洁的官员，不只是在东晋少之又少，就是在现代，也是很有教育意义的官场楷模。唯有不存私心、不图私利的官员，才能一心奉公，专心为百姓谋取福利。这样的官员，才是真正值得百姓拥戴的"父母官"。

两晋南北朝诗

陇上壮士有陈安，躯干虽小腹中宽

——《陇上为陈安歌》

陈安是西晋末年的风云人物，原为西晋南阳王司马模帐下都尉，据说他勇猛异常，作战时左手持七尺大刀，右手拿丈八蛇矛，所向披靡，是难得的战将。西晋永嘉五年（公元311年），永嘉之乱发生，晋怀帝司马炽被汉赵帝刘聪所俘，司马模亦战败被杀。建兴三年（公元315年），陈安投奔当时据守在秦州（今甘肃省天水市）的司马模之子司马保。司马保十分宠信陈安，平日待陈安也很是优厚。但司马保的部将张春因此对陈安颇为忌惮，屡次进谗言，说陈安有二心，并非真心归顺，力劝司马保杀掉陈安，但被司马保拒绝。眼看通过正常途径不能达成目的，张春索性派了刺客去攻击陈安，陈安受伤，逃回了原驻地，但仍持续对司马保进贡不绝，保持着对司马保的依附地位。

东晋大兴二年（公元319年），司马保自称晋王，陈安亦自称为秦州刺史，先降汉赵，再降成汉。次年司马保被部下张春、杨次所杀后，陈安随即诛灭张春、杨次，为司马保报仇，将司马保以天子之礼安葬，并谥其为元王。

东晋永昌元年（公元322年），陈安请求朝见汉赵帝刘曜，刘曜因病推辞。陈安大怒，认为刘曜已死，因此大肆劫掠，又攻击汉赵军。一时之间陇上（今甘肃省东部）氐、羌族皆归附陈安，部众达十余万人，声势浩大。陈安此时遂自称使持节，大都督，假黄钺，大将军，雍、凉、秦、梁四州牧，凉王。

次年，陈安再攻汉赵，但反被击败，刘曜决定亲征，派勇将平先追击败走逃脱的陈安，陈安兵溃，最终被杀。

由于陈安对将士至为优厚，他死后，陇上的人十分想念，因此为他作了一首壮士之歌：

陇上为陈安歌

陇上壮士有陈安，躯干虽小腹中宽，爱养将士同心肝。

两晋南北朝诗

骁骢父马铁瑕鞍,七尺大刀奋如湍,丈八蛇矛左右盘。

十荡十决无当前,战始三交失蛇矛,弃我骁骢窜岩幽。

为我外援而悬头,西流之水东流河,一去不还奈子何。

整首诗按诗意可以分为四个层次,每三句为一个层次。第一个层次叙述壮士陈安的仁爱勇武。"陇上壮士有陈安",交代人物籍贯姓名,特别标明他的壮士身份。陇上泛指现在的甘肃一带,古有"关西出将"的说法,西北一带自古都是出将军的地方,这当然和西北的边疆位置和地理条件不无关系,时常处在战乱威胁中,民风又颇为彪悍,都是培养将军的有利条件。历史上著名的"飞将军"李广就是陇西人。点明壮士籍贯是"陇上",对他的身份本身就能起到鲜明的渲染作用。"躯干虽小腹中宽"。壮士身材不壮,胸怀却壮,真是器度恢宏,心胸宽广,壮士的"壮",就在他的意志、品性上分外得到突出。具体来说,"腹中宽"指的是热爱将士,并且仁慈地抚养他们,用"心肝"二字作喻,更见情深意挚。据《晋书》记载:"(陈)安善于抚接,吉凶夷险,与众同之。"无论吉凶,陈安都能和兵士们生死与共,是难得的好将领。历史上李广、岳飞、戚继光等人都是这样的爱兵统帅,而这也正是将士们乐于为之效命的原因。

第二层写陈安的战马武器。"骁骢父马铁瑕鞍",骁,形容马奔跑迅捷。骢是青白色高头大马,"铁瑕鞍",通过马的鞍饰写马的壮健,再通过鞍、马写人的勇武。可以想见这位英雄人物骑在装备精良、毛色绚丽、雄悍矫健的战马上的形象,以及他飞马扬鞭、驰骋战场的情景。

接着"七尺大刀"两句,转用动态描写壮士武器,并实写人物。写出壮士"左手奋七尺刀,右手执丈八蛇矛,近交则刀矛俱发,辄害五六"(《晋书》)的作战英姿。以"七尺""丈八"形容兵器之长,所用皆是长兵器,而壮士却能举重若轻,挥舞如飞。"如湍"以水色比刀光,并借水流加以动化,使人感到刀过处,一片寒光闪闪,冷气飕飕。"左右盘"补充了刀、矛动作,"刀矛俱发",简直将关羽、张飞两人的形象合而为一。

第三层写陈安的被困和突围。"十荡十决"写壮士所向披靡,战无不胜。荡、决二字生动地表现了壮士摧锋挫锐的英雄气概,因此敌人"无当前",谁都不敢同他迎战。

据《晋书》记载:陈安自陇城"率骑数百突围而出,乃南走陕中。曜使其将军平先、邱中伯率劲骑追安"。双方力量强弱对比悬殊。"战始三交失蛇矛","平先

亦壮健绝人,勇捷如飞。与安搏战,三交,夺其蛇矛而退。"因为敌方兵多将猛,所以壮士迎战失利,经过三次交兵合战,连兵器也都丢掉了。"弃我骢骢窜岩幽"。壮士先已失去兵器,继又失去战马,但他决不妥协投降。他被迫落荒而逃,为了躲避追兵,"与左右五六人,步逾山岭,匿于溪涧"。

第四个层次,写陈安的壮烈牺牲。"为我外援而悬头",壮士甘冒九死,主动出山,他是"为我外援"才被追兵发现"斩于涧曲",枭首示众。面临死生之际的考验,更令人信服壮士确能"爱养将士"。"西流之水东流河"是即景遣兴。陇城即今甘肃省清水县北之张家川回族自治县,"西流之水"指陇水,流入洮水,复"东流河",即注黄河。"门前流水尚能西",可惜死者不可复生,壮士的生命已随"西流之水东流河"而"一去不还"了。

全诗皆用赋体,高度概括了陈安的为人、主要战绩和壮烈捐躯的英雄事迹。铺叙挥洒随意,转接流畅自然,自始至终一气呵成。韵调悲壮哀咽。声情配合辞情,感人尤深。刘曜听了这首歌以后也十分感伤,因此命人传唱。

后来唐朝的大诗人李白,也做了一首《杂歌谣辞·司马将军歌(代陇上健儿陈安)》来赞美陈安:

> 狂风吹古月,窃弄章华台。
> 北落明星动光彩,南征猛将如云雷。
> 手中电曳倚天剑,直斩长鲸海水开。
> 我见楼船壮心目,颇似龙骧下三蜀。
> 扬兵习战张虎旗,江中白浪如银屋。
> 身居玉帐临河魁,紫髯若戟冠崔嵬。
> 细柳开营揖天子,始知灞上为婴孩。
> 羌笛横吹阿亸回,向月楼中吹落梅。
> 将军自起舞长剑,壮士呼声动九垓。
> 功成献凯见明主,丹青画像麒麟台。

虽然陈安起兵最后以失败告终,但是作为一位英勇善战,又体恤将士、深得人心的将领,他的名字通过这首《陇上陈安歌》而永远留在了广袤的西北大地上。

两晋南北朝诗

· 065 ·

外虽饶棘刺,内实有赤心

——赵整的讽谏诗

英明的帝王身边总少不了敢于直言纳谏的臣子,赵整就是苻坚身边那名能随时提出规劝的大臣。赵整是宦官,博闻强记,善于写文章,喜欢直言,上书以及当面劝谏,前后有五十多次。

东晋宁康二年(公元 374 年)冬季,有人进入前秦的明光殿大喊道:"甲申、乙酉,鱼羊食人,悲哉无复遗!"鱼羊合为"鲜"字,暗指鲜卑人。在前秦所灭的北方诸国中,最强大的就是鲜卑慕容氏所建立的前燕。苻坚灭了燕国后,并没有对慕容族人赶尽杀绝,反倒很是优待,还封了前燕王爵位,当时朝中很多人对此表示担忧,担心慕容家族最后谋反,毁了前秦的基业。这种担忧并不是空穴来风,苻坚灭前燕后,将燕国和其他家族的十几万户移入关中居住,其中有四万多户燕人。经过休养生息,当时居住在都城的燕国王公贵族们,人数有近十万之众,一旦起事,的确是不小的威胁。说起燕国慕容家,大家最熟悉的大概是金庸小说《天龙八部》里的慕容复了,连起名都时刻不忘"复国",最后在精神失常的状态下,也还是要找一群孩子山呼万岁,满足当皇帝的愿望,可见慕容家族复国的执念有多深。虽然小说是虚构的,但复国的确是许多亡国之君的共同愿望,就连那个做词人远比做皇帝成功的李煜,都在亡国后感慨"当年错杀潘佑、李平",更别说是民风彪悍的鲜卑族人了。所以前秦朝廷中对鲜卑人多有防备也是很正常的。能闯入大殿,还大喊口号,肯定是宫中有人特意安排的,苻坚命令抓住此人,但没有抓获。秘书监朱彤和当时任秘书侍郎的赵整借这件事而坚持请求诛杀鲜卑人,但苻坚没有听从,反倒更为信任鲜卑人了。

慕容垂的夫人深得苻坚的宠幸,苻坚和她同乘一车在后庭游玩,赵整见状作诗道:"不见雀来入燕室,但见浮云蔽白日。"说苻坚这种举动是错误的,是让麻雀进入燕子的巢穴,让浮云遮蔽白日,混淆宫苑。苻坚听到后脸色一变,向赵整道歉,同时命令这位夫人下车。从这件事可以看出,赵整劝谏的言辞是毫不

客气的,幸运的是,苻坚也是位能听进去别人意见的贤君,非但不怪罪赵整,还能向他道歉,并且及时改过。

东晋太元三年(公元378年)九月,苻坚召集了一群大臣一同饮酒,让秘书监朱肜当酒正官(监督大家喝酒的主持人)。这顿酒喝得是酣畅淋漓,直到人们烂醉如泥。赵整听说后编了一首《酒德之歌》:

> 地列酒泉,天垂酒池,杜康妙识,仪狄先知。
> 纣丧殷邦,桀倾夏国,由此言之,前危后则。

前几句是说酒之迷人,天上有酒池,地上有酒泉,可见酒的魅力是天上地下都无法抗拒的,但是放纵饮酒会导致惨痛的结果,比如纣和桀,都是沉迷于酒色,最后导致了亡国。过去的经验都应该为现在的统治者所吸取,及时认识到过度饮酒的害处,才能避免发生因酒亡国的事故。

赵整唱完之后还意犹未尽,又唱道:

> 获黍西秦,采麦东齐,春封夏发,鼻纳心迷。

这次是陈述了酿酒的过程,好不容易收获的粮食,在春天就被酿成了酒,夏天才酿好。酒气萦绕在鼻端,让人心神俱迷,理智淡去。酒不仅仅会让人失去理智,沉醉其中,还耗费大量的粮食。中国古代的很多朝代都曾经下过禁酒令,大多都是在战乱过后,生产没有得到恢复、粮食产量较低的时期,主要是为了保存有限的粮食,用来解决民生大计。

苻坚听了这两首诗后十分高兴,认为赵整说出了喝酒的弊病,很有警醒作用。于是命令赵整写出来,以作警示。从此再宴请群臣时,就只是礼节性地喝一点酒而已,再也没有喝醉过。

虽然善待鲜卑人,但苻坚在边境守卫方面,还是大多派驻自己的族人,以求稳妥。东晋太元五年(公元380年)八月,苻坚又在氐族中抽调人选分镇四方,其中就将长乐公苻丕派到灞上,去镇守燕国的旧都邺城,并为他配了四帅子弟三千多人随行。苻丕上任时,众氐族人都在灞桥送别他们的父兄,流涕悲泣。赵整趁着陪同宴请的机会,弹琴唱道:

两晋南北朝诗

阿得旨,阿得旨,伯劳旧父是仇绥,尾长翼短不能飞。远徙种人留鲜卑,一旦缓急语阿谁?

阿得旨据说是一种喜欢偷油吃的鸟,伯劳和旧父也都是鸟。这几种鸟有一个共同的特点,就是尾巴长,翅膀短,不善于飞行。不能飞行对于鸟来说,是致命的弱点,危急时刻不能飞走,就等于失去了自我保护的能力,很容易被抓获,成为盘中餐。后两句点明了主题:你把可信赖的族人都安排得那么远,反倒把隐患鲜卑人放在身边,一旦出现了变故,你要依靠谁啊?赵整这首诗写得很符合实际情况,都城里住着移居来的十万外族人,苻坚又将本族人多达十五万户分守四方,虽然是为了保证边境的安稳,但都城内部却失去了有力的屏障,一旦有变,后果不堪设想。但苻坚并没有把赵整的话当回事,只是报之以微笑,没有理会。

虽然有包括赵整在内的诸多大臣竭力劝谏,但苻坚一直相信鲜卑人不会造反。这还不算,燕国的清河公主美貌出众,苻坚把她纳入后宫,十分宠爱。清河公主有个弟弟,叫慕容冲,长得甚至比姐姐更为漂亮,苻坚就把他收为娈童。这姐弟俩宠冠后宫,苻坚整日里只与二人游乐,根本就不管政事。好不容易有了起色的国势,又一次陷入了混乱。赵整见此情形,作诗讽谏道:

昔闻孟津河,千里作一曲。此水本自清,是谁搅令浊。

曾经的孟津河是那样的清澈,到底是谁搅浑了河水?暗指苻坚此时的昏庸导致了朝政的混乱。苻坚听到后很有感触,说:"是我搅浑了河水啊!"

赵整又作《咏枣诗》道:

北园有一树,布叶垂重阴。外虽饶棘刺,内实有赤心。

枣树看上去外表生有荆棘,不招人喜爱,可实际上却能结出红色的果实,有一颗赤诚之心。借枣树自比,虽然自己时常说些皇帝不爱听的话,但实际上是因为有一颗诚意为国的忠心。苻坚当然听懂了赵整的意思,笑着说:"这不就是你赵整嘛!"

然而虽然有赵整直言进谏,但苻坚终究没有对鲜卑人提起应有的警觉。淝水之战后,苻坚兵败,逃归北方。慕容垂随即起兵叛秦,割据于东方,接下来时任平阳太守的慕容冲也起兵反叛,攻入长安,纵兵劫掠,长安一片惨况,死者不可胜数。虽然当时苻坚仍在逃亡,但前秦政权实际上已经终结了。赵整的担忧和规劝,这时终于变成了现实,但已是无力回天了。赵整见自己苦谏无效,形势不可扭转,心灰意冷之下,遁入佛门,改名"道整",并写有《皈依诗》:

> 我生何以晚,泥洹一何旦。
> 归命释迦文,今来受大道。

归命释迦文

看似看破红尘,皈依佛教,但以赵整一生直言敢谏,为国事不惜再三出言规劝苻坚的性格,此时的皈依,与其说是宗教力量的感染,倒不如说是对时势无可奈何的逃避。

两晋南北朝诗

千诗织就回文锦,只有英灵苏蕙子

——苏蕙和她的《璇玑图》

　　苏蕙,字若兰,是东晋陈留县令苏道质的第三个女儿。苏蕙从小容貌秀丽,天资聪慧,三岁学字,五岁学诗,七岁学画,九岁学绣,十二岁学织锦。及笄之年,已是远近闻名的大家闺秀,提亲的人络绎不绝,但没有一个被苏蕙看上。苏蕙十六岁那年,跟随父亲游览周原名刹阿育王寺,在寺西池畔看到有位英俊少年仰身搭弓射箭,弦响箭出,飞鸟应声落地;俯身射水,水面飘出带矢游鱼,真是箭不虚发。池岸边放着一把出鞘的宝剑,寒光闪亮,下面压着几卷经书,可见这名少年是既能文,又善武。苏蕙顿生仰慕之情,攀谈中得知这名少年名叫窦滔,二人相互都有好感,于是由双方父母做主,苏蕙与窦滔于前秦建元十四年(公元374年)结为夫妻。

苏 蕙

公元357年,符坚当了前秦君主,执政之初,符坚选贤任能,纳善从谏,他任用汉人王猛为录尚书事,整顿吏治,压制不法贵族,加强中央集权,注意农业生产,增加财政收入,扩充军力。经过一系列措施,符坚有效地巩固了统治,财政收入也有所增加,遂扩充军力,大举出征,相继攻灭了前燕、前凉和代国,统一了北方大部分地区。

根据《晋书·窦滔妻苏氏传》与李善少《江淹别赋》中的《织锦回文诗序》记载,窦滔在符坚当政后,觉得文韬武略有了施展的机会,于是入仕前秦。窦滔的确颇有才华,进入仕途后政绩显著,又屡建战功,很快就升任秦州刺史。但是窦滔的才华引起了奸臣的妒忌,屡次在符坚面前进谗言,陷害窦滔,导致窦滔被判罪徙放流沙(今新疆白龙滩沙漠一带)。

窦滔流放前与妻子苏蕙在初次相遇的阿育王寺外海誓山盟,挥泪告别。不知何时是归期的流放,对任何一对有情人都是严酷的考验。凭借着忠贞不渝的爱情,二人许下誓愿,一定要相知相守,坚持到窦滔回来的团圆时刻,任何苦难和考验都不能改变彼此的心意。二人分别后,苏蕙一直恪守承诺,可是窦滔到流沙后却背叛了苏蕙,又有了新欢。据武则天为《璇玑图》写的序和朱淑贞所写的《璇玑图记》,窦滔在流沙很是宠爱当地的一名歌舞伎赵阳台,还将她纳为小妾。身为原配的苏蕙自然心有不甘,与赵阳台关系也一直很紧张,两人在窦滔面前相互诋毁,窦滔对苏惠日渐不满。在苏惠二十一岁时,符坚正向南出兵,力图灭亡东晋,想到窦滔的文韬武略,又起用他为安南将军,镇守襄阳。从甘肃动身时,窦滔将赵阳台带在了身边,苏蕙对丈夫携小妾一同上任十分不满,遂拒绝与夫君一同前往襄阳。这一举动使窦滔与苏蕙之间的感情落入冰点,随后窦滔断绝了与苏蕙的联系。苏蕙为此很是懊悔,满腔的思念之情转为抑郁愤懑。对昔日美好生活的回忆和对窦滔的思念与哀怨,在花前月下、闺房灯前,都化作如诉如怨、凄哀婉痛的情诗。苏蕙将这些情诗绣成锦绣回义图,名曰《璇玑图》。诗作头尾相连,回环往复,反反复复,倾诉着自己的情意和哀怨。回文图织好之后,当时很多人都看不懂,苏蕙笑着说:"徘徊宛转,自为语言,非我家人,莫之能解。"不是我家人,是看不懂这些宛转曲折的情意的。苏蕙将这些回文诗寄予窦滔,窦滔看后大受感动,昔日的情思又重新回到了心头,回想过往,深恨自己行为之不检,毅然遣离了赵阳台,备好车马礼物,特意迎接苏蕙到襄阳,从此夫妻情好如初。

《璇玑图》,总计八百四十一字,除正中央之"心"字为后人所加外,原诗共八

两晋南北朝诗

百四十字。没有标点的"璇玑图",全文(月又生辑录,取自《镜花缘》)如下(读时须排列成横竖各二十九行的方阵):

琴清流楚激弦商秦曲发声悲摧藏音和咏思惟空堂心忧增慕怀惨伤仁
芳廊东步阶西游王姿淑窈窕伯邵南周风兴自后妃荒经离所怀叹嗟智
兰休桃林阴翳桑怀归思广河女卫郑楚樊厉节中闱淫遐旷路伤中情怀
凋翔飞燕巢双鸠土逶逶路遐志咏歌长叹不能奋飞妄清帏房君无家德
茂流泉情水激扬眷顾其人硕兴齐商双发歌我衷衣想华饰容朗镜明圣
熙长君思悲好仇旧蕤葳粲翠荣曜流华观冶容为谁感英曜珠光纷葩虞
阳愁叹发容摧伤乡悲情我感伤情征宫羽同声相追所多思感谁为荣唐
春方殊离仁君荣身苦惟艰生患多殷忧缠情将如何钦苍誓穹终笃志贞
墙禽心滨均深身加怀忧是婴藻文繁虎龙宁自感思岑形茕城荣明庭妙
面伯改汉物日我愁思何漫漫荣曜华雕顾孜孜伤情幽未犹倾苟难闱显
殊在者之品润乎兼苦艰是丁丽状观饰容侧君在时岩在炎在不受乱华
意诚感步育浸集悴我生何冤充颜曜绣衣梦想劳形峻慎盛戒义消作重
感故昵飘施愆殃少章时桑诗端无终始诗仁颜贞寒嵯深兴后姬源人荣
故遗亲飘生思愆精徽盛翳风比平始璇情贤丧物岁峨虑渐孽班祸谗章
新旧闻离天罪辜神恨昭感兴作苏心玑明别改知识深微至嬖女因奸臣
霜废远微地积何退微业孟鹿丽氏诗图显行华终凋渊察大赵婕所佞贤
冰故离隔德怨因幽元倾宣鸣辞理兴义怨士容始松重远伐氏好悖凶惟
齐君殊乔贵其备旷悼思伤怀日往感年衰念是旧愆涯祸用飞辞姿害圣
洁子我木平根尝远叹永感悲思忧远劳情谁为独居经在昭燕辇极我配
志惟同谁均难苦离戚戚情哀慕岁殊叹时贱女怀叹网防青实汉骄忠英
清新衾阴匀寻辛凤知我者谁世异浮奇倾鄙贱何如罗萌青生成盈贞皇
纯贞志一专所当麟沙流颓逝异浮沉华英翳曜潜阳林西昭景薄榆桑伦
望微精感通明神龙驰若然倏逝惟时年殊白日西移光滋愚谗漫顽凶匹
谁云浮寄身轻飞昭亏不盈无倏必盛有衰无日不陂流蒙谦退休孝慈离
思辉光饬粲殊文德离忠体一违心意志殊愤激何施电疑危远家和雍飘
想群离散妾孤遗怀仪容仰俯荣华丽饰身将与谁为逝容节敦贞淑思浮
怀悲哀声殊乖分圣赀何情忧感惟哀志节上通神祇推持所贞记自恭江
所春伤应翔雁归皇辞成者作体下遗蔪菲采者无差生从是敬孝为基湘

亲刚柔有女为贱人房幽处己悯微身长路悲旷感生民梁山殊塞隔河津。

琴清流楚激弦商秦由發聲悲摧藏音和詠思惟空堂心憂增慕懷慘傷仁
芳廊東步階西游王姿淑窈窕伯邵南周風興自后妃荒經離所懷嘆嗟智
蘭休桃林陰翳桑懷歸思廣河女衛鄭楚樊厲節中闈淫遒曠路傷中情懷
凋翔飛燕巢雙鳩土逆遙路遐志詠歌長嘆不能奮飛妄清幃房君無家德
茂流泉情水激揚眷顧其人碩興齊商雙發歌我袞衣想華飾容朗鏡明聖
熙長君思悲好仇舊蕤葳粲翠榮曜流華觀冶容為誰感英曜珠光紛葩虞
陽愁嘆發容摧傷鄉悲情我感傷情徵宮羽同聲相追所多思感誰為榮唐
春方殊離仁君榮身苦惟艱生患多殷憂纏情將如何欽蒼誓穹終篤志貞
牆禽心濱均深身加懷憂是嬰藻文繁虎龍寧自感思岑形熒城榮明庭妙
面伯改漢物日我愁思何漫漫榮曜華彤顧孜孜傷情幽未猶傾苟難闈顯
殊在者之品潤乎兼苦艱是丁麗狀觀飾容側君在時岩在炎在不受亂華
意誠惑步育浸集悴我生何冤充顏曜繡衣夢想勞形峻慎盛戒義消作重
感故暄飄施愆殃少章時桑詩端無終始詩仁顏貞寒嵯深興后姬源人榮
故遒親飄生思愆精微盛騖風比平始璇情賢喪物歲峨慮漸孳班禍讒章
新舊聞離天罪辜神恨昭感興作蘇心璣明別改知識深微至嬰女因奸臣
霜廢遠微地積何遐微業孟鹿麗氏詩圖顯行華終凋淵察大趙婕所侫賢
冰故離隔德怨因幽元傾宣鳴辭理興義怨士容始松重遠伐氏好悖凶惟
齊君殊喬貴其備曠悼思傷懷日往感年衰念是舊愆進禍用飛辭姿害聖
潔子我木平根嘗遠嘆永感悲思憂遠勞情誰為獨居經在昭燕輦極我配
志惟同誰均難苦離戚戚情哀慕歲殊嘆時賤女懷嘆網防青實漢驕忠英
清新衾陰勻尋辛鳳知我者誰世異浮奇傾鄙賤何如羅萌青生成盈貞皇
純貞志一專所當麟沙流頹逝異浮沉華英驁曜潛陽林西昭景薄榆桑倫
望微精感通明神龍馳若然倏逝惟時年殊白日西移光滋愚讒漫頑凶匹
誰云浮寄身輕飛昭虧不盈無倏必盛有衰無日不陂流蒙謙退休孝慈離
思輝光飭粲殊文德離忠體一違心意志殊憤激何施電疑危遠家和雍飄
想群離散妾孤遺懷儀容仰俯榮華麗飾身將與誰為逝容節敦貞淑思浮
懷悲哀聲殊乖分聖賫何情憂感惟哀志節上通神祗推持所貞記自恭江
所春傷應翔雁歸皇辭成者作體下遺葯菲採者無差生從是敬孝為基湘
親剛柔有女為賤人房幽處已憫微身長路悲曠感生民梁山殊塞隔河津

璇玑图

    关于《璇玑图》,最神奇也最引人入胜的就是它的读法。这幅图纵横各二十九字,纵、横、斜、交互、正、反读或退一字、叠一字读均可成诗,诗有三、四、五、六、七言不等。一幅图之中,可以按不同的解读方向和断句方式读出不同的诗作,方法之多、诗作数量之大,令人咋舌。历代学者都对《璇玑图》的读法不断加以探索,诗的首数也在不断增加。宋、元年间,起宗道将全诗分为七图,共读出3752首诗;到了明朝,经史学家康万民从七图中又分出一图,得诗4206首;后人又以此为根据,推读出7958首诗。

这里仅选择几首从《璇玑图》中整理出来的诗,以见苏蕙情意之一斑:

> 苏作兴感昭恨神,辜罪天离间旧新。
> 霜冰斋洁志清纯,望谁思想怀所亲!

这是一位被"新人"取代的"旧妇"唱出的幽怨和不平,但对于远方的夫君她依然怀着一片如"霜冰"般纯洁的真情。

> 伤惨怀慕增忧心,堂空惟思咏和音。
> 藏摧悲声发曲秦,商弦激楚流清琴。

这首诗正读、反读皆可,描述了满怀悲思的女主人公,独自坐在空寂的堂上抚琴,琴声时而呜咽如泉,时而激越如风,倾诉着抚琴人翻卷涨落的心声。

> 寒岁识凋松,真物知终始。
> 颜衰改华容,仁贤别行士。

这首可回读的五言诗,用岁寒而后凋的松柏作比,吐露了她对夫君矢志不移的坚贞之情;倒转来读,则表现得更加激扬蓬勃,感人至深。

> 谗佞奸凶,害我忠贞;
> 祸因所恃,滋极骄盈。

这首诗作则对那位夺她夫君的赵阳台进行了痛斥,喻她为"谗佞"。苏蕙之所以被丈夫抛在长安,全因赵阳台在窦滔面前造谣生事,恃宠邀情,这怎不让苏蕙愤恨至极。

从以上几首诗可以看出,《璇玑图》中的文字按任意顺序、任意字数,都可以组成相对完整的诗作。《扶风县志》中记载了一种《璇玑图织锦诗》读法:将原图分为红、蓝、黑三色。红色:边围与中间井字形以及中内正方形"始平苏氏心诗璇玑图";蓝色:井字形外围所夹的四个长方形和井字内四角与井字中心正方形与中心正方形周围;黑色:井字外围四角的小正方形与井字内四周四个长方形。四围四角红字读法：自"仁"字起顺读，每首七言四句，逐字逐句逆读，俱成回文。中间井字红字读法：自"钦"字起顺读，每首七言四句，逐字逐句逆读，俱成回文；还可间一句或间二句顺读，两边分读，上下分读，均可得诗。蓝字读法：自中行各借一字，自"邵南"起，互用分读，可成多首四言十二句诗；取两边四字，可得多首四言六句诗；两边分读，可成多首四言十二句诗；两边各连一句，或两边遥间一句，俱可成诗；两边分读，左右递退，或互分读，或虚中行左右分读，均可成多首六言六句诗或六言十二句诗，以下三段俱同；井字内，自"诗用情"起顺读，回环读，可成多首五言四句诗；自"思感"起，横读、逆读，从内读出，从外读入，或从下一句间逆读，皆可成多首四言四句诗，其余三段同。黑字读法：自"嗟"字起反复读可得三言十二诗句；还可左右分读，可成多首三言十二句诗；半段顺读，可成三言六句诗；中间借一字可读多首四言六句诗；两边各借一字互用，也可成多首四言六句诗；中间借二字，互用分读，均可读多首五言六句诗；以下三段读法同。井字内从"岁寒"反复读，从外读入，从内读出，或回环读，都可读出多首五言四句诗，其他两段读法同。按图琢磨，反复吟诵，妙趣丛生。当然，也可以根据自己的喜好重新排列，找到更多的组合方式。

窦滔、苏蕙夫妇曲折的爱情故事影响十分深远。至今周原一带，甚至关中西部各县，男女青年结婚，女方都要织许多三色以上的花手帕，赠送给新郎的亲友们，用意在于警示男方不要三心二意，爱情要专一，也是用手帕来比拟当年苏蕙的《璇玑图》。这种习惯已经形成了传统的地方礼俗，现今女孩子们已不用老法织手帕了，大多直接使用机织巾，所以扶风县毛巾厂织造的彩花小毛巾十分畅销。这是生活习俗方面的影响，文采出众的苏蕙精心制成的织锦回文诗《璇玑图》在文学上影响更是长久而深远。

《璇玑图》问世后，在京城宫廷、市镇店铺，甚至山野乡村广为流传。上至皇帝、后妃、大臣、诗人，下至平民白姓争相传抄吟诵，直至今日依旧为人们所关注。文学界将它誉为文学史上杰出的佳作，艺术界视它为难得的艺术珍品，史学界称它是历史宝物。历代都有不少专家学者着文探讨、研究、注释、评论它和它的制作者苏蕙，文士诗人撰文颂扬赋诗赞美，就连女皇帝武则天看了也"感其绝妙"，为之作《序》，"才情之妙，超古迈今……因述若兰之才美。"南宋女诗人朱淑贞见了《璇玑图》，"坐卧观究，悟因璇玑之理，试以经纬求之，文果流畅，盖璇玑者天盘也；经纬者星辰所行之道也；中留一眼者天心也。极星不动盖运转不离一度之中……"，按此规律读后，赞扬《璇玑图》："五采相宣，莹心眩目……亘

古以来所未有也。"

自苏蕙以后，历代的文人学士效仿她，也创制了许多回文诗词，如南朝齐的王融，唐代的藩孟阳、张荐，宋代的王安石、苏轼、李禺，明代的汤显祖、张芬，清代诗人张淮、邱琼山、谢默卿等，都写过多首回文诗，但像苏蕙的《璇玑图》这样能读出几千首诗的回文是绝无仅有的，只在读法和体裁上有所创新，有的诗词可随句倒读；有的词点破原句，倒读构成同体词；也有将诗句倒读后变成词作的，难度逐渐加深。后来的回文诗词不论有几多变新，总不脱苏蕙的影响。列举几首较好的回文诗词：

苏轼《回文七言绝句一首》：

　　　　红笺短写空深恨，锦句新翻如断肠。
　　　　风叶落残惊梦蝶，戍边回雁寄情郎。

倒读则为：

　　　　情郎寄雁回边戍，蝶梦惊残落叶风。
　　　　肠断如翻新句锦，恨深空写短笺红。

苏轼还有一首随句倒读的《菩萨蛮》，二、四、六、八句是一、三、五、七句的倒读：

　　柳庭风静人眠昼，昼眠人静风庭柳。香汗薄纱凉，凉纱薄汗香。
　　手红水碗藕，藕碗水红手。郎笑藕丝长，长丝藕笑郎。

汤显祖在杂剧《邯郸记》中，描写崔氏入宫为奴，织锦时思念丈夫卢生，织回文词《菩萨蛮》以感动皇帝，词曰：

　　梅题远色春归得，迟乡瘴岭过愁客。孤影雁回斜，峰寒逼翠纱。
　　窗残抛锦室，织急还催织。锦官当夕情，啼断望河明。

自尾部点破原句，仍然构成内容相同的《菩萨蛮》：

两晋南北朝诗

明河望断啼情夕,当官织锦催还急。织室锦抛残,窗纱翠逼寒。峰斜回雁影,孤客愁过岭。瘴乡迟得归,春色远题梅。

张芬有《寄怀素窗陆姊》一首,诗云:

> 明窗半掩小庭幽,夜静灯残未得留。
> 风冷结阴寒落叶,别离长望依高楼。
> 迟迟月影移斜竹,叠叠诗余赋旅愁。
> 将欲断肠随断梦,雁飞连阵几声秋。

点破原句倒读变成了意思相同的《虞美人》词:

> 秋声几阵连飞雁,梦断随肠断。欲将愁旅赋余诗,叠叠竹斜称影月迟迟。　　楼高依望长离别,叶落寒阴结。冷风留得未残灯,静夜幽庭小掩半窗明。

回文诗范围由诗扩大到词,又进入对联领域,而且有不少趣闻。清代北京有座"天然居"酒楼,楼上高悬一副五言回文短联:

> 客上天然居,居然天上客。

乾隆皇帝把这副对联回文成上半副对联,征集下半副对联:纪晓岚对上了下联:

> 人过大佛寺,寺佛大过人。

有个无名的穷书生不服气,也对了一副下联:

> 僧游云隐寺,寺隐云游僧。

两则下联可同称佳妙，为人仰慕，流传于世，从此回文对联逐渐多了起来，至今仍然盛行。

除了仿作回文诗外，历代文人也都对苏蕙的《璇玑图》给予了很高的评价，并且对苏蕙的人生经历很是同情。北宋诗人黄庭坚写了《织锦璇玑图》诗：

千诗织就回文锦，如此阳台暮雨何？
只有英灵苏蕙子，更无悔过窦连波。

清代诗人王士祯也有为苏若兰曾被窦连波遗弃鸣不平的诗《织锦巷》，诗句为：

蕙绝璇玑手，当如弃置何？
怜她苏蕙子，枉嫁窦连波。

能织出如此绝妙的回文诗的一代才女苏蕙，竟然要经历被丈夫窦滔背叛、遗弃的悲惨命运，实在是让人唏嘘不已。

孤影雁回斜

陇头流水，念我行役

——《陇头歌》

作为中国历史上最为强盛的汉唐两朝的首都，并历任前后十朝都城的长安，古都之名早已享誉四海、深入人心，甚至在唐以后，"长安"成了国都的代称。李白《金陵》诗句"晋朝南渡日，此地旧长安"称东晋宋齐梁陈等六朝的都城金陵为长安，而实际上金陵是现在的江苏南京，与真正意义上的长安——陕西西安相距甚远。由此可以看出，长安作为都城，在人们心中的接受度和认可度是相当高的，其繁华大气更是可想而知。然而作为羁旅行役之人，在途经长安时，往往顾不上欣赏都城美景，而是为苍茫的秦川大地所震撼，继而想起征途中孑然一身之苦，生发出万千感慨。

长安位居关中的中心，地理形胜天下驰名。关中周围群山环抱，东有华山、崤山，西有陇山，南有终南山、秦岭，北有洛水东西的黄龙山、尧山和泾水两岸的嵯峨山、九嵕山。其中陇山又称陇坂、陇坻，在今陕西省陇县西北，为六盘山的南段，南北走向约一百公里，绵亘于陕西、甘肃两省边境，山势陡峭，山路曲折难行，是渭河平原与陇西高原的分水岭。《太平御览》中记载：

> 陇山……其坂九回，上者七日乃越，上有清水四注而下。

南北朝初年郭仲产所著的《秦州记》中记载：

> 登陇东望秦川，四五百里，极目泯然，墟宇桑梓，与云霞一色。其上有悬溜吐于山中，汇为澄潭，名曰万石潭，流溢散下，皆注于渭。山东人行役，升此而顾瞻者，莫不悲思。

站在艰危苦寒的陇山顶上，回望富丽繁华的长安城和千里平原沃野，目力

所及,四五百里内云蒸霞蔚,城池俨然。陇山之上有万石潭,水从山上汇聚潭中,满则四溢而下,流入渭水。眼见潭水四溢流下,如同人生命运般不能把握,让人感到无可名状的凄凉和悲壮。因此,古代四方行旅之人西登陇坂,往往徘徊瞻顾,悲思涌起。于是有《陇头歌》传世:

其一:

> 陇头之水,分离四下。
> 念我行役,飘然旷野。
> 登高远望,涕零双堕。

其二:

> 陇头流水,鸣声幽咽。
> 遥望秦川,肝肠断绝。

《陇头歌》以"陇头水"起兴,以陇头之水"流离"而下,喻行人之远行漂泊,身不由己。陇头指陇山顶上,还有一种说法认为陇头是指现在平凉、庆阳一带,是陇山附近。古代陇山指六盘山,甘肃省简称为"陇",即由古代"陇山"而来,前人习惯上称平凉、庆阳两区为陇东,天水为陇右,张掖、武威一带为陇西,而古代陇西还包括今属平凉市的庄浪、静宁两县。六盘山处甘肃、陕西、宁夏三省区交界处,主脉在甘肃境内。陇头流水,指发源于陇山的河流、溪水。一说是发源于陇山,向东流的泾河等几条河水。行人看到陇水在陇山下四散流淌,登高远望,所见是苍茫的秦岭大地,群山起伏,不由得想起自己孑然一身、四处飘零的生活,顿生悲凉。

第二首诗主要写登高之想。登高所眺望的秦川,指陇山以东广大地区,不一定指中原或关中地区。更进一步,"秦川"代指"故乡",因为六盘山以西就是"塞外"了,离关内越来越远,就是离家乡越来越远,此去不知何时才能返回故乡,又怎能不令人痛断肝肠。

哀鸾孤桐上,清音彻九天

——译经大师鸠摩罗什和他的传法诗

鸠摩罗什,梵语 Kumārajīva,音译为鸠摩罗耆婆,又作鸠摩罗什婆,简称罗什。其父名鸠摩罗炎,母名耆婆,他的名字是父母名字的合称,汉语的意思为"童寿"。鸠摩罗什是东晋时后秦的高僧,著名的佛经翻译家。与真谛、玄奘并称为中国佛教三大翻译家。另外,这三个人加上不空,又并称为四大译经师。

鸠摩罗什的真实生平颇具传奇色彩:白雀二年(公元385年),姚苌杀苻坚,在长安建立后秦。不久姚兴即位,横扫前秦、西秦、后凉,雄霸北方,国势大增。姚兴推崇儒学和佛教,于是,后秦逐步发展成为十六国中经济和文化最发达的国家。后秦弘始三年(公元401年),姚兴打败后凉吕隆,迎请鸠摩罗什到长安,尊奉为国师。

鸠摩罗什是天竺人,在尚未出生时,就颇具神秘色彩——据说,鸠摩罗什的母亲在怀他之后,记忆和理解倍增于前,甚至无师自通,忽然懂得了梵文。阿罗

鸠摩罗什

汉达摩瞿沙说:"这必定是怀有智慧的孩子。舍利佛(释迦牟尼的十大弟子之一,被称为'智慧第一')在母胎时,其母智慧倍常,正是前例。"鸠摩罗什七岁时随母亲出家,学习小乘佛法。他自幼记忆力惊人,每天能背诵三万二千字经文,号称"日诵千偈",而且深解义理,是一位聪明绝顶的"神童"。

公元352年,母亲带着九岁的鸠摩罗什长途跋涉,到罽宾国(古代中亚内陆地区的一个国家)拜著名法师盘头达多为师。盘头达多常常称赞鸠摩罗什,罽宾国王听说后,召集了一些论辩师与鸠摩罗什辩论,鸠摩罗什挫败众人,因而声名鹊起。三年后,鸠摩罗什随母亲返回龟兹。途中,沙勒国邀请鸠摩罗什升座说《转法轮经》,十二岁的鸠摩罗什法师名闻西域。此后,鸠摩罗什在研究佛经的同时,遍习声韵学、语文学、工艺、技术、历算之学、医药学、逻辑学、星象、律历等学问。在莎车,鸠摩罗什遇到名僧须利耶跋跎、须利耶酥摩两兄弟。须利耶酥摩是当时西域有名的大乘佛法大师,在西域诸国有众多弟子。鸠摩罗什向须利耶酥摩学习大乘佛法,感叹道:"学佛的人不学大乘,就好比凡人看到黄金却不认识一样,真是太可惜了。"此后,鸠摩罗什不仅广习大乘经论,也以大乘利己利人的精神,作为修行弘法的最高准则。

鸠摩罗什的母亲曾经告诉他,他将去往东土传经说法,途中将历尽坎坷磨难,而后这些话果然应验了。

两晋时列国混战,各国都认识到,只要能够得到有才华的人,在国势较量中才能占得优势,所以人才争夺成为当时的一大热点。鸠摩罗什当时已是声名远播的智慧大师,当然也引起了当权者的关注。公元382年,符坚派骁骑将军吕光攻打龟兹,临行前在宫中对吕光说:"帝王本来是应天命而生的,应该以爱民如子为宗旨。我也并不是贪图人家的地盘才派你去攻打,实在是因为那里有怀道之人。听说西国有个鸠摩罗什,深解法相,善明阴阳,是后学的宗师,朕非常崇仰他。贤哲是国家的大宝,不可忽视,你如果打下龟兹,就立即用快马把他送回来!"

吕光倒是不负所托,攻下了龟兹,也顺利地找到了鸠摩罗什,但却没有法眼,俘虏了鸠摩罗什后,看不出他有什么了不起的地方。这时的鸠摩罗什三十出头,吕光见他如此年轻,就把他当作普通人来戏耍,硬逼着鸠摩罗什与龟兹公主成亲。鸠摩罗什怎么也不肯答应,吕光就设计给他灌酒,灌醉后将其与公主关在一间密室里,鸠摩罗什酒后破戒。

习学大乘的鸠摩罗什,酒醒后愧悔万分,痛不欲生,只为了弘扬佛法才忍辱

两晋南北朝诗

偷生。吕光又让鸠摩罗什骑牛、骑烈马,想把他摔下来。但鸠摩罗什忍辱负重,没有一句怨言。吕光终于也觉得不好意思,只好罢手。回军途中,吕光听说符坚兵败淝水,就没有再继续前行,而是在姑藏(现甘肃凉州)建立了后凉国。鸠摩罗什为他出谋划策。尽管无法传授佛法,但他志向不改,仍潜心学习汉语,直至精通圆熟,为以后弘法传教做准备。

公元401年,后秦姚兴为延请鸠摩罗什弘法传教,而发兵后凉,大败凉军,迎鸠摩罗什入长安,并拜奉为国师。至此,鸠摩罗什终于到达东土。这条传经之路足足走了十六年,这时的鸠摩罗什已经五十八岁了。

从此,鸠摩罗什在长安逍遥园和西明阁译经说法,招收弟子。由国家出面,他组织、主持三千多人的佛经译场。据《高僧传》记载,鸠摩罗什"为人神情朗澈,傲岸出群,应机领会,鲜有论匹者。笃性仁厚,泛爱为心,虚己善诱,终日无倦。"既清澈傲岸、聪慧善悟,又仁厚博爱,为弘扬佛法而循循善诱,不知疲倦。正因为如此,国君姚兴常常对鸠摩罗什叹说:"大师聪明超悟,天下无双,可不能使法种无嗣啊!"总觉得鸠摩罗什如果不能留下后代,是极大的遗憾。为能让其留下"法种",姚兴甚至强迫鸠摩罗什接受他赠送的十名美女,也不让他再住僧房,而是另外为他建了一座房舍,殷勤款待。

当时众人对此议论纷纷,毁誉渐起,甚至有人以此为效仿。为了坚持弘法传经,鸠摩罗什仍然忍辱负重,每到讲学时,总是先语重心长地劝诫众人:"好比臭泥中开莲花,应只采莲花,莫取臭泥。"

鸠摩罗什弘扬佛法的成就不仅在于培养了大量人才,他最伟大的功绩是翻译佛经。从后秦弘始三年(公元401年)到长安开始,直至公元413年圆寂,十二年中,他在弟子的帮助下译经三十五部二百九十四卷。对于译经,鸠摩罗什有自己独到的观点,他曾对追随他一同译经的弟子说:"天竺国俗,甚重文制,其宫商体韵,以入弦为善。凡觐国王,必有赞德;见佛之仪,以歌叹为贵。经中偈颂,皆其式也。但改梵为秦,失其藻蔚,虽得大意,殊隔文体。有似嚼饭与人,非徒失味,乃令呕哕也。"在佛经的翻译中,要注意不同语言和风俗,天竺的原文经书注重辞藻和音韵,经文本来就是押韵的,读来也朗朗上口。如果单纯地只把大意翻译为中文,就会失去原有的韵味,像嚼过的饭一样,没有味道,令人作呕。鸠摩罗什对翻译的要求正是现代翻译学说"信、达、雅"中高层次的对于"雅"的追求,更是现代翻译学家们孜孜以求的境界。在这种高标准的要求下,他的翻译忠于原文,圆通流畅,典雅质朴,并纠正了四百年来他人译经之误,成为后世

舌舍利塔

流传最广的佛教经典。如"一切有为法,如梦幻泡影。如露亦如电,应作如是观",这典雅优美、包含无穷智慧的偈语,就出自鸠摩罗什所译的《金刚般若波罗蜜经》,是他所译经文中最广为人知的一段,被称为"六如偈"。金庸在《天龙八部》里将其概括为"一梦如是",得到的和抛弃的,一梦如是! 他的译作中有大量的新造名词和音译名词。"大千世界""一尘不染""天花乱坠""想入非非""粉身碎骨""回光返照""火坑""烦恼""苦海""魔鬼""世界""未来""心田""爱河"……这许多耳熟能详的佛经词汇,已成为我们生活中的常用语,不仅丰富了汉语语汇,也丰富了我们的心智和生活。

鸠摩罗什不但在译经方面有很深的造诣,还善于运用比喻的手法作诗,他曾经赞颂当时晋朝的高僧法和道:

心山育明德,流熏万由延。哀鸾孤桐上,清音彻九天。

这首诗也被视为鸠摩罗什自身经历的写照。"哀鸾"是一种能发柔软和雅的动听声音的鸟类,被佛教列为吉祥之鸟,并将其作为佛陀的"三十二相,八十种好"的"相好"之一。佛经中经常用以譬喻佛音和佛法。《大哀经》中称佛法"其音

两晋南北朝诗

随时柔软和雅,如哀鸾鸣,犹龙海吼,亦如梵声"。这里的"哀鸾"是譬喻鸠摩罗什的品格,宣誓他是佛教忠实的弘扬者、捍卫者。而"孤桐"则象征他所遭遇的逆境、非难和屈辱。这首诗表达了鸠摩罗什思想境界之高远、深邃,他以高山一样的胸怀和精神,让佛教的真理流传于万里之疆。虽然自己曾经在逆境、责难甚至孤独中度日,但佛法的妙音最终响彻宇宙之间。这首诗可以说是鸠摩罗什心态的表白,也是他一生完整的写照。

公元413年,感知大限将至的鸠摩罗什,对众人起誓:"假如我所传的经典没有错误,在我焚身之后,就让这个舌头不要烧坏,不要烂掉!"不久,鸠摩罗什圆寂,在逍遥宫依佛制焚身,火灭身碎后,果然唯有舌头完好无损,成为珍贵的舌舍利,现在还供奉在甘肃省武威市凉州区鸠摩罗什寺的舌舍利塔中,供后人瞻仰。

清音彻九天

布衣可暖身，谁论饰绫罗

——竺僧度与苕华的互赠诗

　　竺僧度，本名王晞，字玄宗，东莞（今山东沂水）人。虽然家庭并不显赫，家中人口也少，但他天资出众，十六岁时就神情清朗，卓然出众。当时竺僧度家里只有寡母在堂，而他也十分孝顺，一直侍奉母亲。家人为他向同郡人杨德慎家求亲，杨家也是士绅家庭，杨家女儿名叫苕华，容貌端正，又诗文皆善，与僧度同岁。无论从家世还是人品上，两家都很匹配，所以求婚时杨家当即就答应了。但是还没有来得及成婚，苕华母亲就亡故了，随后不久，苕华的父亲也死了，而僧度的母亲也去世了。僧度眼看亲人离世，深觉世事无常，继而看破红尘，毅然舍去世俗生活，出家为僧，改名为"僧度"。为了彻底地脱离尘世，僧度离开了家乡，开始四处游学。

　　僧度看破红尘，出家为僧，但已经订过婚的未婚妻苕华却一心认定僧度是自己的丈夫。按照古训，女子在家从父，出嫁从夫，夫死从子，是不能独立生活的。所以苕华服丧期满之后，就给僧度写了一封信，信中说：父母给予的发肤不能毁伤，宗族的祭祀更不能中断。请改变你的志向，回到世俗社会，以你那杰出的才华，在这盛明之世，必能成就一番事业，远慰祖先之灵，近遂亲人之愿。

　　与信一同寄给僧度的，还有五首诗，其中一首写道：

两晋南北朝诗

> 大道自无穷，天地长且久。巨石故叵消，芥子亦难数。
> 人生一世间，飘若风过牖。荣华岂不茂？日夕就雕朽。
> 川上有余吟，日斜思鼓缶。清音可娱耳，滋味可适口。
> 罗纨可饰躯，华冠可曜首。安事自剪削，耽空以害有！
> 不道妾区区，但令君恤后。

　　诗作用俗世生活的美好和对家族的责任心诱导僧度，希望僧度能够不辜负

宝贵的人生年华,建功立业。这不仅仅是为了苕华她自己,更是为了僧度的整个家族。

僧度收到信后,并没有改变自己一心向佛的决定,他给苕华回了一封信,信中说:"夫事君以治一国,未若宏道以济万邦;事亲以成一家,未若宏道以济三界。发肤不毁,俗中之近言耳。但吾德不及远,未能兼备。以此为愧。然积篑成山,亦冀从微之著也。且被袈裟,振锡杖,饮清流,味般若,虽王公之服,八珍之膳,铿锵之声,炜烨之色,不与易也。若能悬契,则同期于泥洹矣。杨氏,长别离矣!万世因缘,于今绝矣。岁聿云暮,时不我与。学道者当以日损为志,处世者当以及时为务。卿年德并茂,宜速有所慕,莫以道士经心,而坐失盛年也!"信的意思是说,事奉国君可以治理一个国家,但不如弘扬佛法可以济万邦;陪伴家人可以成就一个家庭,但不如宏大教义能够教化整个人世间。父母给予的发肤不可毁,那是世俗人的说法。只是我的德行还不够高远,不能兼顾,我因此而感到惭愧。然而万事应当从小处做起,而且,我现在穿着佛家的袈裟,拿着锡杖,饮清泉水,诵《般若经》,这种生活让我十分满意。即使给我王公贵族华美的衣服,各种山珍海味的膳食,铿锵美妙的音乐,光彩夺目的美色,我都不与它相换。既然不能放弃我的志愿,那么你我的姻缘,从今天起就彻底断绝了。时光一闪而过,时不我待,我们都应及时把握现在。你既年轻又有品德,应当赶快找个好人家,不要再因为已经出家的我而错失了大好年华。

僧度的信句句针对苕华对他的劝说而写,又对应苕华的诗,回赠了五首诗作,其中一首写道:

> 机运无停住,倏忽岁时过。巨石会当竭,芥子岂云多?
> 良由去不息,故令川上嗟。不闻荣启期,皓首发清歌?
> 布衣可暖身,谁论饰绫罗?今世虽云乐,当奈后生何!
> 罪福良由己,宁云己恤他?

诗的前六句即是针对苕华赠诗的上半而发的。"机运"二句阐发了佛家"诸行无常"的道理,它和"诸法无我""涅盘寂静"构成佛教的基本理论"三法印"。佛家认为世间万物都是因缘和合而生,即所谓的"此有则彼有,此生则彼生,此无则彼无,此灭则彼灭",因而无一物不处在迁转流变之中。万物不仅在某个阶段有种种变化,而且在刹那之间都有生灭,这就是佛家所说的"念念无常"。因

而在佛家看来,世间一切事物都处在永恒的流动中,瞬息即变。这一思想在佛家成为论证人生之苦的悲观主义哲学,导向了相对主义与虚无主义。僧度正是借此来说明人生的无常与尘世的毋庸留恋。以下四句所用的意象,巨石、芥子、川流,均来自苕华的赠诗,但是在写法上又各自不同。写"巨石"则针对苕华所言之"巨消"而指明其"当竭",直接提出对立的论点,破弃"恒常"的观念。写"芥子"则揭示其虽有无量之数却不能谓多,对同一事物做出不同的解释,破除人们常识中的有差别论,代之以相对主义的无差别境界,"良由"二句则从同一"川流"的意象引出不同的人生哲学。苕华从中得出时不我待、及时行乐的结论,而僧度则悟出万物流转不息、不可执着的佛理。

　　既然尘世无可留恋,最好的归宿就是隐遁。诗的后半针对苕华诗中提出的人生理想,表述了自己的一套人生哲学。耐人寻味的是他并未照搬佛理,而是融入了更多的传统思想成分,这也是时代风气使然。他所标举的理想人物是古代高士荣启期。据刘向《说苑·杂言》所载,荣启期"衣鹿皮裘,鼓瑟而歌",孔子见之,问其何乐,他说:"天生万物,唯人为贵。吾既已得为人,是一乐也。人以男为贵,吾既已得为男,是为二乐也。人生不免襁褓,吾年已九十五,是三乐也。夫贫者士之常也,死者民之终也。处常待终,当何忧乎?"由此可见,僧度的人生理想更多的是安贫乐道,顺天知命,随缘而适,率性逍遥。这是儒家与道家思想的混合物。它是传统的隐逸思想,而不是佛家的涅槃清静。僧度的这一人生思想证明,印度佛学在中国的传播是在和传统思想的融合中实现的。不管人们如何吸收外来思想,总要将它嫁接到传统思想这棵大树上来,由以下的诗意更可见出这一特色。

　　"今世"以下四句揭示了这一人生思想的理论依据。诗人之所以舍弃现世生活的享乐,乃是为了获得来生的超度,他所依据的正是佛教的业报轮回之说。在原始佛教时期,佛陀就已提出"十二因缘"说,小乘佛教据此建立了"轮回"说。在十二因缘中,现在之果,必有过去之因,也势必会生将来之果。诗人顾念的正是这后生的报应,故要潜心修行,以求超脱轮回。在诗的最后,僧度表示获罪得福全看自己的所作所为,因而他考虑的只是自我的完善,其他一切均不足挂念。他就以此作为对苕华的坚决回绝。在他看来,后生的报应比后代的繁衍更为切要。

　　由于僧度一心归向佛门,寂灭心性,所以这首诗的感情没有苕华的赠诗来得深挚,作为决绝之词,它更多地诉诸理性的辩论。但它又不是枯燥的说理,而是寓理念于形象之中,尤其是用赠诗的意象而翻出新意,更见巧思。它以质朴的文辞表现对人生与宇宙的思考,是受到佛经中偈颂的影响。这种平实的风格与深邃的思辨相结合的特色,在唐代梵志、寒山、拾得的诗中得到了更大的发扬。

　　僧度志向已决,不可回转,苕华阅信后也有所感悟,也开始信仰佛教。于是,僧度从此专精佛法,披览群经,着《毗昙旨归》,流行于后世。

大道自无穷

两晋南北朝诗

南朝

两晋之后,中国大陆开始了漫长的南北对峙时期,史称南北朝。南北朝(公元420年—公元589年)是中国历史上的一段大分裂时期,由公元420年刘裕篡东晋建立南朝宋开始,至公元589年隋灭南朝陈为止。该时期上承东晋、五胡十六国,下接隋朝,南北两势虽然各有朝代更迭,但长期维持对峙,所以称为南北朝。

南朝(公元420年—公元589年)包含宋、齐、梁、陈四朝;北朝(公元386年—公元581年)则包含北魏、东魏、西魏、北齐和北周五朝。

南朝的文坛更多沿袭了两晋以来的风格。为了逃避复杂的政治斗争,这一时期的文人诗作多集中在山水诗上,其中颜延之和谢灵运的诗作清丽脱俗,开后世山水诗先河。在民歌方面,以《西洲曲》为代表的南朝民歌委婉缠绵,多用"双关语",内容亦多集中在爱情婚姻方面,与北朝民歌形成鲜明的对比。

两晋南北朝诗

竹竿籊籊，河水浟浟

——无名隐者的《渔父》诗

在中国古代诗歌中，渔父意象时常出现，而"渔父诗"大多是描写隐逸生活的乐趣，和文人内心的隐居向往的，最著名的当然是张志和的《渔歌子》：

> 西塞山前白鹭飞，桃花流水鳜鱼肥。
>
> 青箬笠，绿蓑衣，斜风细雨不须归。

这首小词写尽了隐逸江湖的乐趣，也勾起了后世文人内心深处悠游山水、远离纷争的向往。所以问世之初就引起了当时文人的广泛唱和，唱和之作编成了最早的一部文人唱和词集，之后历朝历代也不断有文人仿作渔父诗词，用渔父生涯比拟隐逸生活，蔚然成风。

我们在这里要介绍的这首诗，也和渔父有关，但描写的并不是文人对隐居生活的向往，而是真正由渔父所作的，表达内心志愿的诗作。诗全文如下：

> 竹竿籊籊，河水浟浟。
>
> 相忘为乐，贪饵吞钩。
>
> 非夷非惠，聊以忘忧。

这首无名渔父的四言诗，载于《南史·隐逸传》。据记载，刘宋时期浔阳（今江西九江）太守孙缅，有一天傍晚在水边散步，见到远方波山处隐约飘荡着一艘小船，不一会儿，船靠岸了，船上站着一名"神韵潇洒，垂纶长啸"的渔父，只看外表就已知道这位渔父不是寻常人了。孙缅见渔父风姿不俗，很是诧异，就上前问他是否卖鱼。渔父笑着说："其钓非钓，宁卖鱼者邪？"我并不是为了钓鱼而钓，又哪里是卖鱼的人呢？孙缅意识到这名渔父的非同寻常，就拉起衣服蹚着

两晋南北朝诗

水走到他的面前,对渔父说:"窃观先生有道者也,终朝鼓枻,良亦劳止。吾闻黄金白璧,重利也;驷马高盖,荣势也。今方王道文明,守在海外,隐鳞之士,靡然向风。子胡不赞缉熙之美,何晦用其若是也?"劝说渔父,现在正是政治清明之时,四方的隐士都向往朝廷,像渔父这样有才华的人,应该出仕以博取"黄金白璧""驷马高盖",而不是一直隐居。渔父听完后回答孙绲:"仆山海狂人,不达世务,未辨贱贫,无论荣贵。"说完后又作了这首诗,而后悠然离去。

诗作的前两句以景物起兴,描绘出一个清幽的隐士境界。首句出自《诗经·卫风·竹竿》:"籊籊竹竿,以钓于淇。"籊籊,形容竹竿长而尖削的样子。此句字面上虽仅写竹竿,但已隐含垂钓之意。次句写水流潺潺,潋潋,形容水流的样子。这一联在写景中连用两个叠词,复沓回环,曼声长语,表现出一种恬静悠闲的隐逸情趣。

中间两句转入抒发情志。"相忘"一语,出于《庄子·大宗师》篇:"泉涸,鱼相与处于陆,相呴以湿,相濡以沫,不如相忘于江湖。与其誉尧而非桀也,不如两忘而化其道。"把对立的事物看成本质上毫无二致的事物,因而安时处顺,心境平和,这就是所谓"相忘"。而渔父的所谓"未辨贱贫,无论荣贵",正是达到了《庄子》的这一境界。反之,如果不是与世"相忘",而汲汲名利,势必引发灾祸,

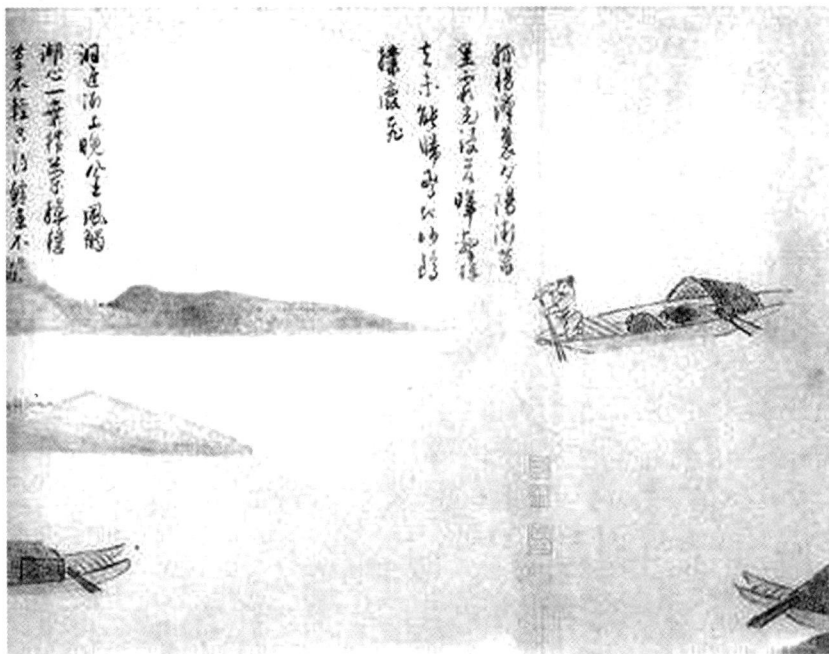

吴镇《渔父图》

如同游鱼贪食鱼饵，必有吞钩之祸，它与"相忘为乐"形成了鲜明的对比。这两句既是渔父自己的人生观的写照，同时也是作为对孙缅劝他出仕以求功名利禄的答复。虽是说理，但字面却都是与鱼相关，正与上句悠然垂钓的意思相承接，理与景结合得十分自然。

最后两句对"相忘为乐"再做发挥，以强化此诗的主旨。"非夷非惠"化用《孟子》的语意，但经诗人改造后，又表达了《庄子》的思想。夷指伯夷，惠指柳下惠。《孟子·告子下》："居下位，不以贤事不肖者，伯夷也；不恶污君，不辞小官者，柳下惠也。"又云："伯夷隘，柳下惠不恭。隘与不恭，君子不由也。"（《公孙丑上》）孟子的意思是，伯夷洁身自好，清高脱俗，失之器量狭小；柳下惠处浊自安，豁达开朗，惜乎不够严肃。而渔父借用其语，巧妙地化进《庄子》的哲学，指出人生不要执着于进退的任何一方，凡事都无可无不可，不要刻意为之。这样，与世委蛇，和光同尘，就能忘忧而为乐。"为乐""忘忧"，一章之中，两致其意，足见渔父胸中自是平和安乐，无涉富贵。

这首诗作运用古老的四言诗形式，古朴典雅，读来如闻韶乐，它以极短小的篇幅，表达了丰富的意蕴、玄奥的哲理，精辟凝练，令人玩味无穷。语虽简淡，却使"渔父"这个隐逸者的形象，又丰满、充实了不少。

竹竿籊籊　河水浟浟

鸾翮有时铩，龙性谁能驯

——颜延之的《五君吟》诗

颜延之，字延年，南朝宋文学家，祖籍琅琊临沂（今山东临沂）。曾祖含，右光禄大夫。祖约，零陵太守。父显，护军司马。颜氏属于随晋室南渡的门阀氏族之一，在当时也是大家族，但是不可与王、谢等家族相比。颜延之少年时期家庭条件并不好，史书记载他"少孤贫，居负郭，室巷甚陋。好读书，无所不览，文章之美，冠绝当时"，虽然住在简陋的房间里，但从小就喜爱读书，文章写得很好，与谢灵运并称"颜谢"。颜延之性格耿直，不注意小节，"嗜酒，不护细行，年三十犹未婚娶"，直到三十岁还没有结婚，这在古代可真是"晚婚"的典例了。

东晋义熙十二年（公元416年），司马德宗北伐，当时颜延之任豫章公世子中军行参军，奉命赶往洛阳，途中写了两首诗，记载北行途中的见闻和心情，辞藻优美，时人颇为称赏。这两首诗现在只余一首《北使洛》：

> 改服饬徒旅，首路局险艰。振楫发吴洲，秣马陵楚山。
> 途出梁宋郊，道由周郑间。前登阳城路，日夕望三川。
> 在昔辍期运，经始阔圣贤。伊瀍绝津济，台馆无尺椽。
> 宫陛多巢穴，城阙生云烟。王猷升八表，嗟行方暮年。
> 阴风振凉野，飞云瞀穷天。临途未及引，置酒惨无言。
> 隐悯徒御悲，威迟良马烦。游役去芳时，归来屡徂愆。
> 蓬心既已矣，飞薄殊亦然。

虽然写得一手好诗，但颜延之好酒而疏于自我约束，又性格耿直，不会随人俯仰，所以在仕途上一直不是很顺利。见到刘湛和殷景仁大权在握，颜延之心里很不服气，经常在各种场合说："天下的事，就应该由全天下的人一同担当，怎么能由某一个人来独自决定呢！"这种话传到当权者的耳朵里，当然会很不满

意。更有甚者,他还对刘湛说:"吾名器不升,当由作卿家吏。"像我这样的才华,这样的名士,真是运气不好,才沦落到给人家当小吏。刘湛听后"深恨焉",打从心底里痛恨颜延之。因为得罪了权贵,所以很快颜延之就被贬为永嘉(今浙江温州)太守。

颜延之被贬,满肚子的委屈和愤愤不平,又不能直接说出来,于是写了一组咏竹林七贤的诗作,以寄寓自己被贬的怨愤之情:

阮步兵

阮公虽沦迹,识密鉴亦洞。

沉醉似埋照,寓辞类托讽。

长啸若怀人,越礼自惊众。

物故不可论,途穷能无恸?

嵇中散

中散不偶世,本自餐霞人。

形解验默仙,吐论知凝神。

立俗迕流议,寻山洽隐沦。

鸾翮有时铩,龙性谁能驯?

刘参军

刘伶善闭关,怀清灭闻见。

鼓钟不为欢,容色岂能眩?

韬精日沉饮,谁知非荒宴?

颂酒虽短章,深衷自此见。

阮始平

仲容青云器,实禀生民秀。

达音何用深?识微在金奏。

郭奕已心醉,山公非虚觏。

屡荐不入官,一麾乃出守。

向长侍

向秀甘淡薄，深心托毫素。

探道好渊玄，观书鄙章句。

交吕托鸿轩，攀嵇亦凤举。

流连河里游，恻怆山阳赋。

　　诗作一共五首，名为《五君吟》，分别吟咏三国魏后期"竹林七贤"中的阮籍、嵇康、刘伶、阮咸和向秀。之所以只有五个人，是因为山涛和王戎在入晋后都在朝廷担任要职，与颜延之被贬谪的经历完全不同，所以没有写这两个人，由此也可以知道，这组诗表面看来是咏古人，其实写的都是颜延之自己的经历。其中"屡荐不入官，一麾乃出守"，表达了仕途失意的无奈；"韬精日沉饮，谁知非荒宴"，说的是虽然日日饮酒，可谁知道自己内心并没有为酒所迷醉；"物故不可论，途穷能无恸"，抒发了被贬谪后，人生处在穷途时的悲伤，"鸾翮有时铩，龙性谁能驯？"则是表明自己的人生态度，虽然屡次遭到打击，但是终究不会与世俗合流，依然会坚守内心的信念。

　　颜延之的文采出众，与当时的另一位著名诗人谢灵运并称，不过两个人写文章的速度可是天壤之别。文帝曾经让各位臣子模仿曹操的《苦寒行》(悲伤太行山)一诗拟作《北上篇》，颜延之接到通知后马上就写好了，而谢灵运则用了很长时间才写完，看来在才思敏捷、出口成章方面，是颜延之占了上风。颜延之曾经问鲍照，他与谢灵运比较，优劣之分在何处，鲍照回答说："谢五言如初发芙蓉，自然可爱。君诗若铺锦列绣，亦雕缋满眼。"谢灵运的五言诗写得清新自然，极为出色，而颜延之的诗则雕琢铺饰，看上去很是华丽。"诗画本一律，天工与清新"，这是宋代文豪苏轼对诗歌和绘画的评价，也代表了中国传统诗歌的审美标准，就是要自然天成，无意而工。从这个角度来看，谢灵运的诗作就更胜一筹了。

　　无论颜延之与谢灵运的诗作怎样分高下，不可否认，颜延之是南朝首屈一指的著名诗人。当时的人们都称，颜延之与谢灵运是自潘岳、陆机之后难得的优秀文人，其他文人都难以与之相比，"江右称潘陆，江左称颜谢焉"。

两晋南北朝诗

谢公才廓落,与世不相遇

——谢灵运和他的"绝命诗"

谢灵运,祖籍陈郡阳夏(今河南太康县),祖父谢玄移籍至会稽始宁(今绍兴上虞区)。原名谢公义,字灵运,是东晋时期与颜延之并称的著名文学家、诗人。父谢瑍,母亲是王羲之与郗璇的外孙女刘氏。谢灵运从小寄养在钱塘杜家,故乳名为客儿,世称谢客。幼年便颖悟非常,《宋书·列传第二十七》称其十五岁时,去京都旧居,与谢家子弟们聚于乌衣巷,谈文论诗,受其叔谢混称赞:"文章之美,江左(指长江下游南岸地区)莫及。"当地没有人能够超过他。谢灵运的书

谢灵运

法写得也很好,"诗书皆兼独绝,每文竟,手自写之",作完一首诗,就自己写下来,诗作与书法相得益彰。宋文帝刘义隆曾称赏他的诗和字为"二宝"。他十八岁时袭封康乐公,晋末曾出任琅琊王德文的大司马行参军,豫州刺史刘毅的记室参军,北府兵将领刘裕的太尉参军等职。刘宋建立后,按例被降为康乐侯,故又称"谢康乐",改食邑为五百户,起为散骑常侍,转太子左卫率。

谢灵运是名公子孙,又才能出众,并且自视甚高。据《释常谈》记载,有一次,谢灵运一边喝酒一边自夸道:"魏晋以来,天下的文学之才共有一石(容量单位,一石等于十斗),其中曹子建(即曹植)独占八斗,我得一斗,天下其他的人共分一斗。"谢灵运自认为凭借自己如此卓然不凡的才华,理应当得到重用,参与时政机要,但宋文帝对他"唯以文义见接,每侍上宴,谈赏而已",只把他当作文学侍从看待,让他很是不平。

宋少帝即位后,权力掌握在大臣手里,谢灵运对时政十分不满,时常制造矛

盾,毁谤朝政,招来了权臣司徒徐羡之等人的厌恨,便把他调出京城去担任永嘉太守。永嘉郡中有名山名水,正是谢灵运生平所爱,再加上出任太守本就让他深感不得志,于是便索性肆意遨游,走遍了郡下各县,外出游玩,有时远达一百六七十里,动辄超过十天半月,所到之处多形诸吟咏,用诗作来寄托自己的心意。平素生活也多是开凿水池、设置园林、种植竹子、栽培果树,对管理民众、听取诉讼的公事,都不再关心。这样的官员自然是朝廷所不能容忍的,但毕竟谢灵运出身名门大族,又才华横溢,于是皇上就委婉地暗示让他自己辞职。

谢灵运顺承上意,上表借口说身体不好,要求辞去职务,朝廷当然是顺水推舟地同意了。谢灵运的父亲和祖父都葬在始宁县,生前都有旧宅和别墅,于是他辞职后便回到会稽,对旧居加以修缮,又在依山傍水之处营造别业,尽享幽居生活的美妙,并与隐士王弘之、孔淳之等人尽日纵放游玩,打算就这样过完一生。游玩过程中,谢灵运也不时有诗歌问世,每有一首诗传到京城,不论平民百姓还是达官贵人都争相传抄,往往几日之间就会传遍京城,声名远播。

谢灵运凭借祖父的产业,物质基础很是丰厚。家中有很多的仆役,平日里更是发动门生仆从们,凿山浚湖,工程不断。谢灵运酷爱跋山涉岭。幽僻高峻之处,岩嶂数重,也都要全部走到,攀尽了周边所有的名山秀岭。为了方便上下山,他还自创了一种鞋底可以拆卸的木屐,上山时卸下前半副鞋跟,下山时则卸去后半副,很有些像现代的高跟鞋,又比高跟鞋灵活,上下山时由于不同的鞋跟位置而形成不同的角度,恰好与行走道路的倾斜度相补,是爬山的得力工具。直至唐代,著名诗人李白在爬山时还是"身登青云梯,脚着谢公屐",依然穿着谢灵运发明的登山鞋。谢灵运爬山不仅是自己独步探险,还时常带着仆从一同跋涉,他曾带着几百人从始宁南山开始伐树开路,一直走到临海。当时的临海太守王琇听说后又惊又怕,以为是山贼下山了,最后知道是谢灵运才安下心来。谢灵运又邀请王琇继续前进,王琇不肯。谢灵运专门写了一首诗赠给王琇,其中有句:"邦君难地险,旅客易山行。"

谢灵运在会稽也有众多的随从,在全县恣意行止,让太守孟青很是头疼。孟青是个虔诚的佛教徒,但谢灵运却因孟青崇信佛而轻视他,并且曾对孟青说:"要想得道必须具有天赋的慧业,丈人您升天肯定在我的前面,而成佛必然在我的后面。"孟青对这话深为憎恨。谢灵运又与王弘之等人在千秋亭饮酒,酣醉之时赤裸着身体大声喊叫,造成了很恶劣的影响。孟青感到无法忍受,就写信向他们提出意见,希望他们能够适当约束自己的行为,没想到谢灵运非但不接受

意见,还大怒说道:"我们自己大叫,跟痴人有什么关系?"由此也可以看出,谢灵运个性放纵恣肆,很容易得罪人,而他和孟青的矛盾也绝不止这两件事。

会稽东城有个回踵湖,谢灵运请求放水开为田地,文帝让州郡斟酌施行。这个湖离城郭很近,一旦放水后,城中百姓就再也不能打捞湖中的水产了,百姓们为此感到很是可惜,于是孟青就坚持不给。谢灵运得不到回踵湖,又请求把始宁的休山皇湖开为田地,孟青又坚决不同意。谢灵运几次受挫,十分恼怒,就说孟青并不是出于有利于民众的考虑才拒绝的,而是顾虑决开湖水会害死水中许多生命,是盲目的信佛导致的,于是便用言论对他进行攻击,谢灵运与孟青的矛盾日益加深。孟青搜集了谢灵运横行放肆的行为,以此为证据,上表说他心有异志,甚至把谢灵运平日带仆从游玩说成是要发兵起事。这在当时可是要杀头的重罪,谢灵运听说后马上骑马到宫中上表,陈述事情的原委。文帝知道他是被诬陷的,也并不降罪,但也不能再让他东归,于是就任命他为临川内史。

到了临川后,谢灵运完全没有吸取之前在会稽的教训,继续游玩放浪,和之前无异,于是又被当地官员弹劾。司徒派随州从事郑望生去拘捕谢灵运,谢灵运反而扣押了郑望生,兴兵叛逃,最后索性有了造反的念头。他写诗说:

> 韩亡子房奋,秦帝鲁连耻,本自江海人,忠义感君子。

以张良、鲁仲连自比,暗示要像他们那样为被灭亡的故国复仇雪耻。这次造反没有成功,官兵捉住了谢灵运,将他送交给廷尉治罪。按说反叛这样的罪名,是要诛杀全家的,但文帝爱惜谢灵运的才能,就想将他免官以示惩戒。彭城王刘义康上疏称,不应就这样饶过谢灵运,但可以宽恕他的子孙:"谢玄功勋可比管仲,应该宽大处理他的后代,谢灵运本人也可罪降一等,把死刑改为流放广州。"

本来是好不容易逃过了一劫,但谢灵运却不知悔改,错上加错,竟然联系了江湖帮派,让他们在半路营救自己,结果非但没有成功,还暴露了企图。事情败露的过程很是巧合:秦郡的府将宋齐接受委派到涂口,走到桃墟村,见有几个人聚在一起私语,形迹可疑,怀疑不是普通百姓,就回去报告了郡县衙门,衙门派兵随宋齐突袭抓住了他们。其中一个人姓赵名钦,在审问时招供说:"同村的薛道霜曾和谢灵运共事,薛道霜通过同村的成国告诉我说:'谢灵运犯了事流放到广州,让道霜邀合乡村中的强壮男子,他提供钱财来购买弓箭刀盾等武器,要我们在三江口把他抢出来。如果能如愿,功劳算是大家的。'于是我们就集合起来去救谢灵运,但没有成功,回来时穷困潦倒,又饥饿难耐,于是便在路上商量抢劫。"

此事一经上报,有关部门便立即奏请逮捕了谢灵运,此时,已对谢灵运再三宽恕的宋文帝感到非常失望,不想再保这个不思悔改的人了,于是便诏令在广州处死示众。谢灵运在临死前作诗道:

> 龚胜无余生,李业有终尽,嵇公理既迫,霍生命已殒。

诗中大量引用典故,意思是,龚胜因不甘为王莽的新朝服务而绝食身亡,李业因拒绝公孙述的征召而服毒自杀,嵇绍(嵇康的儿子)因以身保护晋惠帝而遭乱箭射死,霍原由于不愿与王浚合作而被斩杀,自己却不能像这些人那样忠于旧主,结果一生坎坷,受尽刘宋王朝新贵的摧残迫害,壮志得不到施展。从这首临终前的绝命诗可以读出,谢灵运罗列了历史上那些与当权者不合而遭杀害的人,对自己的过去大有不堪回首之意。

谢灵运的生命终于走到尽头,他死于元嘉十年(公元432年),年仅四十九岁,正值盛年。他的死,虽然不是因为文章获罪于朝廷,但他恃才傲物的性格,决定他不为当时的社会所容。正如三百多年后唐代大诗人白居易所指出,"谢公才廓落,与世不相遇"。

尽管谢灵运恃才傲物,生活过于放纵,但他的死仍然让人惋惜。作为中国山水诗的"鼻祖",他开创了南朝诗歌崇尚声色的新局面。他的诗"俪采百字之偶,争价一字之奇。情必极貌以写物,辞必穷力而追新。"(刘勰《文心雕龙·明诗篇》),极大地改变了东晋以来"理过其辞,淡乎寡味"的玄言诗诗风。唐代的李白、杜甫、白居易都十分推崇谢灵运的山水诗,认为它可与陶渊明的田园诗并列。

两晋南北朝诗

诗中诉尽相思意，谁知竟是释子作

——释宝月和《行路难》诗

在中国文学史上，佛教文学占有重要的地位，佛教文学中的僧人创作又以诗歌创作为主，它既显示着有别于文人诗的方外之气，同时或多或少地体现着俗世的影响。僧诗中不断出现的艳丽之诗即是一例。僧诗中的艳诗是一种奇特的存在，表面上它似乎与佛教教义、戒律相违背，是一种悖谬。实际上，则有其合理性。它一方面体现着世俗文化、文学对佛教的不可避免的影响；另一方面，也显示着中土佛教，特别是禅宗的通脱不拘，随缘顺化，具有突出的中国特色。

中土僧人创作艳诗，在六朝时已经开始。清人毛先舒的《诗辩坻》卷三云："六朝释子多赋艳词。"六朝僧人作诗，多以艳丽之辞出之。可归为艳诗的，最早或是南朝释惠休的诗歌。惠休俗姓汤，宋齐时人。作为一名僧人，惠休留传下来的十一首诗歌，除《赠鲍侍郎》一首为赠答之作外，其他都属绮丽多情之诗，可以说全然看不出他的释子身份。如徐陵《玉台新咏》卷九载其《白纻歌三首》第二首云：

> 少年窈窕舞君前，容华艳艳将欲然。
>
> 为君娇凝复迁延，流目送笑不敢言。
>
> 长袖拂面心自煎，愿君流光及盛年。

诗作模拟少女的口吻，表达对青年的爱慕之情，"流目送笑"，顾盼含情，十分炽烈、大胆，如果不知道这首诗的作者身份，无论如何也不会将它和一位僧人联系在一起。

惠休所处的时期诗坛风气已日趋华丽，但与差不多同时期的其他诗人，如颜延之、沈约等相比，惠休诗歌的艳丽还是比较突出的，甚至接近于后来的宫体

诗。而作为僧人，惠休创作艳诗，并非没有反对者。梁代钟嵘《诗品》卷下，即称"惠休淫靡，情过其才"，说惠休虽然有些才华，但是诗作轻浮淫靡，极大地遮掩了才气，轻贬之意很是明显。刘师培《中国中古文学史讲义·宋齐梁陈文学概略》则认为，"绮丽之诗，自惠休始"，梁之宫体诗，实可以追溯至惠休。南朝僧人为诗者，以绮靡艳丽名世的还有不少，释宝月也是其中之一。如郭茂倩《乐府诗集》卷四十八收录了他的《估客乐》。《估客乐》是齐武帝所作的歌辞。武帝早年曾在樊城、邓县（在今湖北襄樊市）游历，即位后追忆过去的经历，写了一首《估客乐》："昔经樊邓役，阻潮梅根阻。感忆追往事，意满辞不叙。"写成之后，武帝让乐府的官员为这首诗配上音乐，以便歌唱，可乐府一直没有配出适合的曲调。这时有人向武帝推荐释宝月，称其善于音律，武帝招来释宝月，让他试作曲调，释宝月只用了十几天的时间就作出了能与曲辞相得益彰的乐调，并且自己写作了两首《估客乐》与曲调相配：

郎作十里行，侬作九里送，拔侬头上钗，与郎资路用。

有信数寄书，无信心相忆。莫作瓶落井，一去无消息。

与汤惠休的诗作相同，这两首诗也是拟托恋爱中的女子口吻，写女子与心上人离别时的依依不舍以及分离后的思念，小儿女的款款深情，跃然纸上。明代钟惺、谭元春编《古诗归》卷十三收录此诗，谭元春批注："有一步难离之意，偏是无发人妙作情语。"正是感叹此诗深情婉约之至。《乐府诗集》卷四十八引《古今乐录》，指出宝月的这两首诗歌是上献齐武帝，其中也有迎合君主趣味的意思。

宝月另有《行路难》一诗，但钟嵘《诗品》卷下则记载，此诗为东阳柴廓之作，宝月在柴家做客时，恰逢柴廓去世，趁着柴家忙乱之际，宝月将诗作窃为己有。后来柴廓的儿子柴赟发现了这件事，就找到了父亲的手稿，要去官府状告宝月，宝月出了一大笔钱，才了结此事。释门中人，偷盗是无法原谅的大罪，能让宝月冒着如此大的风险窃取诗作，足见这首诗的妙处：

行路难

君不见孤雁关外发，酸嘶度扬越。

空城客子心肠断，幽闺思妇气欲绝。

凝霜夜下拂罗衣，浮云中断开明月。

夜夜遥遥徒相思，年年望望情不歇。

寄我匣中青铜镜，倩人为君除白发。

行路难，行路难，夜闻南城汉使度，使我流泪忆长安！

　　《行路难》为乐府旧题，古辞不存。《乐府解题》说："《行路难》备言世路艰难及离别悲伤之意，多以'君不见'为首。"《续晋阳秋》载："袁山松善音乐，北人旧歌有《行路难》曲，辞颇疏质，山松好之，乃为文其章句，婉其节制。每因酒酣从而歌之，听者莫不流涕。"可见《行路难》词多悲哀之音。

　　此诗由三个层次构成。首四句为第一层，写游子与思妇，两个方面同时着笔，而以秋夜闻雁声贯穿。以孤雁哀鸣写游子思妇，这是古诗中常用的手法。如曹丕《杂诗》："草虫鸣何悲，孤雁独南翔。郁郁多悲思，绵绵思故乡。……向风长叹息，断绝我中肠。""漫漫秋夜长，烈烈北风凉。展转不能寐，披衣起彷徨。彷徨忽已久，白露沾我裳。"此诗颇有化用曹诗的地方，而曹诗又是借鉴《古诗十九首·明月何皎皎》而来。诗的首句以"君不见"起，是《行路难》乐府题的常格。从孤雁发于"关外"，远度"扬越"，由北而南，知此时正是深秋节令。"孤雁"一语虽已成为这类题材的凝固意念，但它对游子或思妇来说，仍是一种心理反射。而"酸嘶"与之呼应，也是从人即游子、思妇的感受说起。第三句"空城客子心肠断"，第四句"幽闺思妇气欲绝"，都从夜闻"孤雁"而来；一个"心肠断"，一个"气欲绝"，一种相思，两处相关，而雁声则为传情之物。

　　以下两层分写思妇、游子。第五句至第十句写思妇。思妇因怀人夜不能寐，一个人孤独地在庭前踱着步，不知不觉，已过了深夜。忽然低头看见罗衣上已结满霜华，便用衣袖轻轻拂了几下，可是仍无意回房。她抬眼望望天空，见浮云裂开一道缝隙，露出一轮满月，洒下遍地清辉。人说月圆是亲人团聚的吉兆，以前她自己也总是盼望月圆人圆，可是月亮一次次圆了又缺了，征人却始终未归，多少年过去了，"夜夜遥遥徒相思"。尽管如此，思妇的一片痴情始终不歇。"望望"，是望了又望，望穿双眼。此篇写思妇怀人之苦，情境、意蕴并没有什么特别。它与传统诗词不同的地方，在于表现技巧。如《古诗十九首·孟冬寒气至》："孟冬寒气至，北风何惨栗。愁多知夜长，仰观众星列。三五明月满，四五蟾兔缺。"诗中意象有某种集合性，表情方式也基本是直接抒发，不假藻饰。而

两晋南北朝诗

这首诗的情感则是从景物的变化及人的具体行为中见出，不仅形象鲜明，而且更为含蓄蕴藉。第九句和第十句"寄我匣中青铜镜，倩人为君除白发"，更显得情意深长。青铜镜在匣中珍藏多年，本是为待游子的归来，可是游子总不见归来，这青铜镜留在匣中就没有什么作用。青铜镜本是为照青鬓朱颜，可如今，他大约已添了白发了，于是想到寄镜。不言悲凉之意，自是悲从中来。"倩人为君除白发"，表现思妇对游子的体谅之情，细意委曲。这两句诗意紧扣上句的"情不歇"三字。

第十一句至第十四句为第三层，写游子。"行路难"三字，用乐府点题之法，重复以加重感情的抒发："行路难，行路难"，如一声声悲怆的叹息。以下两句是"行路难"一语的落脚点。"夜闻""汉使度"，表明游子流落胡中。因多年羁留异国他乡不得回归故土，闻汉使而遽兴故国之悲思。结尾句"忆长安"一语，与第二层呼应，以见出两情如一，上扣第一层闻鸿"肠断""气绝"。

诗作写闺怨，层层递进，哀婉绮艳，动人肺腑，难怪会有"窃诗"的传说。无论这则传说是否真实，我们通过上述诗作了解了当时僧人的一部分诗作，这就是宝贵的收获。

夜夜遥遥徒相思

两晋南北朝诗

余亦何为者,淹留此山东

——沈约和他的《八咏诗》

沈约,字休文,吴兴武康(今浙江湖州德清)人,南朝史学家、文学家。出身于门阀士族家庭,历史上有所谓"江东之豪,莫强周、沈"的说法,家族社会地位显赫。祖父沈林子,宋征虏将军。父亲沈璞,宋淮南太守,于元嘉末年被诛。沈约幼年孤贫流离,笃志好学,博通群籍,擅长诗文。历仕宋、齐、梁三朝。在宋任记室参军、尚书度支郎。著有《晋书》《宋书》《齐纪》《高祖纪》《迩言》《谥例》《宋文章志》,并撰《四声谱》。作品除《宋书》外,多已散佚。

沈 约

沈约从少年时代起就用功读书,白天读的书,夜间一定要温习。他母亲担心他的身体支持不了这样刻苦的学习,常常减少他的灯油,早早撤去供他取暖的火。青年时期的沈约,已经"博通群籍",写得一手好文章,并且对史学产生了浓厚的兴趣。他从二十几岁的时候起,用了整整二十年时间,终于写成一部晋史。可惜,这部晋史没有能够流传下来。

沈约诗文兼备,当时的许多重要诏诰都是出自他的手笔,在齐梁间的文坛上颇负盛名。《南史》称:"谢玄晖善为诗,任彦升工于笔,约兼而有之,然不能过也。"谢朓擅长写诗,任昉工于作文,沈约则是二者兼善,但分开来看成就则不如谢、任二人。钟嵘《诗品》将沈约的诗作定为中品,评曰:"梁左光禄沈约。观休文众制,五言最优。详其文体,察其余论,固知宪章鲍明远也。所以不闲于经纶,而长于清怨。永明相王爱文,王元长等皆宗附之。约于时谢朓未遒,江淹才尽,范云名级故微,故约称独步。虽文不至其工丽,亦一时之选也。见重闾里,诵咏成音。嵘谓约所著既多,今翦除淫杂,收其精要,允为中品之第矣。故当词密于范,意浅于江也。"在"永明体"诗人中,沈约占有重要地位。钟嵘以"长于清怨"概括沈约诗歌的风格。这种特征主要表现在他的山水诗和离别哀伤诗之中。

与同时代的"二谢"等人相比,沈约的山水诗并不算多,但也同样具有清新之气,不过其中又往往透露出一种哀怨感伤的情调。如《登玄畅楼》诗:

> 危峰带北阜,高顶出南岑。中有陵风榭,回望川之阴。
> 岸险每增减,湍平互浅深。水流本三派,台高乃四临。
> 上有离群客,客有慕归心。落晖映长浦,焕景烛中浔。
> 云生岭乍黑,日下溪半阴。信美非吾土,何事不抽簪?

这首诗写景清新而又自然流畅,尤其是对于景物变化的捕捉与描摹,使得诗歌境界具有一种动态之势。诗人以登高临眺之所见来烘托"离群客"的孤独形象,从而将眼前之景同"归心"融为一处。又如其《秋晨羁怨望海思归》诗:

> 分空临澥雾,披远望沧流。
> 八桂暖如画,三桑眇若浮。
> 烟极希丹水,月远望青丘。

全诗境界阔大高远,为读者展示出天水一色、烟波浩渺的海天景色。结合诗题来看,海天的空旷辽远,正反衬出"羁怨"之情与"思归"之念。此类诗歌在齐梁山水诗中,亦不失为上乘之作。

沈约在齐隆昌元年(494年)外任宁朔将军、东阳(今浙江金东区)太守。金东区北有金华山,城南有溪水流过,山上建有玄畅楼,登楼可见山光水色。《玉台新咏》载沈约登楼作《八咏诗》,时人以为堪称绝唱,故而将玄畅楼改名为"八咏楼"。这八首诗分别为《登台望秋月》《会圃临春风》《岁暮愍衰草》《霜来落悲桐》《夕行闻夜鹤》《晨征听晓鸿》《解佩去朝市》《被褐守山东》,分别以秋月、春风、衰草、落桐、夜鹤、晓鸿、朝市、山东为描写对象。八首诗风格相似,举第一首为例:

八咏诗·登台望秋月

望秋月,秋月光如练。照耀三爵台,徘徊九华殿。九华礴瑶梁,华

两晋南北朝诗

榱与璧珰。以兹雕丽色,持照明月光。凝华入黼帐,清辉悬洞房,先过飞燕户,却照班姬床。

桂宫袅袅落桂枝,露寒凄凄凝白露,上林晚叶飒飒鸣,雁门早鸿离离度。湛秀质兮似规,委清光兮如素。照愁轩之蓬影,映金阶之轻步。居人临此笑以歌,别客对之伤且慕。

经衰圃,映寒丛,凝清夜,带秋风。随庭雪以偕素,与池荷而共红。临玉墀之皎皎,含霜霭之蒙蒙。辚天衢而徒步,轹长汉而飞空。隐岩崖而半出,隔帷幌而才通。散朱庭之奕奕,入青琐而玲珑。

闲阶悲寡鹄,沙洲怨别鸿。文姬泣胡殿,昭君思汉宫。余亦何为者,淹留此山东?

全诗分为四个部分。第一部分着重围绕"登台望秋月"这一题目,渲染"三爵台""九华殿"等宫廷建筑的豪华。"三爵台"是传说中神仙所居,"九华殿"是汉魏时的皇家宫殿,这里泛指高台、华殿。开头写高台、华殿的雕梁画栋在月光映照下显得分外富丽堂皇。接着写月光穿过绣帐,进入深邃的内室,先经过赵飞燕的居所,回过来又照在班婕妤的床上。虽然有华丽辞藻的修饰,但由于主旨是写月光,所以整体氛围是冷清的。赵飞燕和班婕妤是两个受到冷落的汉代后妃,她们哀怨孤凄的形象,更衬托出月色的阴冷惨淡。

第二部分是"望秋月"这一主题的展开部分。"桂宫袅袅落桂枝"以下四句表现一个"秋"字。"桂宫"即月宫,因传说月中有桂树,故以"桂枝"比喻月光,而桂树正是秋天开花的树木。"露寒凄凄""晚叶飒飒"和"早鸿离离"都是秋天的景象。"湛秀质"二句表现一个"月"字,以"秀质似规"和"清光如素"来对月亮的形与色进行赞美,似规状其圆,如素言其白。"照愁轩"以下四句表现一个"望"字。望月的人各不相同,处在不同境遇中的人望月时的心绪和感情也彼此有异:轻步于金阶的"居人"对之欢笑歌唱;身居愁轩的别客则勾起了对亲人的思慕,因而黯然神伤。这一部分的描写,感情基调同第一部分完全一致。

第三部分从各个方面描写秋月的特征。"经衰圃"四句写它的清冷;"随庭雪"以下四句写它的皎洁、透明而又像细雨一样迷蒙;"辚天衢"以下六句写它的活动。"辚""轹"指车轮转动,天衢是天上的道路。这里是说月轮或漫步天街,或飞越河汉,或隐身于岩崖后只露出一半,或被淡云所遮,就像隔了一层帷幌一样只能依稀看到,或散布于朱庭,光彩夺目,或进入于青琐(宫门),玲珑明彻。这

一部分在全诗中是最富有想象力、描写最生动的部分。

最后部分才是作者自己的抒情。这时作者远离家乡,在外地做官,面对秋月,思乡之情油然而生。因明月而引起对家乡、亲人的思念,是古诗中常见的主题之一,这里作者也是因"望秋月"而联想到自己形单影只,于是便产生了"悲寡鹤""怨别鸿"这种孤独心情。"文姬泣胡殿,昭君思汉宫"两句同样如此。在作者的想象中,蔡文姬和王昭君的思念故乡也是因"望秋月"而引起的。这是古诗中常用的"取譬引类""因物喻志"的手法,主要引起末两句作者自己的感慨:"余亦何为者,淹留此山东?"("山东"指东阳郡)

钟嵘《诗品》评沈约作品时有"辞弘""意浅"之说,此诗的特点正是这样。内容上它并无深意,通篇都是对秋月的铺张扬厉的反复描写。比较惹人喜爱的是它的语言,此诗语言风格虽未脱齐梁的绮丽之风,但还没有过分地雕金镂采,在丰茂的辞藻中仍能透露出一股清新的气息。特别值得注意的是,它在声律安排上相当讲究,声韵和谐,节奏感很强,有些句子的平仄安排已类似于后世的律诗,如"凝华入黼帐""闲阶悲寡鹄"等句犹似五律,而"桂宫袅袅落桂枝"二句则俨然七言律句。

《八咏诗》的体裁属于杂言体,这种句子长短不齐的形式以前多见于乐府诗和拟乐府诗,沈约此诗也是受到乐府诗的影响而作的。此外,它与六朝流行的咏物抒情小赋也有许多相似之处。"经衰圃"以下一大段不论句子形式和描写方法,都明显地吸收了赋的特点。正因为这样,所以前人把《八咏诗》称作别开生面的作品。

沈约的离别诗也同样有"清怨"的特点,如最为后人所称道的《别范安成》:

> 生平少年日,分手易前期。及尔同衰暮,非复别离时。
> 勿言一樽酒,明日难重持。梦中不识路,何以慰相思?

将少年时的分别同如今暮年时的分别相对比,已经蕴含了深沉浓郁的感伤之情;末二句又用战国时张敏和高惠的典故(据《韩非子》载,战国时,张敏与高惠友善,张想念高,梦中往寻,中途迷路而返),更加重了黯然离别的色彩。全诗语言浅显平易,但情感表达得真挚、深沉而又委婉,在艺术技巧上具有独创性。沈德潜评此诗:"一片真气流出,句句转,字字厚,去'十九首'不远。"(《古诗源》卷十二)除离别哀伤之作外,沈约的抒怀之作如《登高望春》《古意》《伤春》《秋

两晋南北朝诗

夜》以及乐府诗《临高台》《有所思》《夜夜曲》等,在沈约集中皆为上乘之作,而且也都具有"清怨"的风格特征。

沈约在诗坛上最大的贡献,并不在于他的诗作,而在于他所作的《四声谱》,谱中将四声的区别同传统的诗赋音韵知识相结合,规定了一套五言诗创作时应避免的声律上的毛病,就是后人所忌之"八病"。即平头、上尾、蜂腰、鹤膝、大韵、小韵、旁钮、正钮等八种声病,"八病"具体为何,说法不一。"四声八病"说为后来产生近体诗奠定了基础,也为诗歌的韵律圈定了规范,影响深远。

沈约历仕三朝,齐和帝在位时就曾说萧衍要取而代之,甚至还曾经为和帝起草了禅位诏书。萧衍称帝后,因沈约曾大力扶持,故而对其信任有加,乃至"位冠梁朝"。然而沈约晚年时,有新晋官员忌惮他的地位,时常在萧衍面前搬弄是非,取沈约所作《咏鹿葱诗》"野马不可骑,菟丝讵宜织?尔非萍与蒿,岂供麋鹿食!"为罪证诬陷沈约。野马是空中尘埃,菟丝是空中游丝,鹿葱则辛寒有毒。这三种事物都是只有其名而无其实的东西。诗作实为咏物诗,但被有心之人利用,称是沈约借诗作表达对朝政和自身位置的不满。萧衍听到后很不高兴,但还没有处置沈约。过了不久,沈约生病时梦到齐和帝拿剑来割自己的舌头,惊吓之下,找来了道士作法,让能通神的道士祭告上天,说当年写禅位诏书的事不是出自他的主意。萧衍听说后勃然大怒,几次责骂沈约,导致沈约日日提心吊胆,忧虑至死。由于成日忧虑,故而沈约暮年时,身体消瘦。著名词人李煜词中有"沈腰潘鬓消磨"一句,指的便是沈约。后来,明代诗人夏完淳也有"酒杯千古思陶令,腰带三围恨沈郎"之诗句,这个细腰男子指的也是沈约。

梦笑开娇靥,轻霜中夜下

——萧纲的宫体诗和边塞诗

　　鲁迅说,魏晋南北朝时期是"文学自觉的时代"。齐梁文学则达到了这个时期文学发展的高峰。萧纲是齐梁文学的一面旗帜。萧纲六岁能属文,七岁有"诗癖",是一位早慧的文学少年,梁武帝曾说:"此子,吾家之东阿。"(东阿,县名,位于今山东省西部,曾为"三曹"之曹植的封地),以萧纲比曹植,着意在文学方面培养他。七岁这一年,晋安王萧纲正式出宫,为云麾将军,领石头戍军事。普通二年(公元521年)至中大通二年(公元530年),萧纲先后出任南徐州刺史、雍州刺史、扬州刺史。其中,约七年多的雍州刺史任期,对于萧纲的政治、军事、文学生涯来说,都是极为重要的历练。萧纲自幼即是晋安王府文学集团的中心人物,其十一岁为宣惠将军、丹阳尹时,有庾肩吾等人入幕;十八岁为南徐刺史时,又有王规等人入幕,从而使萧纲文学集团粗具规模。但他成为一个真正的核心和领袖人物,则是从普通二年十九岁时出任南徐州刺史开始的。

　　中大通三年(公元531年),昭明太子萧统去世,梁武帝册封萧纲为太子。册封的诏文中称"晋安王纲,文义生知,孝敬自然,威惠外宣,德行内敏,群后归美,率士宅心"。萧纲正位东宫,将雍府以来的文学活动推到一个更高层次,令人瞩目的宫体诗风得到正名。所谓宫体诗,其内容主要以宫廷生活为描写对象,具体题材不外乎咏物与描写女性,情调上伤于轻艳,风格比较柔靡缓慢,艺术特点是注重辞藻、对偶和声律。

　　南朝时代,儒、释、道三家同时流行,不再是儒学独尊。儒家思想(包括文艺思想)对文人的束缚偏于松弛,人们的思想比较活跃,审美意识大为发扬。文学不再仅仅被当作政权的工具和附庸,它本身的审美作用被充分肯定。人们对其审美特点的认识日益深化,得以从文学自身的美认识文学,从文学自身的发展规律认识文学,追求文学的美学价值。

　　萧纲有句名言:"立身之道,与文章异:立身先须谨重,文章且须放荡。"(《诫

当阳公大心书》),所谓"放荡"是摆脱束缚的意思,摆脱儒家文学为政治服务、为教育服务的正统思想的束缚,追求文学的审美价值、审美特征,尤其是抒情性特征。这是将文学的标准与社会伦理的标准、政治的标准区分开来,也把"做人"和"做文"(写文章、文学创作)区分开来。作为王室成员乃至皇帝本人,萧纲等人绝不是不重视伦理道德、政治教化对于维护其政权及社会统治的作用,所以他说"立身先须谨重"。据《梁书·简文帝纪》记载,萧纲"养德东朝,声披夷夏,泊乎继统,实有人君之懿";还说其对于儒学和玄学都很有研究,即所谓"博综儒书,善言玄理"。但是,萧纲反对以政治、伦理的标准约束文学,认为文学要有情性、美感甚至娱乐功能,"文章且须放荡",主张文学创作要任情、任性、无拘无束。这样的文学主张已是南朝文学一以贯之的精神,也是当时文学发展"求新""求变"的规律使然。自东晋南迁以来,汉族政权偏安江左,历代虽间或有奋发有为的君主,但大多数帝王贵族都安于逸乐,纵情声色。反映在文学创作上,便是慷慨激越风骨日少,雕琢浮艳、柔靡之风日多。萧纲在藩及做太子时期,写下了大量这类题材的诗。当时的属官徐摛、庾肩吾等又推波助澜,文学侍从之臣竞相仿作,形成宫体诗流派。今存萧纲作品中,像描写女性声容情态的《咏内人昼眠》《咏舞》《美人晨妆》等都属于这类,其语言浅显平易,明快流畅。

我们来看他最具代表性的宫体诗《咏内人昼眠》:

> 北窗聊就枕,南檐日未斜。攀钩落绮障,插捩举琵琶。
> 梦笑开娇靥,眠鬟压落花。簟文生玉腕,香汗浸红纱。
> 夫婿恒相伴,莫谈是倡家。

两晋南北朝诗

这首诗描写了丈夫眼中年经妻子睡态的美。在北窗之下,正午时分,妻子准备伏枕而睡,攀着悬挂帷帐的钩子,使华美的帷帐垂落下来,将琵琶拨子插好,把琵琶托举起来安放他处。这是睡前的举止。接下来写熟睡中的妻子,鲜艳的脸上笑出了酒窝,堆在枕上的乌云似的头发,散压在由窗外飘进来的落花上。洁白如玉的手腕上印上了竹簟的花纹,散发着香气的汗水浸透了红色细绢制成的夏衣。诗作最后指出,始终陪伴着她的,连午睡都守候在旁的是我这个做丈夫的,所以不要误认为这样美貌的女子是青楼的娼女。客观地说,这首诗作在思想上并无色情可言,格调虽然算不上高雅,但也不能贬为低级庸俗,作者把妻子昼眠这种极普通的家庭生活加以美化,赋以诗意,旨在表现夫妻之间爱

情的甜蜜与温馨。而诗中的种种意象只不过是纯客观的感性的描摹,让人获得一年轻女子体态美的享受。就以我们今天的眼光来看,这种女性静态的体貌的美,不但是可以描写的,而是文学作品宝库中应当具有的一种美。萧纲成功地塑造了一种文学的美、艺术的美、形象的美。这是他所做的摆脱了儒家文学为政治服务、为教化服务的束缚而创造美的尝试的成功,绝不应该被狭隘地贬为色情、庸俗的诗作。不仅是对萧纲的这一首诗应该持客观态度,公正评价,对整个宫体诗也应用艺术的眼光,正确对待。

萧纲还有很多描写女性的诗篇,例如:

金闺思

游子久不返,妾身何当依!
日移孤影动,羞睹燕双飞。

又如:

夜望草飞雁

天霜河白夜星稀,一雁声嘶何处归?
早知半路应相失,不如从来本独飞。

这些描写女性的诗篇,写作上比兴兼施,思致曲折,不乏新意,且清新自然,幽微精致。

就如同边塞诗派代表人物高适、岑参等人的诗歌创作并不限于边塞诗一样,萧纲的诗也并非仅以宫体为限,准确地说,其实宫体诗在其全部诗作中所占比例并不大。这之中,数量并不多,但的确值得一提的是他的边塞诗创作。在边塞诗的发展进程中,萧纲的诗作属于较为早期的创作。因此无论其自身价值,抑或开启后人之功,都有细加审视的必要。边塞诗,顾名思义是写边塞的诗。有一种意见认为"南北朝时期,南北政权基本上以江淮为界,南朝已无边塞可言"。显然,这是以汉唐之疆域作比,将浩瀚的大漠、绵延的长城作为边塞的象征。从这种意义上讲,南朝确无边塞。但同时也应当看到,由于历代王朝版图大小不一,"边塞"的含义有所区别,也是自然的事。"边"是国之四周与邻国接壤的地区,"塞"原指边地里可以据险固守的要地。从这个角度讲,将南朝北部

两晋南北朝诗

与北朝交界的地带视为其边塞地区亦无不可。具体到萧纲时期,情况则更为特殊。由于萧梁的北方主要由江汉平原、苏南水乡所构成,属平原地形。因此,除长江、淮河外,其东北部、中部地区的确无险可守,但萧纲所在的西北部地区地形地貌则迥然不同。雍州在今湖北西部襄樊一带,属鄂西山地、大巴山东段地区,著名的武当山即是大巴山脉的名山之一。这里地势险要,山高林密,"山间沟谷深切","与江汉平原相对照,地势显得相当高峻"。这样的自然环境必然会对其边塞诗的创作产生积极的影响。萧纲的《雁门太守行》就是不可多得的一首较为优秀的边塞诗:

> 轻霜中夜下,黄叶远辞枝。寒苦春难觉,边城秋易知。
> 风急翎旗断,途长铠马疲。少解孙吴法,家本幽并儿。
> 非关买雁肉,徒劳皇甫规。

边城气候恶劣,秋霜早来,黄叶满地,然而,就在这样寒苦的天气里,将士们还要在深夜的疾风中艰难跋涉,路途遥远,人困马乏,大风把军旗都吹折了。这样的军戎生活场景绝非简文杜撰,他是实际经历过的,其《答徐摛书》可为佐证:"驱驰五岭,在戎十年,险阻艰难,备更之矣。"诗作末四句用典,"少解孙吴法",夸赞己方谋略出众。"孙吴"指孙武、吴起,孙武即孙子,春秋齐时为吴王阖闾所赏识,用为大将,著《孙子兵法》。吴起,战国卫国人,魏文侯用为将,拔秦五城,后为楚悼王令尹,著有《吴子兵法》。"家本幽并儿",炫耀将士勇武敢斗。幽州在今河北省北部,并州在今山西太原一带,《隋书·地理志》云:"自古言勇侠者,皆推幽并。"幽州、并州是历史上著名的出武者侠客的地方。后世所谓"三边"即指幽、并、凉三州。曹植《白马篇》有"借问谁家子,幽并游侠儿",鲍照《拟古》亦有"幽并重骑射,少年好驱驰"句。结尾二句,用东汉皇甫规事。萧纲的这首边塞诗笔法尽管算不得十分出色,但确是基于一定的实际感受而发的。更值得一提的是,《雁门太守行》写边塞,萧纲是第一人。《雁门太守行》属乐府"相和歌瑟调曲",原作写的是东汉洛阳令王涣事迹,而并非边塞诗。《乐府诗集》收晋乐《雁门太守行》八解,萧纲第一次将其改为边塞题材,显然是具有一定开拓之功的。《乐府诗集》题注引《古今乐录》曰:"《雁门太守行》歌古洛阳令一篇。"引《后汉书》历述王涣政有清绩事,深得民心云云。又引《乐府解题》曰:"按古歌辞,历述涣本末,与传合,而曰《雁门太守行》,所未详。若梁简文帝'轻霜中夜下'备言边城征战之思、皇甫规雁门之问,盖据题为之也。"清代王琦在《李长吉歌诗汇解》中亦云:"梁简文帝之作,始言边城征战之思。长吉所拟,盖祖其意。"而且并非仅此一题,《陇西行》写边塞,简文也是最早的人。《乐府诗集》卷三十七于简文之后收庾肩吾《陇西行》一首,内容亦写边塞,但只有五言六句:

> 借问陇西行,何当驱马征。
>
> 草合前迷路,云浓后暗城。
>
> 寄语幽闺妾,罗袖勿空萦。

显然,相比之下,无论数量、篇幅,抑或气格都不及简文。可见,边塞题材中确有经简文首倡始成为边塞诗者。

萧纲在文学上多有所成,但政治生涯并不顺利。梁武帝萧衍在位达五十年之久,他的儿子们早就因觊觎皇位而互相猜忌,萧纲自被立为太子起就走上了不幸的道路。梁武帝晚年佞佛无度,政事荒废,梁政权的基础已经动摇。大清二年(公元548年),降将侯景叛乱,攻破台城,囚禁武帝不久,武帝忧愤而死,梁政权名存实亡。侯景自知门第身份均不宜代梁自立,遂于太清三年五月,胁迫萧纲为帝。时隔仅仅两年,侯景又派人闯入宫中,废除萧纲的帝位,仍降为晋安王,并幽闭在永福省中。萧纲在永福省囚室墙壁的自叙中写道:"有梁正士兰陵萧士缵,立身行道,终始如一,风雨如晦,鸡鸣不已。弗欺暗室,岂况三光,数至于此,命也如何。"透露了无可奈何的凄怆心情。两个月后,萧纲被侯景派人杀害了。

萧纲,作为政治家——梁简文帝——无疑是一位受人宰割的失败者;但作为诗人、文学家,在南北朝诗歌向唐代诗歌转变的过程中,他起到了承前启后的作用,为中国文学的发展做出了重大贡献。以萧纲为中心的文学群体的活动,推动了文学事业的发展。从雍府时期成长起来的萧纲文学集团的后起之秀徐陵、庾信,甚至成为梁朝之后两百多年间文学的偶像。就艺术形式而言,宫体诗发展了吴歌西曲的艺术形式,并继承永明体的艺术探索而更趋格律化;至于其语言的风华流丽、对仗工稳精巧以及用典隶事等方面的艺术探索和积累,也同样为唐代诗人提供了艺术经验。可以说,在文学史上,萧纲功不可没。

花开花落不长久，落红满地归寂中

——陈叔宝的《玉树后庭花》诗

陈叔宝，字符秀，小字黄奴，陈太建十四年（公元582年）即位，为陈后主。陈叔宝虽然早年便已是太子，但其皇位却来得十分不易。陈宣帝的次子——即陈叔宝的弟弟陈叔陵一直有篡位之心，谋划刺杀陈叔宝。宣帝崩后，陈叔宝在宣帝灵柩前大哭，叔陵趁机用磨好的刀砍击叔宝，击中颈部，但没有造成致命伤害，叔宝在左右护卫下逃出，派大将萧摩诃讨伐叔陵。最后叔陵被杀，叔宝才得以即位。

陈叔宝

陈叔宝即位后，册封沈婺华为皇后，张丽华为贵妃，孔氏为贵嫔。当初叔陵反叛时，后主脖颈被砍受伤，在承香殿中养病，摒去诸姬，独留张贵妃随侍。后

主病愈后,对张丽华更加宠爱。

张丽华也确是艺貌双佳,她发长七尺,黑亮如漆,光可鉴人,脸若朝霞,肤如白雪,目似秋水,眉比远山,顾盼之间光彩夺目,照映左右。更难得的是,张丽华还很聪明,能言善辩,鉴貌辨色,记忆力特别好。当时百官的启奏,都由宦官蔡脱儿、李善度两人初步处理后再送进来,有时连蔡、李两人都忘记了内容,张丽华却能逐条裁答,无一遗漏。起初张丽华还只是执掌内事,后来逐渐开始干预外政。"耽荒为长夜之饮,嬖宠同艳妻之孽",甚至到了国家大事也"置张贵妃于膝上共决之"的地步。后宫家属犯法,只要向张丽华乞求,无不代为开脱。王公大臣如不听从内旨,也只由张丽华一句话,便即疏斥。因此江东小朝廷,不知有陈叔宝,但知有张丽华。

自武帝开国以来,内廷陈设很简朴。陈叔宝即位后,嫌其居处简陋,不能作为藏娇之金屋,于是在临光殿的前面起临春、结绮、望仙三阁。阁高数十丈,袤延数十间,穷土木之奇,极人工之巧。窗牖墙壁栏槛,都是用沉檀木制成的,上面还用金玉珠翠装饰,唯恐奢华不足。门口垂着珍珠帘,里面设有宝床宝帐,古玩珍奇,器物瑰丽,皆世间罕有。亭阁之下积石为山,引水为池,植以奇树名花。每当微风吹过,香闻数十里。后主自居临春阁,张贵妃居结绮阁,龚、孔二贵嫔居望仙阁,三阁中皆有复道连接。张丽华曾于阁上梳妆,有时临轩独坐,有时倚栏遥望,看见的人都以为仙子临凡,在缥缈的天上,令人可望而不可即。

陈叔宝喜爱诗文,因此在他周围聚集了一批文人骚客,以官拜尚书令的"好学,能属文,于七言、五言尤善"的江总为首。这些官员不理政治,天天只是与陈叔宝一起饮酒作诗听曲。陈叔宝还将十几个才色兼备、通翰墨会诗歌的宫女命名为"女学士";才有余而色不及的,命为"女校书",供笔墨之职。每次宴会,妃嫔群集,诸妃嫔及女学士、狎客杂坐联吟,互相赠答,飞觞醉月,所吟唱的大多是曼词艳语。文思迟缓者则被罚酒,最后选出那些写得特别艳丽的诗作,谱上新曲子,令聪慧的宫女们学习新声,按歌度曲。歌曲有《玉树后庭花》《临春乐》等。陈后主的《玉树后庭花》是其中的代表作:

> 丽宇芳林对高阁,新装艳质本倾城。
> 映户凝娇乍不进,出帷含态笑相迎。
> 妖姬脸似花含露,玉树流光照后庭。
> 花开花落不长久,落红满地归寂中!

诗作写宫廷琼楼玉宇,高阁矗立,宫中美女倾城倾国,含笑相迎。姬妾们的笑脸如同鲜花带露,照亮了整个宫殿(最后两句转为凄凉,且《乐府诗集》中并无记载,约为后人所加)。君臣酣歌,连夕达旦,并以此为常。所有军国政事,皆置不问。"玉树后庭花,花开不复久",成为有名的亡国之音。

陈叔宝在位期间,正值隋文帝开皇年间。隋文帝有削平四海、统一天下之志,于是隋朝群臣争劝文帝伐陈。文帝遂下诏历数后主二十大罪,散写诏书二十万纸,遍谕江外。有人劝文帝说兵行宜密,不必如此张扬。文帝说:"若他惧而改过,朕又何求?我将显行天诛,何必守密?"于是修建了许多战舰,命晋王杨广、秦王杨俊、清河公杨素为行军元帅,总管韩擒虎、贺若弼等,率兵分道直取江南。隋军有五十一万八千人,东接沧海,西距巴蜀,旌旗舟楫,横亘数千里,无不奋勇争先,以一举灭陈为目标。

陈叔宝此时却深居高阁,整日里花天酒地,不闻外事。他下令建大皇寺,内造七级浮屠,还未竣工就为火所焚。沿边州郡将隋兵入侵的消息飞报入朝。朝廷上下却不以为意,只有仆射袁宪,请出兵抵御,后主却不听。及隋军深入,州郡相继告急,陈叔宝却依旧饮酒作乐,赋诗不辍,而且还笑着对侍从说:"齐兵三来,周师再至,无不摧败而去,彼何为者耶?"孔范说:"长江天堑,古以为限,隔断南北,今日隋军,岂能飞渡?边将欲作功劳,妄言事急。臣每患官卑,虏若渡江,臣定做太尉公矣。"有人妄传北军的马在路上死去很多。孔范说:"可惜,此是我马,何为而死?"认为有长江天堑的保护,可以高枕无忧。后主听后大笑,深以为然,君臣上下日日沉醉,似乎亡国的威胁并不存在。

祯明三年(公元589年)正月,隋兵自广陵渡过了长江。老谋深算的贺若弼使用了兵不厌诈的策略,他先用战马买陈朝战船隐蔽起来,再买破船五六十艘置放于长江小港汊内,故意给陈朝造成隋朝没有水军的错觉;又让沿江部队在换防之际,大张旗鼓,聚集广陵,陈人以为敌兵要发动进攻,慌忙准备,但隋军并不发一矢一镞,便匆匆而去,日子一久,陈兵知是换防,也就懈怠了。贺若弼又使人故意缘江狩猎,人马喧噪,声震江岸,以迷惑对方,因此隋兵渡江时,陈兵并未发觉。与此同时,韩擒虎也攻占了采石,杨广帅大军屯驻六合镇之桃叶山。风声鹤唳,草木皆兵,后主这才慌了手脚,召集大臣退敌。后主下诏说:"犬羊陵纵,侵窃郊畿,蜂虿有毒,宜时扫定。朕当亲御六师,廓清八表,内外并可戒严。"一方面胆小如鼠,一方面又气壮如牛,这通檄文活画出了后主首鼠两端、惶惧可怜的神色。他以骠骑将军萧摩诃、护军将军樊毅、中领军鲁广达并为都督,司空司马消难、湘州刺史施文庆并为大监军，分兵扼守要害；又命大将樊猛率师出白下（江苏南京市北剑门外幕府山南麓，北临长江），皋文奏镇守南豫州（安徽宣城），同时大肆扩兵，连僧尼道士也悉数征召入伍。隋兵一鼓作气，以秋风扫落叶之势连下京口、姑苏（江苏苏州市），军纪严明，秋毫无犯，深得人心。陈军连战皆北，望风溃逃。

其时建康城中尚有兵十万，后主却六神无主，日夜啼泣，将朝政交给施文庆办理。施文庆胡说诸将嫌功高赏薄，时有怨言，不可委以重任，因此诸将凡有建议，皆阻而不行。当贺若弼攻京口时，萧摩诃请战，后主不许。贺若弼攻占钟山，萧摩诃又建议说，隋兵孤军深入，立足未稳，如果偷袭，定可奏捷，又为后主所拒。大将任忠上奏说："兵法有云，客军贵在速战速决，主军贵在老成持重，如今国家足兵足食，应当固守。北兵若来，不与交战，分兵截断江路，使他们彼此音信不通。然后，给我精兵一万，金翅船三百艘，直趋六合，敌人必以为渡江之兵已被我俘获，自然夺气。淮南百姓，与我有旧，知我前往，必然欢迎。我声言去徐州断彼归路，则敌军必不击自去。待来春水涨，上流我兵必沿流赴援，这样，陈朝江山就可保了。"后主也屏而不纳。

隋军攻城甚急，后主慌乱中摆出了一字长蛇阵，令鲁广达居南，任忠、樊毅、孔范次之，萧摩诃居北，南北连亘二十余里，首尾不能相顾。贺若弼挥军径直取孔范，陈军大溃，死者五千人。萧摩诃因后主曾淫其妻，心怀愤懑，拥兵不战，为隋军俘获，只有鲁广达拼死格斗。任忠见陈兵溃败，入告后主说："陛下请勿再战，臣已无力报国了。"后主给他两袋金子，让他募兵。任忠又说："为今之计，陛下唯一的出路就是准备舟楫，到上流去与我军会合，臣当舍死保驾。"后主深信不疑，命他出去部署，又让宫人打点行装，等他归来一起出发。谁知任忠见大势已去，竟靦颜降敌，领着韩擒虎直奔朱雀门（一名大航门，建康城南城门，今南京市中华门内）。陈兵欲战，任忠大呼说："老夫尚降，何况尔等！"众军一哄而散，城内文武百官皆遁，朝堂为之一空，只有仆射袁宪、后阁舍人夏侯公韵未去。后主吓得魂不附体，打算逃匿，袁宪阻拦说："北兵入城，必无所犯，事既如此，陛下还能逃往何处！请陛下正衣冠，御正殿，仿照梁武帝见侯景故事[侯景举兵叛梁，曾将梁武帝围困在建康台城里（宫城），终至饿死]。后主自然不愿蹈此覆辙，颤声说："锋刃之下，未可与争，我自有计。"说着，径自率领后宫十余人来至后堂景阳殿。

当贺若弼攻入建康宫廷时，陈叔宝带着张、孔二妃以及十来个宫人，逃出后

两晋南北朝诗

堂景阳殿,就要往井里跳。袁宪苦苦哀求,陈后主不听。后阁舍人夏侯公韵用自己的身子遮挡井口,陈后主极力相争。争了很长时间,才得以跳进井里。

不久,有隋军士兵向井里窥视,并大声喊叫,井下无人应答。士兵扬言要落井下石,方才听到有人求救,于是抛下绳索往上拉人,觉得非常沉重,本来以为后主体胖。等到把人拉上来,才吃惊地发现,原来一根绳索上,"串"着陈后主、张丽华以及孔贵妃。后人作诗感叹后主的荒唐行径:

> 擒虎戈矛满六宫,春花无树不秋风;
> 仓皇益见多情处,同穴甘心赴井中。

隋军抓获后主后,一面扫荡残敌,令后主手书招降陈朝未降将帅,一面收图籍,封府库,又将张丽华及施文庆、沈客卿、阳慧朗、暨慧景等奸佞枭首于市。陈朝宣告覆亡,隋文帝终于统一了全国。

陈叔宝投降隋朝后,杨坚对他极为优待,准许他以三品官员身份上朝。又常邀请他参加宴会,恐他伤心,不奏江南音乐,而后主却从未把亡国之痛放在心上。一次,监守他的人报告文帝说:"陈叔宝表示,身无秩位,入朝不便,愿得到一个官号。"文帝叹息说:"陈叔宝全无心肝。"监守人又奏:"叔宝常酗酒致醉,很少有清醒的时候。"隋文帝让后主戒酒,过了不久又说:"由着他的性子喝吧,不这样,他怎样打发日子呀!"过了一些时候,隋文帝又问后主有何嗜好,回答说:"好食驴肉。"问饮酒多少,回答说:"每日与子弟饮酒一石。"让隋文帝相当惊讶。公元604年,陈叔宝在洛阳城病死,终年52岁,追赠大将军、长城县公,谥曰炀。

自后主亡国后,《玉树后庭花》就被视为亡国之音。唐代大诗人杜牧夜泊秦淮,听到岸上酒家女子还在月下高歌陈后主的玉树后庭花,歌声凄婉,兼蕴南朝幽怨气韵,良夜宁静,益增遐思,于是作《泊秦淮》诗:

> 烟笼寒水月笼沙,夜泊秦淮近酒家。
> 商女不知亡国恨,隔江犹唱后庭花。

镜与人俱去，镜归人未归

——乐昌公主与"破镜重圆"

乐昌公主，陈宣帝之女，南朝后主陈叔宝之妹。乐昌虽生长在皇家，却没有一般金枝玉叶的那种骄横脾气，在宫中以性情温婉贤淑而为众人称道。她外貌端庄秀美，举止高雅大方，且有很深的文学造诣。为此，她选择夫婿也自有眼光，不恋侯门贵族，独重诗文才识。成年后，由她自己做主下嫁江南才子徐德言（陈太子舍人）为妻。徐德言作驸马后入朝廷任侍中，也颇显露出他的政治才华，夫妇二人互敬互爱，夫唱妇随，成了一对当时人人羡慕的天成佳偶。《本事诗》中说她"才色冠绝"，并记载了她与徐德言"破镜重圆"的故事。

在北方，杨坚取代了北周静帝而成为隋文帝，建立了隋国，杨坚雄心勃勃，有志统一中国，因此举兵攻占江南，很快就消灭了陈国。按照古时惯例，亡国之君及其亲族不许住在原籍，以防其纠集残部，死灰复燃。因此，国破家亡的陈后主及皇族被掳北上，一同解往隋国国都长安。乐昌公主自然也在被掳之列，她与夫婿徐德言眼看就要被活活拆散。临行前，徐德言对乐昌说"今国破家亡，必不相保。以子才色，必入帝王贵人家。我若死，幸无相忘，若生，亦不可复见矣。虽然，共为一信。"二人命运从此难测，但如果能保全性命，则必定寻求再次相见的机会。乐昌听后，将梳妆台上的一面铜镜摔成两半，与丈夫一人一半，留作信物，并与徐德言约定：以后每年的正月十五日，在长安街市上沿街叫卖铜镜，直至找到对方的下落，以便夫妻破镜重圆。

陈国皇族到长安后，被分成四部分来处理：陈后主及两三个爱妃被幽禁长安；陈后主的叔伯兄弟被放逐到遥远的边陲地区；宫女及女眷们大部分收入宫廷充当宫女；小部分出色的女子被分配给南征有功的将士及大臣。乐昌公主被赐给丞相杨素做妾，陈宣帝的第十四女宁远公主则被隋文帝收入宫中为妃，这就是后来深受文帝宠爱的宣华夫人。

乐昌公主所配的杨素，是隋朝功勋显赫的大臣，他祖上曾历任北魏及北周

两晋南北朝诗

领兵大将。杨素少有大志，文武兼通，不但善于调兵遣将，武功彪炳于世，而且工于草隶，善作诗文，如他所作的《出塞篇》诗，就极富宏伟苍朴的气势，深为人们称道：

荒塞空千里，孤城绝四邻；

树寒偏易古，草衰恒不春。

隋兵南征时，杨素是统军主帅，他指挥军队，沿江东下，舟舻蔽江，兵甲耀日，两岸百姓见他端坐船首，容貌伟岸，气态恢宏，都敬称他为"江神"。攻下陈地，班师回朝后，隋文帝封杨素为尚书右仆射，也就是右丞相。就是这么一位戎马出身的大丞相，因为通晓诗情，所以十分向往南国的山光水色，更欣赏江南佳丽的柔媚风情。在他得到乐昌公主以后，对这位容貌秀丽、才情横溢的南国佳人十分钟情，视如瑰宝，宠爱有加。而乐昌公主虽然身在北方丞相府中，心却仍然留在故国江南，留在丈夫徐德言身边，无数次梦回旧时家园，与徐德言鸳梦重温，醒来却只有身边陌生的繁华，还有天上那轮同照两地的明月。时光荏苒，物换星移，转眼又到了新年，乐昌公主心中开始萌动新的希望。正月十五元宵佳节，长安市上热闹非凡，乐昌公主命贴身的老仆拿着自己一直珍藏在身边的半面铜镜沿街求售。这天的长安闹市上，人们看到一个衣着朴素的老婆婆手持半面铜镜高声叫卖，有人随口问价，老婆婆的开价居然高得离谱，众人都以为这老婆婆神志不清，谁也不再搭理她。

第一年的正月十五过去了，没有什么结果；第二年的正月十五也过去了，同样没有消息。乐昌公主几乎绝望了，她想到了各种不幸的可能：丈夫已忘了自己？丈夫已另成家室？路途遥远丈夫尚未来到？甚或丈夫已经离开了人世？仔细思量，她坚信前两种情况不会出现；若是第三种可能，那她就只有耐心地等待；可万一出现了第四种猜想的情况呢？她不由得悲从中来。若是真的这样，她也要一直在长安市上叫卖下去，她相信即使丈夫死了，他的魂魄也一定会找到长安来。

于是，第三年的正月十五她仍让那个老仆上街叫卖。这次，却有了喜出望外的消息。老仆人回来向乐昌公主报告："市上有一位书生模样的年轻人，也手持半面铜镜求售，声言此镜价值连城，只有能拿来另一半与它契合的铜镜，就分文不取地相赠。我赶紧拿出我们的半面铜镜走上前，正巧与他的半面完全相合,他把铜镜慷慨地送与了我,并向我详细打听公主的下落,我向他说明了详情,他似乎有些失望,留下他自己在城中的地址就走了。"

乐昌公主连忙仔细端详两半铜镜,果然是丝毫不差地契合在一起。年轻书生给老仆人的纸笺上,除了地址外,还有一首字迹熟悉的五言绝句:

> 镜与人俱去,镜归人未归。
>
> 无复嫦娥影,空留明月辉。

乐昌公主把破镜紧紧抱在胸前,一边默诵着诗句,混合着惊喜、感伤、幽怨的情绪涌上心头,她控制不住地放声大哭起来。

杨素虽位居高官,却也是一个细心体贴的性情中人。他得知乐昌公主抱着铜镜痛哭,就知道其中必有隐情。于是当天晚上,他用十分温柔和恳切的态度,向乐昌询问详情。乐昌公主一五一十地把破镜的来由说了个明白,并跪在杨素脚下哀求,希望能让他们夫妻见上一面,以了却心愿。

听了铜镜的故事,杨素虽然心中颇有些醋意,但念及他们本是结发夫妻,不忍伤害爱妾的心,于是答应了乐昌公主的请求。

这天,丞相府中摆下了丰盛的筵席,徐德言心事重重地如约赴宴。一个亡国之臣,布衣芒鞋来到威严的丞相府中,当朝丞相以贵宾之礼相待,客人的旧妻乐昌公主却以主人宠妾的身份陪侍在侧,情形十分尴尬。宾主礼节性地寒暄之后,依次落座,乐昌公主望着已显苍老的旧日丈夫不知说什么好,于是默默无言地写下了一首诗:

两晋南北朝诗

> 今日何迁次,新官对旧官。
>
> 笑啼俱不敢,方验作人难。

诗句把乐昌公主当时同对新旧丈夫,哭笑不得、左右为难的心情表现得淋漓尽致。酒过三巡之后,徐德言约略讲述了别后的情形;乐昌公主接过话头,安慰几句后,又委婉地提出希望丈夫再婚。因为自己已身有所属,无法重续前缘,陪伴他度过下半辈子了。

徐德言悲愁满怀,他缓缓地对乐昌公主说:"再见卿面,心愿已足,今生誓不再娶,返回江南以后,准备遁入佛门,独对青灯了此一生。"说罢掩面而泣,而乐昌公主听了他这番誓言,早已是涕泪俱下,悲不自胜了。

　　杨素看着眼前这一对小夫妻悲悲切切的情景,深受感动。于是决意把乐昌公主送还给徐德言,让他们破镜重圆。徐德言和乐昌公主喜出望外,他们赶紧双双离席叩拜,感谢杨素的成全之恩。之后夫妻相携回到了江南。

　　后世称夫妻分离而复合为"破镜重圆",典故就是从乐昌公主与徐德言这里来的。

镜归人未归

莫负平生意，何名何莫愁

——西曲民歌《莫愁乐》

莫愁乐，吟咏的是莫愁女的故事，而历史上的莫愁女，流传于世的共有三位。

第一位莫愁女出自郢州石城莫愁湖。郢州，是今天湖北省钟祥市。钟祥市或许大家很陌生，但它在地域上属于荆州，也就是《三国演义》中那个刘备借了不还的荆州。石城莫愁的年代是南朝刘宋时期，当时以江陵为中心的荆州地区，都市发达，交通便利，民间歌舞演唱之风相当普遍。《宋书》中记载："凡百户之乡，有市之邑，歌谣舞蹈，触处成群。"市民中歌谣舞蹈十分盛行，而西曲就诞生在这里。

西曲歌中的莫愁，是一个善于歌唱的女子，莫愁女见于正史，出自于古乐府《石城乐》和《莫愁乐》。《旧唐书·乐志》记载："《莫愁乐》者，出于《石城乐》，石城女子名莫愁，善歌谣，《石城乐》和中复有忘愁声，因有此歌。"又说，"《石城乐》者，宋臧质所作也。石城在竟陵，质尝为竟陵郡，于城上眺望，见群少年歌谣通畅，且在《石城乐》中有妾莫愁声，因名此歌。"《容斋随笔》说："莫愁者，郢州石城人，今郢有莫愁村画工传其貌，好事者多写寄四远。"《莫愁乐》本出自《石城乐》，是其中的一个部分。天监十一年（公元512年）冬，梁武帝改西曲，将原有的《莫愁乐》，也叫作《蛮乐》的这首舞曲，跳舞的人数由十六人改为八人。莫愁女的许多传说故事，也从西楚传播到东吴。在钟祥，则留下了莫愁村、莫愁湖、莫愁渡等名胜古迹。宋人王之望《舆地纪胜》说："莫愁村，在汉江之西，地多桃花，春末花落，流水皆香。"《钟祥县志·古迹》篇则记载："莫愁村，在汉西二里，古汉水经城址，其西为村，为莫愁所居地，城北有湖，与村毗连，称莫愁湖。"这些文献都说明，石城是莫愁的家乡，而《莫愁乐》也正是由《石城乐》中衍发出来的。

现在我们能见到的《莫愁乐》有这样两首：

两晋南北朝诗

莫愁在何处？莫愁石城西。艇子打两桨，催送莫愁来。

闻欢下扬州，相送楚山头。探手抱腰看，江水流不断。

  第一首诗以一个青年男子寻找莫愁的过程引出了莫愁的出场。诗作开头这名男子就用爽朗的口气探问："莫愁在哪里？"回答说："莫愁就在石城的西边！"于是他的视线转移到了石城的西边，向水湾远处眺望：一个美丽的姑娘划着小船，迅疾地向石城驶来，由于船速太快，溅起下雨般的漫天水珠。这首诗中向读者勾勒的背景正是当年长江中游地区湖湾港汊的开阔风光。"艇子打两桨，催送莫愁来。"在石头城下水天一色的湖面上，一个美丽的女子唱着歌，划着轻舟，轻盈地飘过来。虽然我们不知道莫愁的样貌，但是在这样的山光水色中清丽地出场，足以让人感受到莫愁那优美的身姿和恬静的神态。诗中同样没有刻画男子的神态，但通过诗作轻快的语言，其快乐和惊喜不言而喻。诗作以一个青年男子爽直的口吻，咏唱了男子初见心中仰慕女子的经过。其语言爽快直白，意境朦胧而疏朗，给人以意犹未尽的想象空间。

  第二首诗中，描写的是一对情侣即将分离时的送别场景。女子听说情郎要下扬州，自然要去相送，而相送的地点选在了楚山头。两人站在山头依依送别，此时诗人突然写出了女子一个大胆的动作：拦腰抱住她的情郎，一头扎在他的怀里。这是一种亲昵的表示，也是一种要探看他的内心的举动。我们似乎看到这个女子一边在听情郎的心跳，一边在观察情郎的神态和他细微的变化。因为她知道，扬州是一个非常繁华的城池，那里商贾云集，美女成群，她的情郎是否会见异思迁而另觅新欢？这也是普天下所有即将和心上人分开的女子共同的担忧，直到元代，那个为了爱情大胆追求、敢于不顾身份地位、突破礼教束缚的崔莺莺，在张生即将赴京赶考时也还是满心担忧地叮咛他："你休忧'文齐福不齐'，我只怕你停妻再娶妻。（你）休要'一春鱼雁无消息'！我这里青鸾有信频须记，你却休'金榜无名誓不归'。"考上与否都不重要，能够记得彼此的约定，尽快回来才是女子心中最大的期盼。当然诗中表现的只是隐藏在她内心深处的一种担忧。她放眼向江水望去，只见雾茫茫的一片，不由得心中期盼，如若江水能够就此断流，船也就不能开了，那么她的心上人就可以长留在身边，无须远行了。这当然只是她的一厢情愿，江水不会断流，她的情郎也还是要下扬州的。但她的这种想法，却深刻地表达了她忠贞不渝的爱情。

唐代的张祜也写作了一首《莫愁乐》，这首曲子在唐代很是盛行，张祜应该是为旧曲填的新词，以供歌者演唱。诗作如下：

> 侬居石城下，郎到石城游。
> 自郎石城出，长在石城头。

张祜的这首《莫愁曲》可以说是工于用拙的佳作。四句中频繁使用同样词语，"石城"四见，"郎"字两见。用字省到了最小限度，其中包孕的生活内容却又含蕴不尽。前两句写郎来石城前的"侬"（我）和郎来石城的往事。"侬居石城下"只说了一个最简单的事实，但联系下文，这一句应该还包含有这样的意思：郎来石城前，"侬"的生活是平静的，无忧无虑之中，还有一点懵然无知的味道。而"郎到石城游"这个同样简单的事实，也由于上述道理而耐人咀嚼。女主人公专门提及此事，旨在暗示读者，"郎"来到石城，二人相遇，是她生活中的一件大事。从此，"侬"再也不是那个长居石城下的"侬"了，"侬"的生活大大变样，就像所有情窦初开的少女一样，"郎"的到来让她感到了幸福和满足。

从前两句到后两句，中间略去了许多情事。无须言传，自可意会。接下去一个跳接，写到"至郎石城去"以后"侬"的情况，这便是"长在石城头"。从字面看，这不过是表现一种怀思和盼望之情，非常平凡。然而"石城"字面的反复出现，有其独特的意蕴。石头为物坚牢经久，一向是爱情盟誓的取证之物，《孔雀东南飞》中焦仲卿的妻子兰芝被婆婆遣返回家时，就用"君当作磐石，妾当作蒲苇"来与丈夫相约彼此永不辜负；"海枯石烂不变心"更是我们耳熟能详的誓言；尤其是那个女子日日登山望夫，直到化为石像的古老的民间传说，更令人难以忘怀。此诗中女主人公矢志不渝的爱情也是足以与坚硬的石头相比的，她日日伫立城头，就像是生长在城头一样，也与传说中的望夫石无异了。

这首诗着重抓住"侬居石城下"和"长在石城头"的对照，刻画郎来石城前后"侬"所发生的重大变化，以少总多，语淡情浓，语浅情深。

第二位要说的是洛阳莫愁。说起来，洛阳莫愁应该比石城莫愁年长。洛阳是东汉的国都，虽然经历了汉末的战乱，但魏国建立时又把国都定在了这里，所以得到了极大的恢复，很快繁盛如昔，甚至可以说是有过之而无不及，莫愁就出现在这样一个繁华热闹的都市中。

北朝的梁武帝有《河中之水歌》：

两晋南北朝诗

　　河中之水向东流，洛阳女儿名莫愁，
　　莫愁十三能织绮，十四采桑南陌头，
　　十五嫁为卢郎归，十六生子字阿侯，
　　卢家兰室桂为梁，中有郁金苏合香，
　　头上金钗十二行，足下丝履五文章，
　　珊瑚挂镜烂生光，平头奴子擎履箱，
　　人生富贵何所望，恨不早嫁东家王。

　　这里对莫愁女的籍贯、身世、家境都做了交代。莫愁本是小户人家的女儿，心灵手巧又容貌秀丽，十五岁就嫁给了卢家，第二年就生下了儿子。"母以子贵"的说法绝不仅仅出现在各种宫斗戏中，这是中国传统社会中所有女子共同的命运。曹植的《弃妇诗》中就说："有子月经天，无子若流星"，丈夫就是自己的天，只有生了儿子，自己才能成为长挂天际的月亮；如果没有，就只能是一闪而过的流星了。被视为休妻法典的"七出"中的第一条就是"无子，去"，只要没有儿子，即使再怎样风华绝代、贤惠善良，也难以逃过被休弃的命运。而这种命运非但不能逃避，就连抗争也是不能的，这就是古代女子最大的悲哀。所以，这首描写莫愁女的诗作特意指出"十六生子字阿侯"，刚嫁人一年就生下了儿子，这位莫愁女真的是很有福气的。更有福气的是她嫁的人家也很好，卢家既称"兰室"，又很富贵，可见是既有钱，又有地位。莫愁嫁到了这样的人家，又一举得子，很是受宠，头上戴的是贵重的金钗，脚下踩着的是珍贵的绢丝制成的鞋子，还绣着精美的纹饰，更有无数奴仆随侍左右，这样华丽的生活是多少人梦寐以求的，真让人"恨不早嫁东家王"。也许莫愁的生活太让人们羡慕了，所以李商隐的《马嵬》诗中特意提到了她：

　　海外徒闻更九州，他生未卜此生休。
　　空闻虎旅鸣宵柝，无复鸡人报晓筹。
　　此日六军同驻马，当时七夕笑牵牛。
　　如何四纪为天子，不及卢家有莫愁。

　　诗作感慨的是唐玄宗和杨贵妃的故事，这也是传诵已久的一则爱情故事。七夕殿中玄宗与杨玉环以金钗定情，是何等的浪漫，然而终究逃不过马嵬坡上

"宛转蛾眉马前死"的悲剧结局。身为帝王,却不能和心爱之人相守到老,远不如卢家那位娶了莫愁的公子来得幸福。

最后一位莫愁女生活在南京,这位金陵莫愁出现得最晚,直到宋代才有文字记载。乐史《太平寰宇记》上说:"莫愁湖在三山门外,昔有妓女莫愁家此,故名。"周邦彦的《河西》词中也说过:"断崖树,犹倒倚,莫愁艇子曾系。"乐妓身世与艇子道具明显地表露出移植自石城莫愁的痕迹,洪迈曾就此事在《容斋随笔》中提出质疑。

而将莫愁和南京著名的莫愁湖联系在一起的,则是一本叫《应天府志》的书,马士图的《说略》和《莫愁湖志》,更是将"卢家少妇"奉为金陵莫愁的初祖。

随着时间的推移,更随着经济的发展,明清以后,金陵无论在经济还是政治上,都远远走在了石城和洛阳的前面,这样一来,莫愁以及莫愁湖就越发受到了士大夫们的重视,从乾隆五十八年,江宁太守捐资修整莫愁湖,建郁金堂开始,一直到同治十年,曾国藩收复南京后,再建湖边华堂,莫愁和莫愁湖成了文人、士大夫心目中的"新得佳人",而莫愁湖的传说也逐渐完整起来。

莫愁幼年丧母,与父亲相依为命。她文静,聪明好学,采桑、养蚕、纺织、刺绣样样精通,还和父亲学了一手采药治病的本领。十五岁那年,父亲在采药途中不幸坠崖身亡,莫愁因家境贫寒,只得卖身葬父。当时卢员外在洛阳做生意,见莫愁纯真美丽,很同情她,便帮助莫愁料理了爹爹后事,带她来到建康,从此,莫愁嫁进卢家,成了员外的儿媳。莫愁婚后和丈夫恩恩爱爱,第二年生下了一个白白胖胖的儿子,取名阿侯。虽然生活富裕,可莫愁时常想念家乡,怀念父亲,只有在帮助穷人治病时才感觉快慰,露出笑容。穷人们时常说:我们有了病痛,只要见到莫愁,就什么忧愁也没啦!长此以往,莫愁女的名字就传开了。

卢员外曾在梁朝为官。一日,梁武帝听说水西门外卢家庄园牡丹花开,便着便服来员外家赏花,只见牡丹花交错如锦,夺目如霞,梁武帝惊得如痴如醉,遂问员外:"此花何人所栽?"卢员外跪答:"此乃儿媳莫愁所栽。"梁武帝不禁怦然心动,当即令莫愁见驾。见到莫愁如花容貌,梁武帝不由神魂颠倒。回宫后,寝食难安,终于想出毒计,害死了卢公子,传旨选莫愁进宫为妃。莫愁得知,悲愤交加,决心宁为玉碎,不为瓦全,投石城湖而死。四周乡邻得知,纷纷来到湖边痛哭拜祭,哀叹莫愁的不幸命运。有人传说深夜听到莫愁的哭泣声,也有人说看到天上落下一只小船,载着莫愁悠悠而去……人们深深怀念她,为了纪念她,就将石城湖改名为莫愁湖。梁武帝闻讯,自感惭愧,于是写下了《河中水之歌》。

　　这则故事可以说是混杂了之前两个莫愁女的传说，综合而成的，只是地理位置发生了改变。南京古称"石头城"，与"石城"相似，本就容易混淆，再加上文人们刻意的创作，"石城"与"石头城"分不清楚，也就在意料之中了。多年来，南京有莫愁为众人所知，而余下的二位莫愁就很少有人知道，这应该是与南京的发展和享有众多高校和智力资源有关。当然了，我们在这里看重的是相关的故事和诗作，而不是考证本事，后世的文人多有莫愁曲问世，我们以两首不同年代的诗作收尾：

莫愁曲

唐·李贺

草生龙坡下，鸦噪城堞头。何人此城里，城角栽石榴。

青丝系五马，黄金络双牛。白鱼驾莲船，夜作十里游。

归来无人识，暗上沈香楼。罗床倚瑶瑟，残月倾帘钩。

今日槿花落，明朝桐树秋。莫负平生意，何名何莫愁。

莫愁乐

明·张宁

金雀玉搔头，生来唤莫愁。

自从欢去后，不出石城游。

两晋南北朝诗

南京莫愁湖

君既为侬死,独活为谁施

——殉情之歌《华山畿》

　　《华山畿》是南朝时流行在长江下游的民歌。《古今乐录》中记载:"《华山畿》者,少帝时,南徐一士子,从华山畿往云阳,见客舍女子,悦之无因,遂感心疾而死。及葬,车载从华山度,比至女门,牛不肯前。女出而歌曰:'华山畿,君既为侬死,独活为谁施? 欢若见怜时,棺木为侬开。'棺应声开,女遂入棺,乃合葬焉,号'神女冢'。自此有《华山畿》之曲。"后世又对这个故事进行了加工,更为具体和生动了。《诚斋杂记·华山畿》记载:"《华山畿》者,宋少帝时懊恼一曲,亦变曲也。少帝时,南徐一士子,从华山畿往云阳。见客舍有女子年十八九,悦之无因,遂感心疾。母问其故,具以启母。母为至华山寻访,见女具说闻感之因。脱蔽膝令母密置其席下卧之,当已。少日果差。忽举席见蔽膝而抱持,遂吞食而死。气欲绝,谓母曰:'葬时车载,从华山度。'母从其意。比至女门,牛不肯前,打拍不动。女曰:'且待须臾。'妆点沐浴,既而出。歌曰:'华山畿,君既为侬死,独活为谁施? 欢若见怜时,棺木为侬开。'棺应声开,女透(遁)入棺,家人叩打,无如之何,乃合葬,呼曰'神女冢'。"

　　从上述记载中可以得知,《华山畿》一曲来源于宋少帝时的《懊恼歌》,是一首变曲。《古今乐录》记载:"《懊侬歌》者,晋石崇绿珠所作,唯'丝布涩难缝'一曲而已,后皆隆安初民间讹谣之曲。宋少帝更制新歌三十六曲。齐太祖常谓之《中朝曲》,梁天监十一年,武帝敕法云改为《相思曲》。"《宋书·五行志》中也有记录:"晋安帝隆安中,民忽作《懊恼歌》……"《懊恼歌》又称《懊侬歌》,相传是绿珠所作,后世不断有人仿作,经由南朝宋少帝改编,梁武帝将之改为《相思曲》。这首曲子后来演变为《华山畿》,则是源于民间的一段传说。

　　宋少帝时期,南徐(今江苏镇江)有一个士子,要去往云阳,从华山边路过。看到客舍里有个十八九岁的女子,"悦之无因",也没有什么理由,就那么爱上了她,从此相思成疾。

两晋南北朝诗

　　士子的母亲问他得病的原因,他就把事情全都告诉了母亲。母亲爱子心切,专程到华山一带去寻访这名女子。终于找到了女子后,士子的母亲把事情的缘由都告诉了女子。女子听后就解下蔽膝(古时围在身前的大巾),要士子的母亲回去后暗中放置在士子的席子下让他睡在上面,就一定会病愈。母亲回家后这样做了,没几天士子果然病痊愈了。

　　士子的母亲见儿子病愈,也就放下心来,可没想到,有一天士子整理床铺,忽然看到了席子下的蔽膝,得知是华山女子所赠后,便将蔽膝搂在怀中,并且因试图吞下蔽膝而被噎死了。呼吸即将停止时,士子对母亲说:"安葬我时一定要用车子装载我,从华山经过。"母亲顺从了儿子的心愿。等车子到了女子的家门前,拉车的牛再也不肯前进了,无论怎样鞭打,牛总是不肯动。

　　女子闻声而出,见此情景便说:"请等我一会儿。"继而进门梳洗打扮,装扮好之后缓缓出门来,口中唱道:"华山畿啊,你既已为我而死,我独自活着又是为谁呢?你若真的爱怜我,棺木就为我开启吧!"

　　一曲唱罢,棺木真的应声而开,女子随即跳入棺木中,无论女子家里人怎样敲打,棺木也不再打开,于是只好将二人合葬,后人把二人合葬之墓称之为"神女冢"。

　　总体来说,这是一则殉情的故事,后来故事不断演变,其中的女子又被称为"华山神女",而二人生不能同处,死后才能共眠的原因则被解释为人神殊途。而女子所唱歌谣的第一句"华山畿"则被用作歌调的名称。《乐府诗集》中共载有二十五首以此为名的歌曲,将其余二十四首全录如下:

两晋南北朝诗

　　　闻欢大养蚕,定得几许丝。所得何足言,奈何黑瘦为?
　　　夜相思,投壶不停箭,忆欢作娇时。
　　　开门枕水渚,三刀治一鱼,历乱伤杀汝。
　　　未敢便相许,夜闻侬家论,不持侬与汝。
　　　懊恼不堪止,上床解要绳,自经屏风里。
　　　啼着曙,泪落枕将浮,身沈被流去。
　　　将懊恼,石阙昼夜题,碑泪常不燥。
　　　别后常相思,顿书千丈阙,题碑无罢时。
　　　奈何许,所欢不在间,娇笑向谁绪。
　　　隔津叹,牵牛语织女,离泪溢河汉。

啼相忆，泪如漏刻水，昼夜流不息。

着处多遇罗，的的往年少，艳情何能多。

无故相然我，路绝行人断，夜夜故望汝。

一坐复一起，黄昏人定后，许时不来已。

摩可侬，巷巷相罗截，终当不置汝。

不能久长离，中夜忆欢时，抱被空中啼。

腹中如汤灌，肝肠寸寸断，教侬底聊赖。

相送劳劳渚，长江不应满，是侬泪成许。

奈何许，天下人何限，慊慊只为汝。

郎情难可道，欢行豆挟心，见荻多欲绕。

松上萝，愿君如行云，时时见经过。

夜相思，风吹窗帘动，言是所欢来。

长鸣鸡，谁知侬念汝，独向空中啼。

腹中如乱丝，愦愦适得去，愁毒已复来。

可以看出，这些题名为《华山畿》的诗作，基本上都是沿袭了"华山畿"故事的题材内容所作，大多写男女情事，尤其是女子对男子的相思之情，其中也有"上床解要绳，自经屏风里"的以死殉情的内容，更有"天下人何限，慊慊只为汝"的钟情与"长江不应满，是侬泪成许"的痛苦思念。

两晋南北朝诗

乌夜啼，夜夜望郎来

——《乌夜啼》诗及其演变

　　《乌夜啼》原为西曲清商乐之一。郭茂倩《乐府诗集》卷四十七《清商曲辞四》载《乌夜啼》二十一首，卷四十八《清商曲辞五》载《乌栖曲》二十四首，卷六十《琴曲歌辞四》载《乌夜啼引》一首。

　　据《唐书·乐志》记载："《乌夜啼》者，宋临川王义庆所作也。元嘉十七年，徙彭城王义康于豫章。义庆时为江州，至镇，相见而哭。为帝所怪，征还宅，大惧。妓妾夜闻乌啼声，扣斋阁云：'明日应有赦。'其年更为南兖州刺史，作此歌。故其和云：'笼窗窗不开，乌夜啼，夜夜望郎来。'今所传歌似非义庆本旨。"称《乌夜啼》的作者是王义庆，因与被贬的王义康相见大哭而得罪了文帝，正在恐惧之时，他的侍妾听到了乌鸦啼叫，就对他说，明天就会有宽恕的消息了，后来果然没有降罪，还被封了南兖州刺史。王义庆因此作了《乌夜啼》诗。《教坊记》则记载得更为详尽："《乌夜啼》者，元嘉二十八年，彭城王义康有罪放逐，行次浔阳；江州刺史衡阳王义季，留连饮宴，历旬不去。帝闻而怒，皆囚之。会稽公主，姊也，尝与帝宴洽，中席起拜。帝未达其旨，躬止之。主流涕曰：'车子岁暮，恐不为阶下所容！'车子，义康小字也。帝指蒋山曰：'必无此，不尔，便负初宁陵。'武帝葬于蒋山，故指先帝陵为誓。因封余酒寄义康，且曰：'昨与会稽姊饮，乐，忆弟，故府所饮酒往，遂宥之。'使未达浔阳，衡阳家人扣二王所囚院曰：'昨夜乌夜啼，官当有赦。'少顷使至，二王得释，故有此曲。"将王义康的被赦免归功于会稽公主，听到乌鸦叫的人也变成了衡阳家人。另有《初学记》《乐府古题要解》《通典》《通志》《通考》，其中皆有记载，大同小异。

　　除此外，郭茂倩在《琴曲歌辞四》中引唐李勉《琴说》曰："《乌夜啼》者，何晏之女所造也。初，晏系狱，有二乌止于舍上。女曰：'乌有喜声，父必免。'遂撰此操。"作者变成了何晏的女儿，其父被关入监狱，所听到的乌鸦的叫声则被解读为即将摆脱牢狱。后面并有说明：按清商西曲亦有《乌夜啼》，宋临川王所作，与

此义同而事异。

虽然不能确定作者,但由上述注释,可以基本断定《乌夜啼》表达的是一种对自由的追求,传达的是喜事。乌者,即乌鸦,在现在的风俗里,乌鸦一般是不祥的预兆,往往和丧事相联系,而听到乌鸦叫则预示着要发生不好的事,所以人们不愿意听到,更不愿意看到乌鸦。被视为"圣人"的孔子,他的陵园内据说只有灰喜鹊,没有乌鸦,后人都认为这是圣贤祥瑞的象征。其实这种观点并不是从古至今沿袭下来的,准确地说,在唐代之前,乌鸦一直被视为祥瑞的象征。中国很早就有乌鸦反哺的说法,所以它在古代被视为"孝鸟"。《说文》曰:"乌,孝鸟也。"从六朝开始,乌鸦又被视为神鸟。到唐代,乌鸦更代表着团圆和吉祥,得到整个社会的普遍赞誉。

刘宋时,乌鸦的地位开始上升,表现乌鸦带来祥瑞的曲子《乌夜啼》,就出现在这一时期。唐代的张籍写有《乌夜啼引》:

> 秦乌啼哑哑,夜啼长安吏人家。
>
> 吏人得罪囚在狱,倾家卖产将自赎。
>
> 少妇起听夜啼乌,知是官家有赦书。
>
> 下床心喜不重寐,未明上堂贺舅姑。
>
> 少妇语啼乌,汝啼慎勿虚。
>
> 借汝庭树作高巢,年年不令伤尔雏。

歌咏的就是《乌夜啼》的本事传说。《乌夜啼》一曲的本事说明,乌鸦会给人带来吉利的消息,它不仅是人们心目中的孝慈之鸟,还是祥瑞之鸟。

《乌夜啼》在六朝是清乐。《通典》记载:"先遭梁、陈亡乱,而所存盖鲜。隋室以来,日益沦缺。大唐武太后之时,犹六十三曲。今其辞存者有:白雪、公莫……乌夜啼。"可见,《乌夜啼》一曲唐代还有保留,是教坊曲之一。此曲在唐代又被翻为琴曲。

无论是教坊曲《乌夜啼》,还是琴曲《乌夜啼》,它们在唐代都非常流行。与此相伴,以乌为神,敬乌奉乌的风气流行于各地,乌鸦在唐代代表了吉祥、孝慈和亲人团聚,人们普遍认为乌鸦可以带来祥瑞,可以使亲人摆脱苦难,早日归来。

唐代的这种风气可以在唐诗中得到印证。乌鸦首先被视为慈鸟。如杜甫

《题桃树》中写道："帘户每宜通乳燕,儿童莫信打慈鸦。"白居易《慈乌夜啼》诗则云:"慈乌失其母,哑哑吐哀音。昼夜不飞去,经年守故林。夜夜夜半啼,闻者为沾襟。声中如告诉,未尽反哺心。百鸟岂无母,尔独哀怨深。应是母慈重,使尔悲不任。昔有吴起者,母殁丧不临。嗟哉斯徒辈,其心不如禽。慈乌复慈乌,鸟中之曾参。"这都说明乌鸦是慈孝之鸟。

乌啼又表示远人即将归来。白居易《答元郎中、杨员外喜乌见寄》:"南宫鸳鸯地,何忽乌来止。故人锦帐郎,闻乌笑相视。疑乌报消息,望我归乡里。"李渤《喜弟淑再至为长歌》:"忧时魂梦忆归路,觉来疑在林中眠。昨日亭前乌鹊喜,果得今朝尔来此。"都是以乌啼表示离人团聚的喜讯和美好愿望的实现。

因为乌啼代表了团聚,所以,乌啼一方面能给离人以团聚的安慰和希望,一方面又使离人为不能团圆而伤感。如果在乌啼之后团圆不能实现,更教人因此生出烦恼,所以唐诗中也常以乌啼表示相思。

杜甫《得弟消息二首》(之二)中写道:"汝懦归无计,吾衰往未期。浪传乌鹊喜,深负鹡鸰诗。"又《偶题》:"音书恨乌鹊,号怒怪熊罴。"聂夷中《乌夜啼》:"众鸟各归枝,乌乌尔不栖。还应知妾恨,故向绿窗啼。"唐彦谦《七夕》:"天外凤凰何寂寞,世间乌鹊漫辛勤。倚阑殿北斜楼上,多少通宵不寐人。"王周《无题》:"冰雪肌肤力不胜,落花飞絮绕风亭。不知何事秋千下,蹙破愁眉两点青。梨花如雪已相迷,更被惊乌半夜啼。帘卷玉楼人寂寂,一钩新月未沉西。"王偃《夜夜曲》:"北斗星移银汉低,班姬愁思凤城西。青槐陌上行人绝,明月楼前乌夜啼。"都是以乌啼代表相思之情的。

其中最著名的就是李白的《乌夜啼》诗:

黄云城边乌欲栖,归飞哑哑枝上啼。

机中织锦秦川女,碧纱如烟隔窗语。

停梭怅然忆远人,独宿空房泪如雨。

传说李白在天宝初年到长安,贺知章读了他的《乌栖曲》《乌夜啼》等诗后,大为叹赏,说他是"天上谪仙人也",于是在唐玄宗面前推荐了他。李白这首的主题也与前代所作相类,写男女离别相思之苦,但言简意深,别出新意,遂为名篇。我们简单对这首诗作一解析:"黄云城边乌欲栖,归飞哑哑枝上啼",起首两句绘出一幅秋林晚鸦图,"乌欲栖",正是将栖未栖,叫声最喧嚣、最烦乱之时,无

两晋南北朝诗

所忧愁的人听了,也会感物应心,不免惆怅,更何况是心绪愁烦的离人思妇呢?在这黄昏时候,乌鸦尚知要回巢,而远在天涯的征夫,到什么时候才能归来?"机中织锦秦川女,碧纱如烟隔窗语",这织锦的秦川女,可看作苻秦时做织锦回文的窦滔妻苏蕙,更可看作唐时关中一带征夫远戍的思妇。诗人对秦川女的容貌服饰,不做任何具体的描写,只让你站在她的闺房之外,在暮色迷茫中,透过烟雾般的碧纱窗,依稀看到她伶俜的身影,听到她低微的语音。"停梭怅然忆远人,独宿空房泪如雨!"这个深锁闺中的女子,她的一颗心牢牢地系在远方的丈夫身上,悲愁郁结,无从排解。追忆昔日的恩爱,感念此时的孤独,种种的思绪涌上心来,怎能不泪如雨下呢?五、六两句,有几种异文。如敦煌唐写本作"停梭问人忆故夫,独宿空床泪如雨";《才调集》卷六注:"一作'停梭向人问故夫,知在流沙泪如雨'"等,可能都出于李白的原稿,几种异文与通行本相比,有两点不同:一是"隔窗语",不是自言自语,而是与窗外人对话;二是征夫的去向,明确在边地的流沙。仔细吟味,通行本优于各种异文,没有"窗外人"更显秦川女的孤独寂寞;远人去向不具写,更增相忆的悲苦。沈德潜评这首诗说:"蕴含深远,不须语言之烦。"(《唐诗别裁》)说得言简意赅,语短情深。

正是因为乌鸦被视为祥瑞,乌啼代表了相思和团聚,因此唐代敬乌奉乌以祈福的风气颇盛。从相关资料可以证明,唐代普遍存在奉乌祈福的风气。人们认为供奉乌鸦可以给人带来祥瑞,乌鸦被视为神。这可在以下诗歌中得到证明。

元稹《大觜乌》:

......

> 巫言此乌至,财产日丰宜。主人一心惑,诱引不知疲。
> 转见乌来集,自言家转孳。白鹤门外养,花鹰架上维。
> 专听乌喜怒,信受若神龟。举家同此意,弹射不复施。
> 往往清池侧,却令鹓鹭随。群乌饱粱肉,毛羽色泽滋。
> 远近恣所往,贪残无不为。巢禽攫雏卵,厩马啄疮痍。
> 渗沥脂膏尽,凤凰那得知。主人一朝病,争向屋檐窥。
> 呦嘤呼群鹏,翩翩集怪鸱。主人偏养者,啸聚最奔驰。
> 夜半仍惊噪,鸺鹠逐老狸。主人病心怯,灯火夜深移。
> 左右虽无语,奄然皆泪垂。平明天出日,阴魅走参差。

乌来屋檐上,又惑主人儿。儿即富家业,玩好方爱奇。

占募能言鸟,置者许高赀。陇树巢鹦鹉,言语好光仪。

美人倾心献,雕笼身自持。求者临轩坐,置在白玉墀。

先问鸟中苦,便言鸟若斯。众鸟齐搏铄,翠羽几离披。

远掷千余里,美人情亦衰。举家惩此患,事乌逾昔时。

向言池上鹭,啄肉寝其皮。夜漏天终晓,阴云风定吹。

况尔乌何者,数极不知危。会结弥天网,尽取一无遗。

常令阿阁上,宛宛宿长离。

"巫言此乌至,财产日丰宜","专听乌喜怒,信受若神龟",描写的正是唐人奉乌祈福之俗。杜甫《戏作俳谐体遣闷二首》也说:"家家养乌鬼",乌鬼就是乌鸦,说的也是奉养乌鸦的民俗。

任半塘先生曾说:"唐诗《乌夜啼引》辞内,每见当时奉乌之迷信","此种迷信风俗,与唐时之流行此曲显然有关。"

而元稹的《听庾及之弹乌夜啼引》诗则把《乌夜啼》的本事和唐时风俗结合在一起:

君弹乌夜啼,我传乐府解古题。

良人在狱妻在闺,官家欲赦乌报妻。

乌前再拜泪如雨,乌作哀声妻暗语。

后人写出乌啼引,吴调哀弦声楚楚。

四五年前作拾遗,谏书不密丞相知。

谪官诏下吏驱遣,身作囚拘妻在远。

归来相见泪如珠,唯说闲宵长拜乌。

君来到舍是乌力,妆点乌盘邀女巫。

今君为我千万弹,乌啼啄啄泪澜澜。

感君此曲有深意,昨日乌啼桐叶坠。

当时为我赛乌人,死葬咸阳原上地。

这首诗先写《乌夜啼》的本事,再写诗人听庾及之弹琴曲《乌夜啼引》,联想到自己以前的一段遭遇:当时诗人下狱,他的妻子经常拜乌,向乌鸦祈福,诗人

免罪归来,妻子说这是乌鸦赐福的结果。现在妻子已逝,每当听到《乌夜啼》,诗人尚不由想起曾经为自己"赛乌"的妻子,而她已经长眠在咸阳原上了。"唯说闲宵长拜乌"写的正是唐人拜乌鸦以祈福的民俗。

唐代以及唐代以前人们以乌鸦和乌啼为吉,但到了宋代,乌鸦的象征意义却发生了变化,乌鸦和乌啼反而成为不祥的征兆。

杜甫《戏作俳谐体遣闷二首》之中提到的"异俗吁可怪,斯人难并居。家家养乌鬼,顿顿食黄鱼。"本来反映的是唐人奉乌祈福的风俗,"乌鬼"指的是乌鸦。但对此宋人已经不大清楚,反而对"乌鬼"的意义争论不休。宋陆佃《埤雅》卷六《释鸟》引《夔州图经》云:"峡中人谓鸬鹚为乌鬼。蜀人临水居,皆养此鸟,绳系其颈,使入捕鱼。得鱼,则倒提出之。杜甫诗云'家家养乌鬼'是也。"诗中以鸬鹚为"乌鬼";沈括《梦溪笔谈》亦持此见。黄震《黄氏日抄》卷六十五云:"峡中养鸦雏,带铜锡环献神,名乌鬼。"则以鸦雏为"乌鬼";又有人以为"乌鬼"指的是猪,马永卿《懒真子》卷四云:"士人夏侯节立夫言:乌鬼,猪也。峡中人家多事鬼,家养一猪,非祭鬼不用,故于猪群中特呼乌鬼以别之";也有人以为"乌鬼"指的是"乌蛮鬼",王洙《分门集注杜工部诗》卷十三:"家家养乌鬼……川峡路民多供事乌蛮鬼。"这样,"乌鬼"所指就有鸬鹚、乌鸦(鸦雏)、猪、乌蛮鬼等四种说法,莫衷一是。这说明宋代已经不存在奉乌祈福的风俗,宋人也不再以乌鸦和乌啼为吉。

所以,《乌夜啼》一曲的本事说明,自六朝至唐代之前,乌鸦已被奉为神鸟。在唐代,奉乌祈福之风更为流行。而在宋代,乌鸦报喜已经逐渐演变为喜鹊报喜,奉乌祈福的习俗已经发生变化。这一时期,《乌夜啼》的题材与内容也就逐渐发生了变化,有吟咏辞家远游,盼早日归来的,有表达社会动荡无栖身之地的,有感叹母子分散不得团聚的,均转变为托乌啼以抒心声,而不再是听乌鸦报喜了。

源自乐府诗的古琴曲《乌夜啼》是流传广泛的大操。从琴曲《乌夜啼》所表达的音乐内容来看,是曲以月明星稀之景,写乌雀南飞、哺食、争巢等活动。从《神奇秘谱》中多"长琐"指法的特点来看,当是创作于唐朝。配上乐府诗的《乌夜啼》是一首琴歌,而现在所流传的《乌夜啼》是器乐大曲,与刘义庆所谓的本事及乐府中诸诗的旨意皆无关系,是一首纯粹描写景物的乐曲。琴曲与本事无关,再加上《乌夜啼》后来意义的转变,又有了另一种说法,即《乌夜啼》诗最早并不是刘义庆所创,而是源自曹操的诗作:

两晋南北朝诗

对酒当歌，人生几何！譬如朝露，去日苦多。

慨当以慷，忧思难忘。何以解忧？唯有杜康。

青青子衿，悠悠我心。但为君故，沉吟至今。

呦呦鹿鸣，食野之苹。我有嘉宾，鼓瑟吹笙。

明明如月，何时可掇？忧从中来，不可断绝。

越陌度阡，枉用相存。契阔谈讌，心念旧恩。

月明星稀，乌鹊南飞。绕树三匝，何枝可依？

山不厌高，海不厌深。周公吐哺，天下归心。

之所以有这种说法，最主要的依据就是曹操诗作中的月明星稀、乌鹊南飞等句与琴曲《乌夜啼》的相关内容一致。但琴曲终究与诗作不同，这种说法的接受度也是有限的。

除了诗作与琴曲，《乌夜啼》还被南唐后主李煜创为词调，今存作品三首。

无言独上西楼，月如钩，寂寞梧桐深院锁清秋。

剪不断，理还乱，是离愁，别是一般滋味在心头。

昨夜风兼雨，帘帏飒飒秋声。烛残漏断频敧枕，起坐不能平。

世事漫随流水，算来一梦浮生。醉乡路稳宜频到，此外不堪行。

林花谢了春红，太匆匆！无奈朝来寒雨晚来风。

胭脂泪，留人醉，几时重。自是人生长恨水长东。

其中"无言独上西楼"一首为千古佳作，至今咏叹。入宋后，《乌夜啼》词牌又名《相见欢》《锦堂春》等。词牌名为曲调之名，故与乐府诗同名但与争巢、聚散、盼归等诗意无涉。

两晋南北朝诗

忆梅下西洲，折梅寄江北

——南朝乐府代表作《西洲曲》

　　《西洲曲》，南朝乐府民歌名。北宋郭茂倩编的《乐府诗集》收入"杂曲辞类"，认为是"古辞"。南朝徐陵的《玉台新咏》将其录作江淹诗，但宋本却没有记载。在明清人编写的古诗选本里，又或作"晋辞"，或以为是梁武帝萧衍所作。但此诗具体在何时产生，又出自何人之手，千百年来谁也没有足够的证据来说明，扑朔迷离中一直难以形成定论。从内容、修饰和风格看，它应当是经过文人润色改定的一首南朝乐府民歌，十分精致流利，广为后人传诵。西洲曲是南朝乐府民歌中最长的抒情诗篇，历来被视为南朝乐府民歌的代表作。沈德潜称其"续续相生，连跗接萼，摇曳无穷，情味愈出"（《古诗源》卷十二），陈祚明则谓之"言情之绝唱"（《采菽堂古诗选》）。但与一般南朝乐府民歌不同的是，《西洲曲》极为难解，研究者甚至称之为南朝文学研究的"哥德巴赫猜想"。

西洲曲

　　忆梅下西洲，折梅寄江北。单衫杏子红，双鬓鸦雏色。

　　西洲在何处？两桨桥头渡。日暮伯劳飞，风吹乌臼树。

　　树下即门前，门中露翠钿。开门郎不至，出门采红莲。

　　采莲南塘秋，莲花过人头。低头弄莲子，莲子清如水。

　　置莲怀袖中，莲心彻底红。忆郎郎不至，仰首望飞鸿。

　　鸿飞满西洲，望郎上青楼。楼高望不见，尽日栏杆头。

　　栏杆十二曲，垂手明如玉。卷帘天自高，海水摇空绿。

　　海水梦悠悠，君愁我亦愁。南风知我意，吹梦到西洲。

两晋南北朝诗

　　之所以说《西洲曲》极为难解，就在于诗作的字句有所省略，文意时有暗转，因而人物、地点、时间、情节、语气都颇难确定。关于此诗的叙述视角有不同解读,多数人从女子的视角来理解,也有人从男子的视角入手,认为"忆梅下西洲"中的"梅"指代男主角所寄情的心上人。常言道,诗无达诂,有一千个读者就有一千个哈姆雷特,诗作的魅力也正是在于它能够让不同的人产生不同的感受,我们在解读的时候也可以尝试多种新的视角,从而使诗歌的意蕴更加丰富。

余冠英先生在《西洲曲》的注释中说:这首诗写一个女子对所欢的思和忆。开头说她忆起梅落西洲那可纪念的情景,便寄一枝梅花给在江北的所欢,来唤起他相同的记忆,以下便写她从春到秋、从早到晚的相思。诗中有许多词句表明季节,如"折梅"表早春,"单衫"表春夏之交,"采红莲"应在六月,"南塘秋"该是早秋(因为还有"莲花过人头"),"弄莲子"已到八月,"鸿飞满西洲"便是深秋景象。(《汉魏六朝诗选》第三卷)

这一具有经典性的解释,至少意在解决这样三个问题:第一,这首诗是一个多情女子对自己情郎的思念之歌。游国恩先生曾以为《西洲曲》从开头到"海水摇空绿"句皆为男子口气,只有末四句为女子自道心事;叶玉华先生则认为全诗都是女子的口吻(参见余冠英《古代文学杂论·谈西洲曲》)。余冠英先生确定"这首诗写一个女子对所欢的思和忆",而以为"篇末四句当然是女子的口气,这四句以上却不妨都作为第三者的叙述"(同上),可以说已经解决了这个问题,研究者已无疑义。第二,诗中女子居于江南,而其情郎住于江北,西洲则是二人共同纪念的地方。余先生说:"西洲固然不是诗中女子现在居住之地,也不是男子现在居住之地,它是另一个地方。……它何妨是一个名副其实的江中的洲呢?"(同上)第三,这首诗写的是"四季相思"。

显然,上述三个问题正是理解《西洲曲》的关键。如果说,第一个问题现在已不成问题,研究者早已取得共识;那么,后两个问题虽很少有人再有疑问,但要想贯通全诗,其中仍有阻隔。首先,女子居于江南,其情郎居于江北,这是没有问题的;但西洲与江南、江北的关系是什么呢? 一般据诗中"西洲在何处,两桨桥头渡"二句,认为西洲距女子居处不远,或谓即在江南,或谓距江南岸不远而两桨可渡。那么,其与江北便相距甚遥。但是,诗末却说:"南风知我意,吹梦到西洲。"这两句千古传颂,正因其涉想新奇,情思无限;它寄托的显然是这位女子对情郎的思念之情,如果西洲离女子居处不远,"吹梦"又有何必要? 其次,正如余冠英先生所说:"这首诗表面看来像是若干首绝句连接而成,其实是两句一截。"所谓"两句一截",正是从诗意着眼的,所谓"续续相生,连跗接萼",正说明整首诗诗意的完整、统一而浑然一体。以"两句一截"的形式而写"四季相思",

不仅少见,而且很可能会破坏诗意的完整、统一。诗歌所写,乃一位女子的所思所想所作所为,尤其是她的一连串动作;这一连串的动作怎么会分到四季写呢?比如,从开门盼郎至出门采莲,从采莲南塘至低首弄莲,这显然是这位女子的一系列连贯的动作,怎么可以分散到几个月去写呢?现代影视艺术有所谓"蒙太奇"的艺术手法,通过镜头的剪接、组合,可以有较长时间的跨越、衔接而产生连贯的效果。但省略的时间亦必须有结果体现出来,连贯只是效果的连贯,决不可以一个连续的动作跨越很长时间。因此,如果说《西洲曲》写的是"四季相思",即在现代艺术也是颇难理解的,更何况它是千余年前的作品呢。

　　以上两个问题是密切相关的。诗歌所涉地点不确或理解有误,便难以真正弄清其所涉时间。这两个问题的幽暗不明,便使得整首诗的诗意难以连贯,许多解释也就龃龉难合。其实,诗歌的末四句为女子自道向无异议,而"南风知我意,吹梦到西洲",则明确地显示出西洲即是这位女子的情郎所居之地,江北。只有如此理解,才能真正确切地把握"南风吹梦"的诗意。范云《闺思》诗有"几回明月夜,飞梦到郎边"句,李白《闻王昌龄左迁龙标遥有此寄》诗有"我寄愁心与明月,随风直到夜郎西"句,皆从《西洲曲》化出;他们对"南风吹梦"诗意的理解,正说明西洲只能是情郎所居之地。温庭筠《西洲曲》谓"西洲风色好,遥见武昌楼",武昌在长江南岸,既云"遥见"则西洲可能正在江北。而据"出门采红莲""采莲南塘秋"之句,可知诗中女子距南塘之地不远。《新唐书·地理志》说:"钟陵,贞元中又更名,县南有东湖。元和三年,刺史韦丹开南塘斗门以节江水,开陂塘以溉田。"耿湋《春日洪州即事》亦云:"钟陵春日好,春水满南塘。"可见南塘在钟陵附近,即在今江西南昌附近。因此,诗中女子乃居于南昌附近,其与西洲相去甚远;所谓"南风""吹梦",正以此也。借用余冠英先生的话说:"'江北'可不见得近啊!要是近,就不会有这许多梦,许多愁,也就没有这首诗了。"(《谈西洲曲》)

　　《西洲曲》最难解的是开头两句及相承接的若干句子。"忆梅下西洲,折梅寄江北",并非写梅落西洲、女子折梅。"下"者,到也。温庭筠《西洲曲》谓:"悠悠复悠悠,昨日下西洲。""下"正是"到"的意思。南朝民歌《那呵滩》亦有:"闻欢下扬州,相送江津湾。"其意甚明。但"忆梅下西洲"也并非这位女子要到西洲去折梅花,而是说这位女子想到自己所寄梅花可能早已到了西洲,到了情郎的手中。"折梅寄江北"是对"忆梅下西洲"的补充说明,也可以说首二句就是一个倒装句。"折梅"是过去所为,"忆梅"才是此时所思。只有如此理解,方与下文所写季

两晋南北朝诗

节相合。如上所述,谓此诗为"四季相思",实难讲通。这不仅因为诗意难贯,而且通常所谓诗中表明季节的词句,其实不然。如谓"单衫"句表春夏之交或春天,"单衫"岂止春天可穿?"杏子红(黄)"与"鸦雏色"相对而言,所指为"单衫"色彩,亦不表明季节。又如谓"日暮伯劳飞"表夏天,更属望文生解。《礼记·月令》诚有"仲夏鵙始鸣"之载,《诗·豳风·七月》亦有"七月鸣鵙"之句,"鵙"即为伯劳;但伯劳"始鸣"与"伯劳飞"并非一回事,是显然可见的。因此,《西洲曲》所涉时节绝不用"猜","采莲南塘秋"已做了明确说明;至于采莲时节又有"莲花过人头"亦并不奇怪,故亦不必再分初秋、中秋和深秋。所以,秋天便是《西洲曲》的季节背景。"秋露如珠,秋月如圭,明月白露,光阴往来;与子之别,思心徘徊"(江淹《别赋》),正是在秋日怀人时节,这位女子想起自己曾寄梅花一事,从而有所盼望。先说"忆梅下西洲",而后补充自己曾经"折梅寄江北",正表明心情的迫切和思念之深重,极为切合此时女子的心态。实际上,忆及折梅、寄梅之事,只是一个"引子",是绵绵之思的开始。

诗篇在写了女子想到西洲以后,插叙了一下女子的打扮及其美丽的容貌,即"单衫杏子红(黄),双鬓鸦雏色",这可以说是一种体察入微的心理描绘或烘托。本来,"西洲在何处"的交代紧承"折梅寄江北"正合乎逻辑。然而女主人公既想起了情郎,想起了自己曾折梅寄往江北,因而她多少抱有情郎可能归来的希望,下文所谓"开门郎不至"正说明了这一希望的存在。正因有这个希望,她才在想起情郎之后,立即注意到自己的装束和姿容,所谓"女为悦己者容",要是情郎已站在门外了呢?所以这两句正绝妙地刻画出女主人公此时的心理活动,而不只是对其装束的简单交代。"西洲在何处?两桨桥头渡"二句,既交代了西洲之位置,亦表现出此女子对其挂怀之情;之所以值得如此魂牵梦萦,正因其为情郎所在地。所谓"两桨桥头渡",一般释为划两下桨就到了,所距很近。其实这是误解。南朝民歌的《西曲歌》中有《莫愁乐》二首,其一云:"莫愁在何处?莫愁石城西。艇子打两桨,催送莫愁来。"所谓"两桨",指的就是船的两个桨;在《西洲曲》中,借以指船。其意是说,要到西洲去,需要乘船过江,此亦正说明西洲在江北。以上六句所描绘的乃是一个静坐相思的女子形象,而非正乘船到西洲采梅的女子形象。

"日暮伯劳飞,风吹乌臼树",是对女主人公居住环境的描写。《古微书》说:"伯劳好单栖。"所以,这里的环境描写也是一种象征,显示了这位女子的孤独和凄清。"树下即门前,门中露翠钿",则静坐相思的女子形象方直接呈现出来。如

上所说，盼望郎归已在情理之中，而归来又并不是现实；"开门郎不至"就既写了现实的严酷，又暗含了女主人公的希望。静坐相思无望，便"出门采红莲"，以遣不尽的相思之情。然而，既然带着思念的心情出门，则相思之情注定非但难以去除，反而因采莲而加重。以下对采莲情节的细致描绘，正体现了这种情形。研究者早已指出，"莲"与"怜"谐音双关，则"青如水"的"莲子"正是女主人公纯洁爱情的象征，也就难怪其如此爱怜，以至于"置莲怀袖中"了；"莲心彻底红"，可以说是他们之间爱情的象征。在此情形之下，这位女子盼郎归的心情也就更加迫切，以至于"忆郎郎不至，仰首望飞鸿"了。诗歌对女主人公翘首以望飞鸿的描绘可谓生动传神，韵味悠长。"望飞鸿"既是一种无可奈何的自然动作，又是一种有目的的盼望——盼郎不至而盼有信来，所谓"鸿雁传书"，然而信也没有。以下所谓"鸿飞满西洲"，并非女主人公看到了大雁飞满西洲，而是一种猜度之词。其意是说，时值秋日，"鸿飞应满西洲"，而人皆谓"鸿雁传书"，为何你竟无音信？正是带着这种疑惑的心情，这位女子"望郎上青楼"了。"青楼"，漆成青色的楼，在南朝所指不一。曹植《美女篇》云："青楼临大路，高门结重关。"则"青楼"指显贵家之闺阁。《南齐书·东昏侯纪》谓："世祖兴光楼上施青漆，世谓之青楼。"则"青楼"指帝王所居。梁诗人刘邈《万山见采桑人诗》有："倡妾不胜愁，结束下青楼。""青楼"便指妓院了。"望郎上青楼"句显示了《西洲曲》带有文人诗的色彩。青楼虽高却仍然望不见，望不见又并不甘心，便有了"尽日栏杆头"的执着。所谓"尽日"，乃夸饰之词，是说凝望有时，而非终日伫立。较长时间的扶栏眺望，自然会注意到平常所不注意的事情；所谓"栏杆十二曲，垂手明如玉"，正写出女主人公此时百无聊赖的心境，与上文"单衫"两句恰成鲜明的对照。"双鬓鸦雏色"还显示着自信和希望，而"垂手明如玉"则表现出愁怅和怨恨，因为此时是空有"垂手明如玉"，尽日望郎郎不归！这种心理活动的描绘是白描式的，甚至"不着 字"，然而又是细致入微的，可谓"尽得风流"，体现出中国古代诗歌的独特风韵。"栏杆"二句写女主人公对近景的仔细而又漫不经心的注意，"卷帘天自高，海水摇空绿"二句则是对眼前远景的观察。余冠英先生说："以上二句似倒装。秋夜的一片蓝天像大海。风吹帘动，隔帘见天便觉似海水溟漾。一说内地人有呼江为海者，'海水'即指江水。"（《汉魏六朝诗选》第三卷）鲁迅先生在小说《白光》中有这样的描绘："空中青碧倒如一片海……"其境正似"秋夜的一片蓝天像大海"的"海水摇空绿"。不过，从下文"海水梦悠悠"句看，"海水"似有实指，而不仅仅是一个比喻。与其说"海水"指江水，毋宁说它指的是湖水。这

两晋南北朝诗

不仅因为内地许多湖即名为海,而且上文所引《新唐书·地理志》正指出南塘附近有一"东湖"。

诗歌至此,女主人公盼君君不归,等书书不到,心情陷入无端的惆怅。"海水梦悠悠,君愁我亦愁",她不仅自己愁思绵绵,而且也想到了情郎同样会愁绪满怀,他们的愁思像蓝天、湖水,无边无际,缠绵不绝。此时,便只有在梦中相见的希望了,"南风知我意,吹梦到西洲",这是想象,更是希望。这一想象和希望既合情合理,又新奇鲜美、生动感人。它是情之所至,那是因为女主人公自"日暮"盼郎,经历了南塘采莲、望郎登楼等一系列活动,至此天色已晚,她必须就寝休息了,盼望梦中相见是所剩唯一的希望;它设想新奇,乃是因为她并非如一般所谓那样,多么希望自己能梦见情郎,而是把自己的心事诉诸南风,请南风把自己的梦吹往西洲,带到情郎的身旁。这种含蓄、细腻、婉转的表情方式,集中而典型地体现出南方民歌的艺术特色及其独特的艺术风格。

综上可见,《西洲曲》乃心系西洲、怀念郎君之作。其所涉地点只有两处,一是郎君所在地西洲,一是女子所在地南塘附近;一在江北,一在江南,且相距甚遥。其中人物,出场的是女子,幕后的是情郎;全诗既可以看成以第三人称而写女子,亦可视为女子自道,或者其中既有女子自道,亦有以第三人称而做的叙述,但其中没有男子的声音或描写,则是显然的。本诗的时间,不是写四季,也不是写春夏秋三季或夏秋两季,而是写秋天;而且其中所写,只是秋日某天下午至天黑这段时间里,女主人公的所思所想所作所为。所有这些,实际上又可归结为一点,那就是这位女子的相思之情。《西洲曲》可谓中国诗歌史上的"言情之绝唱"。

《西洲曲》在艺术手法上有两点值得注意。一是叠字和顶真的运用。"开门迎郎"场景中,四个"门"字的叠用,强化了女子急切盼望心上人的到来,而不时从门缝向外张望的焦虑心情。"出门采莲"场景中,又连用七个"莲"字,着意渲染女子缠绵的情思。而顶真的运用使得句子灵活生动,朗朗上口。

二是双关隐语的运用,这也是南朝乐府民歌一个鲜明的特征,它在诗经时代的民歌和汉魏乐府民歌中很少见。"莲"与"怜"字谐音双关,而"怜"又是"爱"的意思,隐语极言女子对情人的爱恋。同时,"莲子清如水"暗示感情的纯洁,而"莲心彻底红"是说感情的浓烈。这些双关隐语的运用使诗歌显得含蓄多情。

北朝

北朝的文学创作比起南朝来略显单薄，主要体现在重点作家的缺乏上。这一时期的北方十六国长期处在征战之中，文士相对较少，也缺乏潜心作诗的条件，故而文人诗作并不是很多，成就也并不大。

但是此时的北朝民歌以鲜活、泼辣的形式出现在诗坛上，为两晋以来奢靡绮丽的诗风带来了新鲜的气息。北朝民歌产生于黄河流域，以直率粗犷为特征，少有南方民歌那种婉转缠绵的情调。如果说北朝土著文人诗歌大抵模仿南方风格而又远不能与之分庭抗礼的话，那么，北朝的民歌，却是与南朝民歌风格迥异，但毫不逊色。

人生譬如此，零落不可持

——豫章王萧综的身世感怀诗

豫章王萧综，字世谦，是梁武帝次子，为吴淑媛所生。吴淑媛本是南齐东昏侯萧宝卷的宠妃，萧衍灭齐建梁后，将她纳入宫中，封为淑媛。七个月后，萧综诞生了，当时便有许多流言充斥后宫，但萧衍不以为然，坚持认为萧综是自己的儿子，并在萧综幼年就封其为豫章郡王。直到逃往北魏，萧综始终受到武帝的信任，屡屡委以要职。

在八个皇子中，梁武帝对太子萧统格外器重，对此，萧综心怀不满，认为父皇对太子倾心，对自己寡恩，常常对母亲吴淑媛发牢骚。吴淑媛心生怨恨，便对萧综道出实情。萧综一直认为自己是梁武帝的骨肉，没料到母亲却道出如此令人惊骇的内情，实在感到难以置信。他听说，用生人血滴死人骨，如果渗入骨中，即可断定父子关系，便决计依法仿行，试验真伪。于是，暗中召集几名心腹之人，改装易服，偷偷来到东昏侯萧宝卷墓前，掘墓开棺，取出骨骸。然后，抽刀将自己的手指割破，以血滴在骨骸上，隔了片刻，血果然渗入骨骸之中。尽管如此，萧综还是将信将疑。回到家中，又想出一个如前法相似的办法来。他狠了狠心，将生下才一个多月的次子活生生地弄死。埋葬数日后，派人在夜间将骨骸掘出取回，又将自己的手指割破，把血滴在骨骸上。结果，血也和先前一样渗入。萧综这才相信母亲所说是真的，自己确实是东昏侯萧宝卷的遗腹子。于是，从前的失落感和怨恨，更是与日俱增。

为寻找起兵的机会，他多次请求梁武帝准许他带兵守边，但梁武帝一直未许。后来，机会终于来了。普通六年（公元525年），北魏徐州刺史元法僧降梁，梁武帝派元略、陈庆之前去接应，被魏军击败。一时朝中无将，梁武帝这才派萧综出京统领各路人马，驻守彭城，并兼掌徐州府事。萧综得旨，暗中庆幸，当日便带人赶往彭城，前去投奔魏军。

北魏对他并不信任，始终未授以实权。由于不得志，萧综终日郁郁寡欢，他

曾作有两首诗,一首《听钟鸣》,一首《悲落叶》,颇能代表此刻他的心情。

《听钟鸣》:

> 听钟鸣,当知在帝城。参差定难数,历乱百愁生。去声悬窈窕,来响急徘徊。谁怜传漏子,辛苦建章台?
>
> 听钟鸣,听听非一所。怀瑾握瑜空掷去,攀松折桂谁相许?昔朋旧爱各东西,譬如落叶不更齐。漂漂孤雁何所栖,依依别鹤夜半啼。
>
> 听钟鸣,听此何穷极?二十有余年,淹留在京域。窥明镜,罢容色,云悲海思徒掩抑。

《悲落叶》如下:

> 悲落叶,连翩下重叠。落且飞,纵横去不归。
> 悲落叶,落叶悲。人生譬如此,零落不可持。
> 悲落叶,落叶何时还?夙昔共根本,无复一相关。

北朝数百年间,战火连绵,杀戮不休,皇位更迭,形同儿戏。人在其间,运类转蓬,命如草芥,辗转流离,悲哀无奈。即使皇室贵胄,亦难保全,甚至有的时候生于帝王之家反而是不幸的根本。萧综所作《悲落叶》抒发的就是这种"人生譬如此,零落不可持"的感慨,它是乱世中挣扎求存的萧氏子孙共同的喟叹。

两晋南北朝诗

异哉贞妇,旷世靡畴

——高允的贞妇诗

高允,字伯恭,渤海蓨县(今河北景县)人。高允少年丧父,大器早成,有非凡的气度,清河人崔玄伯见到他十分惊异,感叹说:"高子黄中内润,文明外照,必为一代伟器,我只担心自己不能亲眼见到。"高允十来岁时,为祖父高泰奔丧而回到本郡,将家中财产都让给两个弟弟,自己身归沙门,取名法净,不久又还俗。高允喜好文学,千里求学,博通经史、天文、术数,尤其爱好《春秋公羊传》。

高 允

神𪊽三年(公元430年),太武帝拓跋焘的舅舅阳平王杜超任征南大将军,镇守邺城,任命高允为从事中郎,当时他已有四十多岁。杜超因为春天快到而诸州囚犯多不能判决,于是上表让高允与中郎吕熙等人分头前往各州,共同评决狱事。吕熙等人都因贪污枉法获罪,唯有高允因清廉公正而得到嘉赏。杜超幕府解散之后,高允回家教书,受其业者的有一千多人。神𪊽四年(公元431年),他与卢玄等人一起被征召,拜为中书博士,迁任侍郎,与太原张伟二人都以本官兼任卫大将军、安乐王拓跋范从事中郎。拓跋范是太武帝的宠弟,西镇长安,高允辅佐他很得当,秦地人很是称赞他。不久高允就被征召还朝。高允一生历仕郡功曹、中书博士、侍郎,修国记,以经授太子。后拜中书令、封咸阳公,历仕北魏五帝,以太和十一年(公元487年)去世,享年九十八岁。死后追赠为侍中、司空公、冀州刺史、将军,谥号文。

高允曾经作《塞上翁诗》,诗有混同高兴悲伤、遗落得失的情致;后来又以老迈多病为理由,频频上疏要求告老还乡,但都未被应允,于是写有《告老诗》,遗憾的是这两首诗都没有保存下来。

两晋南北朝诗

　　高允传世的诗作不是为自己所写,而是写给当时一位女子的,用以表彰其贞烈。渤海郡封卓的妻子,是彭城刘家的女儿,二人成婚才一年,封卓就离家到京城去做官了,不久后,因为犯事而被杀。古时通信不易,封卓被杀后,才有人从京城往他的故乡传递消息。而此时刘氏还在家中,忽然做了一个梦,梦到封卓被杀,醒来后认定封卓已死,日日痛哭不已。家中亲属都来劝慰刘氏,认为梦中所见不能当真,但刘氏依旧悲痛不已。过了一段时间,消息传来,确认了封卓的死讯,刘氏哀恸过度,不久就随封卓逝去了。当时的人们感念刘氏对封卓生死相许的深情,将她与秦嘉的妻子徐淑相比(秦嘉与妻子也因秦嘉出仕而分隔两地,只靠书信往来诉说彼此的思念,秦嘉因病死在任所后,徐淑也因悲痛过度而去世了),认为二人都是贞洁女子的典范。高允听说刘氏的故事后,十分感慨,作诗赞颂她:

> 两仪正位,人伦肇甄。爰制夫妇,统业承先。
> 虽曰异族,气犹自然。生则同室,终契黄泉。

> 封生令达,卓为时彦。内协黄中,外兼三变。
> 谁能作配,克应其选? 实有华宗,挺生淑媛。

> 京野势殊,山川乖互。乃奉王命,载驰在路。
> 公务既弘,私义获著。因媒致币,遘止一暮。

> 率我初冠,眷彼弱笄。形由礼比,情以趣谐。
> 忻愿难常,影迹易乖。悠悠言迈,戚戚长怀。

> 时遇险屯,横离尘网。伏锧就刑,身分土壤。
> 千里虽遐,应如影响。良嫔洞感,发于梦想。

> 仰惟亲命,俯寻嘉好。谁谓会浅? 义深情到。
> 毕志守穷,誓不二醮。何以验之? 殒身是效。

> 人之处世,孰不厚生? 必存于义,所重则轻。

结怨钟心，甘就幽冥。永捐堂宇，长辞母兄。

芒芒中野，翳翳孤丘。葛蕾冥蒙，荆棘四周。
理苟不昧，神必俱游。异哉贞妇，旷世靡畴。

　　这是一组诗作，第一首是总叙，称同生共死的夫妇之情才是人伦中值得嘉奖的闪光点。接下来的几首诗用叙述的语气讲述了刘氏与封卓成亲到殉情的经过，特别提到了"千里虽遐，应如影响。良嫔洞感，发于梦想。"虽然相隔千里之遥，但心意相通，所以刘氏能在梦中感知到封卓已经逝去的信息。第六、七首诗阐述了对刘氏殉情的看法，人生在世，没有人不珍惜自己的生命，只不过是因为心中有比生命更重要的情意，才能舍弃性命，用最宝贵的生命来实现忠贞不渝的誓言。最后一首诗是幻想虽然冥界荆棘四布，昏暗空旷，但夫妇二人的深情必然能让魂灵死后相携同游。敢于舍弃性命追随心爱的丈夫，这样的女子真是旷世罕见，让人钦佩。

　　诗作叙述了刘氏殉情的全过程，并且对其夫妇情深予以充分肯定，是一组不可多得的记叙性诗篇。

何用宣忧怀？托翰寄辅仁

——胡叟的"投诚诗"

胡叟,字伦许,安定临泾人,家中世代为官,是西夏大族。胡叟少时聪慧过人,悟性极高,在十三岁时便以善于辩答疑问、解释事理而闻名于城乡,与成人高谈阔论时亦常常令对方汗颜。他自学成才,从不肯拜师,完全凭自学掌握义理。朋友劝他还是从师的好,他说:"先圣的言论中,精深而得变化之道理的,不是只有《易经》吗？我认为通过思考就可感悟其中大半道理。衰败世道中的迂腐儒生,只是略能区分乾坤的方位而已,岂有能从没有明显的征兆中探求精微的人？让我求师问道,现在还没有合适的人。"胡叟平日浏览群书,过目不忘。他写的文章,既可典雅优美,又可粗犷通俗。

后秦政权与魏军交战多年,屡受重创,渐渐衰微。十八岁的胡叟见姚氏政权风雨飘摇,即将衰亡,就只身进入长安城,体察风情民俗,静观世事变迁。因怕被人知道,故而隐姓埋名,行踪不定。当时长安城北有个叫韦祖思的名士,从小饱读经籍,学问不浅,自视甚高,对当世名流不屑一顾。他早就听说过胡叟的大名,听说胡叟来到长安,就设法召来相见。韦祖思待客比较随便,对胡叟不免有些怠慢,胡叟勉强寒暄后拂衣就要告辞。韦思祖挽留他说:"正要与君纵论天道人事,为何突然辞去？"胡叟答道:"可以谈论天道人事者早已不在,我知君,君知我,何必如此夸夸其谈。"说完便头也不回地扬长而去。

胡叟孤独漂泊,坎坷失意,没有仕进的途径,于是进入汉中。刘义隆的梁秦二州刺史冯翊人吉翰,因胡叟有才华,以礼相待。不久,吉翰调任益州,胡叟随其入蜀,甚得益州豪士俊杰的尊敬。当时蜀地有位僧人名法成,聚集了近千名僧众,共铸一丈六尺高的金佛像。刘义隆厌恶他聚集徒众,要将其处斩。胡叟得知消息后马上奔赴丹阳,对刘义隆力陈法成铸佛像一事属于善行,请刘义隆收回成命,法成终得免罪。胡叟见事情办成,就准备返回益州。临走前法成出于感激,馈送胡叟许多珍贵物品,价值一千多匹绢。胡叟对法成说:"安贫乐道

的织蒿人，为何能抛弃明珠？我为德行请命，要钱财有什么用？"终于未收一物。

　　胡叟住在益州五六年的时间，其中北到杨难当处，后西行到沮渠牧犍处，都没有受到重视，他也看清这些小朝廷苟安一时，不会长久，自己滞留其间已无施展余地，就对知己朋友程伯达赋诗表明归魏的心迹：

　　　　群犬吠新客，佞暗排疏宾。直途既已塞，曲路非所遵。
　　　　望卫惋祝鮀，眄楚悼灵均。何用宣忧怀？托翰寄辅仁。

　　程伯达看了这首诗，对胡叟说："凉州虽地处西戎之区，但自张氏统治以来，民风渐变，已有华夏之风。现在法令制度没有亏缺，何必要用祝鮀来告诫（祝鮀是春秋时卫国的佞臣）？"胡叟回应道："古人说，君子听见战鼓的声音，就会想到战士。您的主公事奉魏却不诚恳，口说羡慕仁义但不真信，领土狭小偏僻而冒用帝王的称号。以小国事奉大国，难道是这样的吗？徐偃王的覆辙，很快就会再现。我意中的栖身大树，早选中大魏，将与先生暂别，而不会长久分离。"之后，他毅然北上归附北魏朝。一年后，牧犍果然投降北魏。

　　朝廷认为胡叟能认清形势，先期归附，遂拜胡叟为虎威将军，赐爵始复男。胡叟在魏安家于密云（今北京市东北），他不经营家产，所住不过茅屋草席，常苦于饥饿贫困，但他不以为耻，时常以饮酒为乐。还对友人金城人宗舒说："我这种生活，似乎胜过隐士焦先，可若说心意安宁，愧不如焦先高尚（焦先是汉末隐士，皇甫谧称赞他是继伏羲后以天地为房屋的第一人）。"胡叟有个养子字螟蛉，带在身边亲自抚养，供其饮食。胡叟每次到富贵人家做客，总是骑一头老母牛，穿一身破烂衣裤，带上一个自制的布袋，袋中可装三四斗米，酒足饭饱后，顺便将剩余的肉饼之类装进布袋，带回给螟蛉吃。后世遂将螟蛉作为养子的代称。

　　胡叟八十而亡，身后无子嗣，其族侄胡始昌迎回灵柩，葬于墓地。又把他一个弟弟过继给胡叟，承袭了爵位始复男虎威将军。

驱马入云中，楚歌四面起

——王肃与祖莹的诗歌故事

王肃，字恭懿，琅琊临沂人，是由南齐入北魏的大臣。王肃的父亲王奂是王导第五子王劭的玄孙，因为王奂的堂祖父王球无子而过继为王球的嗣孙。王奂被齐武帝萧赜所杀后，太和十七年（公元493年），王肃归降北魏，北魏孝文帝任命他为辅国将军，南征义阳，击败齐朝的裴叔业，官至平南将军、豫州刺史。孝文帝改革，王肃多有参与，孝文帝驾崩，王肃为尚书令参与朝政。裴叔业怕遭到齐帝萧宝卷杀害，投降北魏。王肃率军十万接应，大胜，官拜散骑常侍、都督淮南诸军事、扬州刺史。

祖莹，字符珍，范阳遒地人。八岁即能读《诗经》和《书经》，《三字经》中"莹八岁，能咏诗"，指的就是祖莹。十二岁为中书学生，终日沉湎书中。父母怕他累出病来，常禁止他读书却又不能成功。他经常在灰烬中偷偷地隐藏火种，赶走书童和仆人，等到父母睡熟后，再举火读书。他用衣服被子遮住窗户，恐怕火光泄漏出去被家人发觉。家内家外的亲属都叫他"圣小儿"。中书监高允常感叹道："这个孩子的才能器识，不是其他学生能赶得上的，终将有远大的前途。"

祖莹以才学著名被拜为太学博士。司徒、彭城王元勰征请他为法曹行参军。孝文帝对元勰说："萧颐让王元长任子良的法曹，现在你用祖莹为法曹，难道不是要赶上他吗？"遂命祖莹任元勰的书记。祖莹与陈郡的袁翻声名相同，秀出群伦。当时人们这样形容二人"京师楚楚袁与祖，洛中翩翩祖与袁"。不久之后，祖莹又迁任尚书三公郎中。

尚书令王肃曾在尚书省吟咏《悲平城诗》：

> 悲平城，驱马入云中。阴山常晦雪，荒松无罢风。

我策马驰入云中，阴山常被阴霾笼罩，风狂雪猛，荒野的松树梢头，不停地

两晋南北朝诗

搅动着寒风。诗作极好地描述出塞北的严寒和荒凉,不失为一首佳作。

彭城王元勰听闻此诗后感叹诗作的优美,想让王肃再朗诵一遍,却失口说成:"您可否再吟咏一遍《悲彭城诗》?"王肃因而戏笑元勰道:"为什么读《悲平城》为《悲彭城》呢?"元勰面有愧色。祖莹坐在旁边,立即说:"《悲彭城》这首诗,王公您没有看见过?"王肃问:"可为我朗诵吗?"祖莹应声诵道:

悲彭城,楚歌四面起。尸积石梁亭,血流睢水里。

可悲叹啊,彭城,幽婉的楚歌四面唱起,将士们的尸体堆满了石梁亭,殷殷的鲜血将睢水染红。

王肃听完,十分赞赏,元勰也很高兴,归来后对祖莹说:"你一定长着一张神嘴,今天如果不是你,我几乎在王肃这个吴地来的人面前丢丑了。"能够随口赋诗,还写得颇有水准,祖莹之才思敏捷可见一斑。

与王肃有关的故事,还有一则。洛阳城南劝学里东的延贤里有一座正觉寺,为北魏尚书令王肃所建。王肃于太和十八年背叛梁而归顺北魏。当时北魏高祖孝文帝元宏新建洛阳城,大兴建筑,王肃博学多才,明了旧制,为之大有裨益。高祖非常器重他,常呼他为"王生"。"延贤里"得名,便是因王肃而起,而正觉寺乃是王肃为他的妻子所建。

王肃在南齐时已娶谢氏为妻,到了洛阳后又娶了陈留公主。谢氏因家难暂时在尼姑庵做了尼姑,后来赴北方投奔王肃,见丈夫已娶公主,乃作五言诗一首赠之:

本为箔上蚕,今作机上丝。得路逐胜去,颇忆缠绵时。

诗中说,自己本是竹箔上的春蚕,今天已变成了织布机杼上的蚕丝,比喻自己已由一名少女变成一名少妇。好不容易到了北方,找到了丈夫,应该说是获得了生路,可继续走向幸福的未来,而自己也时常回忆起那逝去的缠绵旖旎时光。希望凭借此诗勾起王肃对过往夫妻生活的回忆,重新接纳自己。

王肃不敢自作主张,怕得罪于公主,只好由陈留公主代王肃作诗答谢:

针是贯线物,目中恒任丝。得帛缝新去,何能衲故时?

公主的这首诗与谢氏"针锋相对",其大意是:针是引线之物,针眼中常穿有丝线,而今得到了新的丝绸要缝纫,哪能再去缝纫旧的百衲衣?陈留公主很委婉地拒绝了谢氏重归家庭的要求。

王肃见公主拒绝了谢氏,对谢氏深感愧疚,于是特意建造了正觉寺让谢氏居住,以求稍加弥补。

荒松无罢风

天苍苍,野茫茫

——风格独特的北朝民歌

北朝民歌产生于黄河流域,以直率粗犷为特征,少有南方民歌那种婉转缠绵的情调。如果说北朝土著文人诗歌大抵模仿南方风格而又远不能与之分庭抗礼的话,那么,北朝的民歌,却是与南朝民歌风格迥异,而毫不逊色。现存的作品有六十余首,大多收录在《乐府诗集·梁鼓角横吹曲》中,另有几篇收在《杂曲歌辞》和《杂歌谣辞》中。鼓角横吹曲是军乐,也用于仪仗、典礼、娱乐等场合。这些歌曲从北方流入南方,为梁朝的乐府机构所采录,所以在乐曲名称上冠以"梁"字。歌词的作者主要是鲜卑族,也有氐、羌、汉族的人民。

北朝民歌以质朴刚健、富有力感见长,没有南方民歌那样华美的文辞、精致的手法,更不用双关隐语的技巧。在诗歌形式上,也以五言四句体式占优势,约为百分之六十。其余多为整齐的七言、四言诗,杂言体较少。但这里要指出一点,即许多诗是经过翻译的。如《敕勒歌》,《乐府广题》说:"其歌本鲜卑语,易为齐言(指汉语)。"又《折杨柳歌》有"我本虏家儿,不解汉儿歌"二句,则可见原非汉语。翻译是一种再创作,这方面的成绩也值得赞美。

北朝民歌的内容主要集中在几个方面:反映战争和北方人民的尚武精神(如《木兰诗》);反映人民的疾苦;反映婚姻爱情生活;描写北方特有的风光景色(如《敕勒歌》)。北朝民歌内容丰富,语言质朴,风格豪放,形式上以五言四句为主,也有七言四句的七绝体和七言古体及杂言体,对唐代诗歌的发展有较大影响。质朴粗犷、豪迈雄壮是北朝民歌最显著的特色。这与北方的地理环境、民俗文化、生活方式有直接的关系。北方没有南方那样繁密而多彩的植被、曲折而湿润的水网,景观缺乏细部的变化。然而大自然在这单调之中,充分显示出它的严峻、崇高、阔大。生活在这里的人们,不大会注意细微的东西,目光总是被引向高远之处,看到的是巨大的世界。久而久之,人的心胸也就随之扩展,形成粗犷豪迈的性格。其次,北朝民歌大多出于当时的少数民族,他们原来都是

以游牧为生的,社会结构又有军事化的性质。游牧生活不像农业生产那样安定,那样井然有序,有耕耘必有收获,而是充满了变化和风险。各部落之间,也少有文化礼仪的虚饰,谁有力量谁就去征服。在与自然,与敌手的严酷斗争中,造就了民众的强悍气质,自然也就不会产生南方温柔缠绵的民歌。

也正是因为北朝民歌产生的背景复杂多样,所以尽管现存的数量远少于南朝民歌,所反映的生活内容却远比南朝民歌来得广泛,涉及社会的各个方面。

首先,北朝民歌中有很大一部分是描述北地风光和游牧生活的,如最著名的《敕勒歌》:

> 敕勒川,阴山下。
>
> 天似穹庐,笼盖四野。
>
> 天苍苍,野茫茫,风吹草低见牛羊。

开头两句"敕勒川,阴山下",敕勒是当时北方的一个少数民族部落。据考证,敕勒川在今内蒙古呼和浩特附近。诗作称敕勒川位于高耸云霄的阴山脚下,将草原的背景衬托得十分雄伟。接着两句"天似穹庐,笼盖四野",敕勒族人用自己生活中的"穹庐"做比喻,说天空如毡制的圆顶大帐篷,盖住了草原的四面八方,以此来形容极目远望,天野相接,无比壮阔的景象。这种景象只在大草原或大海上才能见到。最后三句"天苍苍,野茫茫,风吹草低见牛羊"是一幅壮阔无比、生机勃勃的草原全景图。"风吹草低见牛羊",一阵风儿吹弯了牧草,显露出成群的牛羊,描绘水草畜牧之盛,抓住草原放牧的特点,大笔如椽,充分体现出当地人对自然环境的自豪,形象生动地写出了这里水草丰盛、牛羊肥壮的景象。全诗寥寥二十余字,唱出了北方草原广阔无垠、一片苍茫的景象,表现出北方少数民族开阔的胸襟和豪迈的情怀。据《乐府广题》记载,东魏高欢进攻西魏玉壁,兵败疾发,士气沮丧,高欢令敕勒族大将斛律金在诸将士前高唱此歌,以安定军心。这首歌谣能够起到激起斗志的作用,可以推想,除了语言上的大气豪迈,它的音乐也一定是雄强有力的。

这首诗具有北朝民歌所特有的明朗豪爽的风格,境界开阔,音调雄壮,语言明白如话,艺术概括力极强。宋诗人黄庭坚说这首民歌的作者"仓卒之间,语奇如此,盖率意道事实耳"(《山谷题跋》卷七)。因为作者对草原牧民生活非常熟悉,所以能一下子抓住特点,不必用力雕饰,就能够达到很好的艺术效果。

两晋南北朝诗

生活在我国北方的少数民族，一直过着"散居野泽，随逐水草，战则与家产并至，奔则与畜牧俱逃，不赍资粮而饮食足"的游牧征战生活。特定的生活环境、各部族间不断地互相攻战侵伐，形成了他们特殊的美学理想和对美的追求，这就是贵壮尚武、尊强崇健的社会习俗。关于北方少数民族的这种社会习俗，我国史书上也多有记载。《史记·匈奴传》载："匈奴族，儿能骑羊，引弓射鸟鼠，少长，则射狐兔为食。力能弯弓，尽力甲骑，人习战攻以侵伐，其天性也。"又云，"其战，人人自为趋利。善为诱兵以奸敌。其见敌则逐利如鸟之集。""匈奴习俗，有勇健能理讼决斗者，推为大人。无世业相继，邑落各有小帅数百千落，自为一部。大人有所召呼，则刻木为信，虽无文学而部众不敢违犯。氏姓无常，以大人、健者名字为姓。大人以下，各自畜牧营产，不相徭役。其俗，贵壮健，贱老弱，壮者食肥美，老弱食其余。"这种尚武、贵健的精神一直沿袭下来，进入中原后，虽然生活方式、社会结构逐渐改变，但民族精神仍旧彪悍勇武。因此在北朝民歌中，多有对尚武精神的歌颂。

男儿欲作健，结伴不须多。鹞子经天飞，群雀两向波。

——《企喻歌》

新买五尺刀，悬著中梁柱。一日三摩娑，剧于十五女。

——《琅琊王》

前一首，描写雄健的鹞鹰冲天而起、怯懦的群雀如水波般躲向两侧，借以赞美真男儿敢以独身战众敌的英雄气概，感奋人心。后一首写对新买之宝刀日日摩挲，爱刀甚于爱少女，有一种独特的情味，从中也可看出北方民族的好武精神。

出于尚武的社会风气，健壮而武艺超群的人，可以被人们推为大人，强大的部落，可以征服其他部落充当盟主，逞令一时，威震四方。人人都希望自己成为武艺高超的壮者、健者、强者。

《折杨柳歌》中写道：

健儿须快马，快马须健儿。跸跋黄尘下，然后别雄雌。

他们希望通过战斗、比武，战胜对手，使自己成为人们崇敬的英雄人物。

人们对壮者、强者由衷地敬慕和佩服。《琅琊王歌》中写道：

> 客行依主人，愿得主人强。猛虎依深山，愿得松柏长。
>
> 快马高缠鬃，遥知身是龙。谁能骑此马？唯有广平公。

人们歌颂强者，愿意依附于强者，追随武艺超群的人，一是自身能够获得保护，同时，也能让自己在强者的手下，施展才能，在征战侵伐中，获得更多的物质利益，改善自己的生活待遇。

北朝十六国更替频繁，带来的是长期的战乱，百姓流离失所，民不聊生。因此反映离乡漂泊之悲，徭役、从征之苦，也是民歌中常见的内容。

> 男儿可怜虫，出门怀死忧。尸丧狄谷中，白骨无人收。
>
> ——《企喻歌》

这首诗写的是悲苦的漂泊生活。以嘲弄的口气发出对死亡的悲叹，男子们为了保卫家园或是谋求生计而离家远行。然而在战乱的时代中，离家容易归家难，或许这一去就死在他乡，连尸骨都没人收拾，明快豪爽中包含了复杂的情绪。但即使生活多艰，前途莫测，诗作也并没有陷入长叹短吁、哀哀凄凄的氛围，总不失男儿本色。

北朝民歌中还有一些反映下层民众贫苦生活的歌，是南北朝文学中较为少见的：

> 雨雪霏霏雀劳利，长嘴饱满短嘴饥。
>
> ——《雀劳利歌辞》

> 快马常苦瘦，剿儿常苦贫。黄禾起嬴马，有钱始作人。
>
> ——《幽州马客吟歌辞》

这两首短歌，都是以生动直接的比喻，道出社会生活中简单而又深刻的道理。前一首以雀为喻，"长嘴"比喻机灵滑头的人，"短嘴"则代指老实本分的

人。如同长嘴的雀鸟总是能够吃得饱,而短嘴的就总是挨饿一样,生活中也总是能言善道的人得利,憨厚老实的吃亏。后一首则是明确地提出来"有钱始作人",明明白白地说,没有钱就不能像样地做人!"剿儿"指健儿,就如同能跑得很快的马也常常因为吃不饱而苦恼,即使是有能力的健儿,也会为钱财所困窘。黄禾是用来喂马的上等饲料,好饲料才能让瘦马长起膘来;而人只有足够富有,才能够享受身为人的尊严和待遇。言外之意自然有对财富的渴望,也有对两极分化、贫民没有社会地位的怨愤。这两首诗都没有华丽的语言,更没有什么难以理解的典故,只用最简单的比喻,说出了普通人民的内心本色语。因为简单,才格外深刻。

我们常说,爱情是人类永恒的话题,有关爱情的诗作在古今中外都处处可见,北朝民歌自然也不例外。而北朝民歌中对爱情和婚恋的描述,有独特的风格。北朝民歌中有一组叙述畜牧、射猎、爱情紧密结合的《地驱乐》:

> 青青黄黄,雀石颓唐。槌杀野牛,押杀野羊。
>
> 驱羊入谷,白羊有前。老女不嫁,蹋地唤天。
>
> 侧侧力力,念郎无极。枕郎左臂,随郎转侧。
>
> 摩挱郎须,看郎颜色。郎不念女,各自努力。

这是一组描写青年男女爱情的民歌,关于南北朝时期,我国北方少数民族的婚姻习俗,史书上多有记载。《后汉书》载:"其嫁娶,则先略女通情,或丰岁百日,然后送牛马羊畜以为聘币。"又云:"以季春月,大会于饶乐水上,饮燕毕,然后配合","婚姻之法,二家相许竟,辄盗妇将去,然后送牛马杌聘,更将妇归家,待有孕,乃相许,随还舍。"

由以上史料可知,少数民族的婚姻习俗比起中原汉族,要更为开放,只需要女方同意后用牲畜下聘,就可以成就婚姻了。《地驱乐》组诗,描写和叙述的就是青年男女从射猎、畜牧,到求爱、欢娶、通情、配合的全过程。第一首写的是猎杀野牛野羊,为下聘做准备的场景;第二首则是征求女方的同意,而"老女不嫁,蹋地唤天"则生动地展现了我国北方少数民族年轻少女粗犷质朴的性格;第三首中,二人已经情投意合,"枕郎左臂,随郎转侧",把青年男女欢合的情形,表露无遗。语言朴实,心境坦诚,没有丝毫的羞涩之感;"摩挱郎须,看郎颜色",又表现了他们心心相印,情意胶合,相互间深深的爱恋。纵观全诗,表达的感情粗犷而不粗野,质朴而不庸俗。

《折杨柳枝歌》也是一曲描写爱情的歌,诗中描写了一个年轻少女对爱情的向往和追求:

> 门前一株枣,岁岁不知老。阿婆不嫁女,那得孙儿抱。

"阿婆不嫁女,那得孙儿抱",直言快语,无遮无掩,这在南朝民歌中是绝对见不到的。汉族女子即使偶然听到家中父母商量自己的婚事,也是要掩面回避的,更别说是这样直截了当地流露出恨嫁之心。这也是北方少数民族在性格上和南朝汉民族的明显不同之处。

北朝的女子可以主动地、大胆地、直率地、坦诚地去寻求,公开地、毫不掩饰地表明自己的观点,吐露自己的爱意。《捉搦歌》就是这样的诗篇:

> 粟谷难舂付石臼,弊衣难护付巧妇。
> 男儿千凶抱人手,老女不嫁只生口。
>
> 谁家女子能行步,反著袂裈后裙露。
> 天生男女共一处,愿得两个成翁姬。
>
> 黄桑柘屐蒲子履,中央有丝两头系。
> 小时怜母大怜婿,何不早嫁论家计!

诗句明快爽朗,"男儿千凶饱人手,老女不嫁只生口。"这是大声的呼唤,公开的宣讲,男子就是给人吃饱饭的,女人就是生儿育女的,这里"只"音"母",即"不"的意思。老女不嫁,是不会生孩子的呀! 这就说得多么粗犷坦诚,大胆而又真实!

"天生男女共一处,愿得两个成翁姬。"用现在的话说,就是天生男女就是要结合在一起的,我们两个人结婚吧! 这种求爱的态度和语言,是何等的直爽、大

胆、坦荡、干脆！

"小时怜母大怜婿，何不早嫁论家计！"，女孩子小时候是爱母亲的，长大了就该爱丈夫了，为什么不让女子早点嫁人，为自己的小家操持呢？"论家计"是鲜卑族的一种社会习俗，指由女性全权处置家中大小事宜。《颜氏家训》在讲到鲜卑族这种社会习俗时说："邺下风俗，专以妇持门户，争讼曲直，造请逢迎，车乘填街衢，绮罗盈府寺，代子求官，为夫诉屈，此乃恒代之遗风乎！"妇女专持门户，也是人们对美好幸福家庭生活的追求，"何不早嫁论家计"正表达了人们对这种爱情及家庭生活的追求和向往。

爱，是人类的天性，也最能体现一个民族的美学思想和对美的追求。从以上引述的材料可知，我国北方少数民族，他们的爱是质朴的，也是坦率真诚的，甚至是肆无忌惮、无所顾忌的，人性中爱的天赋在北朝的民歌中被热烈地赞颂，大方地表达，形成了与温婉缠绵的南朝民歌完全不同的风貌，也是我国诗歌史上难得的佳作。

北朝民风粗犷，女性地位普遍较高，受到的约束也比南朝的汉族女性少。这不仅体现在女性可以大胆追求爱情、直言婚姻上；更体现在社会生活的平等上，女性可以像男性一样驰骋沙场，成就事业。北朝民歌中有一部分敬重女性，歌颂女中豪杰的诗作，这在中国古代诗歌史上殊为少见。《李波小妹歌》就是其中的一首：

> 李波小妹字雍容，褰裙逐马如卷蓬。
> 左射右射必叠双，妇女尚如此，男子那可逢！

据《魏书·李安世传》记载，北魏献文帝时，广平人李波发动了反抗北魏的起义。李波的妹妹名叫李雍容，与其兄一样，英勇善战。诗中的李雍容完全没有南朝女子那样不可随意抛头露面的禁忌，她像男子一样征战沙场，提起裙子上马驰骋，如同一阵旋风卷过；在飞驰的马上开弓射箭，依然百发百中，是何等的英姿飒爽！虽然起义以失败告终，但这首赞颂李雍容的歌谣却一直流传了下来。

相比南朝森严的等级制度来说，北朝并没有严苛的礼法限制，因此在北朝的民歌中，就出现了许多对当权者的揶揄讽刺，乃至批判之作。这些歌谣能在民间传唱并一直流传下来，可见当时北朝的统治者们还是相对比较开明的，民风也较为粗犷大方。

两晋南北朝诗

《高阳乐人歌》：

> 可怜白鼻𬴊，相将入酒家。无钱但共饮，画地作交赊。

> 何处蹀𩥽来，两颊红似火。自有桃花容，莫言人劝我。

高阳王，北魏孝文帝拓跋宏之子拓跋雍，《魏书》称其"贵极人臣，富兼山海"，"歌姬舞女，击筑吹笙，丝管叠奏，连宵尽日"，是一个酷爱音乐又极为奢侈的诸侯王。这两首诗写的就是高阳王日常的生活。

第一首诗是写鲜卑族人的豪饮不羁之态。首句写马，马是骏马，人当亦不凡，故赞马即是赞人。"相将"，自然不止一人，三三两两，互相搀扶，步履踉跄。什么原因，诗未做交代，但联系下文的"无钱"，或许是已在他处豪饮过一番，以致囊中空空如也。可即便如此，挂了账还要再喝，"画地作交赊"，生动地写出了嗜酒者的豪爽情态。明代钟惺评此诗"写得爽"（《古诗归》），当即是指此而言。

第二首诗在内容上与第一首有一定联系，写痛饮归家后与妻子的对话。前两句是妻子问，不满揶揄之意显然，但嗔怪中又蕴有体贴关怀之情。丈夫的答语更妙，全然回避"何处"饮酒的提问，反说自己生来脸色红润，一口否认有人请喝酒。一问一答，结构别致，情趣横生。

诗作虽是写贵为皇子的高阳王，但毫不客气，完全没有为尊者讳的意识，而是将高阳王喝得醉醺醺的失态模样勾勒得惟妙惟肖，生动传神。揶揄的口气显露无遗。

不仅仅是嘲讽，北朝民歌还将讽刺、揭露、批判的矛头首先指向了北朝的最高统治阶层，这是南朝民歌所不及的。《咸阳王歌》就是这样一首民歌：

> 可怜咸阳王，奈何做事误。
> 金床玉几不能眠，夜踏霜与露。
> 洛水湛湛弥崖长，行人好得度？

咸阳王，是魏孝文帝的弟弟，孝文帝死，他发动政变，企图夺取皇位，事发后逃跑，欲渡洛水、黄河，逃回故都平城，未及渡河而被擒。百姓就创作了这首民歌，对他予以批判和揭露。

两晋南北朝诗

· 165 ·

《陈留章武歌》也是一曲揭露和批判统治者的民歌：

陈留章武，伤腰折股。贪人败类，秽我明主。

陈留，是指陈留公李崇；章武是指章武王拓跋融。《魏书》载，灵太后胡充华，一次将大臣们带至国库，让大臣们随意拿取国库中的财宝。李崇和拓跋融贪财心切，为了拿走更多的财物，一个扭伤了腰，一个摔断了腿。人们编此民歌，对他们的贪婪行为进行辛辣的讽刺。

《狐非狐歌》也是一曲揭露北朝最高统治者争权夺利的民歌：

狐非狐，貉非貉，焦梨狗子啮断索。

据《魏书》载，公元534年，宇文泰强迫魏孝武帝迁都长安，高欢在邺城立元善见为帝，称孝静帝，北魏分为东、西魏。西魏恭帝三年（公元556年），实际掌握西魏政权的宇文泰死后，次年初，长子宇文觉废西魏恭帝自立（孝闵帝），国号周，建都长安，史称北周。此诗就是对宇文泰篡夺西魏政权行为的讽刺。因为宇文泰小名叫黑獭。獭这种动物，既像狐，又非狐；既像貉，又非貉。故诗中说他"狐非狐，貉非貉"。"索"是指北魏拓跋鲜卑族的统治者，因为他们把头发编成辫子，称为"索发"，南朝人称他们为"索虏"。所谓"咬断索"就是夺取了拓跋鲜卑族的统治权。

北朝民歌，词义贞刚，重乎实用。北朝人认为，民歌应该对急剧变化的社会现实，予以强烈的反响和抗争。民歌不应该，也不是远离社会生活的个人行为，它是时代的风雨表，它应紧密地和时代脉搏一起跳动。以歌为武器鞭挞和揭露社会和政治生活中一切丑恶的现象，以抒发人们的愤懑和不满，这是民歌的社会和用途之一，它深刻地蕴含着人们的审美观和美学理想。

简单介绍过北朝民歌后，我们可以发现，与南朝民歌相比较，北朝民歌以直率粗犷为特征，少有南方民歌那种婉转缠绵的情调；在语言风格上以质朴刚健、富有力感见长，没有南方民歌那样华美的文辞、精致的手法，更不用双关隐语的技巧。总体而言，北朝民歌反映了北方游牧民族的传统风俗习惯、民风民情，朴实直白，泼辣勇武，呈现出鲜活、生动的独特魅力，与南朝民歌的温婉含蓄共同构成了这一时期诗坛上相互辉映的美景。

两晋南北朝诗

只今闾里崇祭祀，千古英雄一女郎

——北朝民歌代表作《木兰诗》

　　南朝乐府以《西洲曲》为代表，而北方民歌的杰出代表则是《木兰诗》，为了更好地理解这首长诗，我们将其从北方民歌中独立出来，单独介绍。先来看诗作的全文：

唧唧复唧唧，木兰当户织。不闻机杼声，唯闻女叹息。

"问女何所思，问女何所忆？""女亦无所思，女亦无所忆。

昨夜见军帖，可汗大点兵，军书十二卷，卷卷有爷名。

阿爷无大儿，木兰无长兄，愿为市鞍马，从此替爷征。"

东市买骏马，西市买鞍鞯，南市买辔头，北市买长鞭。

旦辞爷娘去，暮宿黄河边。

不闻爷娘唤女声，但闻黄河流水鸣溅溅。

旦辞黄河去，暮至黑山头。

不闻爷娘唤女声，但闻燕山胡骑鸣啾啾。

万里赴戎机，关山度若飞。朔气传金柝，寒光照铁衣。

将军百战死，壮士十年归。归来见天子，天子坐明堂。

策勋十二转，赏赐百千强。

可汗问所欲，"木兰不用尚书郎，愿驰千里足，送儿还故乡。"

爷娘闻女来，出郭相扶将；阿姊闻妹来，当户理红妆；

小弟闻姊来，磨刀霍霍向猪羊。

开我东阁门，坐我西阁床，脱我战时袍，着我旧时裳。

当窗理云鬓，对镜贴花黄。出门看伙伴，伙伴皆惊惶。

"同行十二年，不知木兰是女郎。"

"雄兔脚扑朔，雌兔眼迷离，双兔傍地走，安能辨我是雄雌？"

两晋南北朝诗

　　《木兰诗》是我国南北朝时期北方的一首长篇叙事民歌，也是一篇乐府诗。记述了木兰女扮男装，代父从军，征战沙场，凯旋回朝，建功受封，辞官还家的故事，充满传奇色彩。

　　开头两段，写木兰决定代父从军。诗以"唧唧复唧唧"的织机声开篇，展现"木兰当户织"的情景。然后写木兰停机叹息，无心织布，不禁令人奇怪，由此引出一问一答，道出木兰的心事。木兰之所以"叹息"，不是因为儿女的心事，而是因为天子征兵，父亲在被征之列，父亲既已年老，家中又无长兄，于是决定代父从军。

　　第三段，写木兰准备出征和奔赴战场。"东市买骏马……"四句排比，写木兰紧张地购买战马和乘马用具，表示对此事的极度重视，同时也用四处奔走衬托出木兰内心的忐忑与紧张；"且辞爷娘去……"八句以重复的句式，写木兰踏上征途，马不停蹄，日行夜宿，离家越远思亲越切。这里写木兰从家中出发经黄河到达战地，只用了两天就走完了，夸张地表现了木兰行进的神速、军情的紧迫、心情的急切，使人感到紧张的战争氛围。其中写"黄河流水鸣溅溅""燕山胡骑鸣啾啾"之声，还衬托了木兰的思亲之情。

　　第四段，概写木兰十来年的征战生活。"万里赴戎机，关山度若飞"，概括上文"且辞……"八句的内容，夸张地描写了木兰身跨战马，万里迢迢，奔往战场，飞越一道道关口，一座座高山。"朔气传金柝，寒光照铁衣"，描写了木兰在边塞军营艰苦战斗生活的一个画面：在夜晚，凛冽的朔风传送着刁斗的更声，寒光映照着身上冰冷的铠甲。"将军百战死，壮士十年归"，概述战争旷日持久，战斗激烈悲壮。将士们十年征战，历经一次次残酷的战斗，有的战死，有的归来。而英勇善战的木兰，则是有幸生还，成为奏凯而归的将士之一。

　　第五段，写木兰还朝辞官。先写木兰朝见天子，然后写木兰功劳之大，天子赏赐之多，再说到木兰辞官不就，愿意回到自己的故乡。"木兰不用尚书郎"而愿"还故乡"，固然是她对家园生活的眷念，但也自有秘密在，即她是女儿身。天子不知底里，木兰不便明言，颇有戏剧意味。

　　第六段，写木兰还乡与亲人团聚。先以父母姊弟各自符合身份、性别、年龄的举动，描写家中的欢乐气氛，展现浓郁的亲情；再以木兰一连串的行动，写她对故居的亲切感受和对女儿妆饰的喜爱，一副天然的女儿情态，表现她归来后情不自禁的喜悦；最后作为故事的结局和全诗的高潮，是恢复女儿装束的木兰与伙伴相见的喜剧场面。

第七段,用比喻作结。以双兔在一起奔跑,难辨雌雄的隐喻,对木兰女扮男装、代父从军多年未被发现的奥秘加以巧妙的解答,妙趣横生而又令人回味。

诗作塑造了木兰这一不朽的人物形象,既富有传奇色彩,而又真切动人。木兰既是奇女子又是普通人,既是巾帼英雄又是平民少女,既是矫健的勇士又是娇美的女儿。她勤劳善良又坚毅勇敢,淳厚质朴又机敏活泼,热爱亲人又报效国家,不慕高官厚禄而热爱和平生活。一千多年来,木兰代父从军的故事在我国家喻户晓,木兰的形象一直深受人们喜爱。

诗作主人公木兰代父从军、功成身退的故事,早已为人们所熟知。北朝民风剽悍,尚武是一个时代的风尚,就是女子也不是整天围着闺房转,动辄就是针织女红,而是和男子一样习武练剑,弓马娴熟,武艺出众。之前提到的李波小妹也是这样一位女子:"褰裙逐马如卷蓬,左射右射必叠双。"(《李波小妹歌》)木兰这一艺术形象和仅仅是武艺超群的李波小妹比起来,显然更加妩媚可爱,具有更为丰富的文化内涵。她和其他北方女子一样具有尚武精神,武艺超群,不仅如此,在她身上还凝聚了忠、孝、智、勇等中华民族优秀的传统美德。

首先是其孝。听到将要征其父入伍的消息,木兰十分着急,因为她上无兄长,没有人能够代替父亲应征,于是萌生了替父从军的念头:"愿为市鞍马,从此替爷征。"她不愿年迈的父亲去经受征战之苦,毅然女扮男装,替父从军,"东市买骏马,西市买鞍鞯。南市买辔头,北市买长鞭",辞别父母,踏上了征程。诗人只是用了"不闻机杼声,唯闻女叹息"二句,就写出了木兰见到"军帖"的复杂心情,写出了木兰对"阿爷无大儿,木兰无长兄"的焦虑和忧愁,表现出木兰对父母的关爱和孝敬,一个孝女形象自然而然地树立起来。

其次是其忠。孝是忠的基础,木兰代父从军,可谓是忠孝两全。以女儿之身女扮男装,和男子汉一样战场上与敌寇拼杀,既是为父尽孝,又是为国尽忠。她离开父母远征,虽然不能膝前尽孝,但是却用杀敌报国实现了对长辈的孝,而对国家的忠同时也得到了很好的表现。

再次是其勇。木兰从军之后,战场上英勇杀敌,奋不顾身:"万里赴戎机,关山度若飞。朔气传金柝,寒光照铁衣。将军百战死,壮士十年归。"十二年之间,木兰像真正的男儿一样南征北战,身冒矢镞,英勇作战,功勋卓著,表现出中华儿女同仇敌忾、抗敌御辱的爱国精神。

最后是其智。一个女孩儿家,和男子汉一样征战十二年,而能不露女儿本色,需要很高的智慧。但最能表现其智慧的,则是功成身退,不慕功名利禄。十

两晋南北朝诗

二年的厮杀,木兰建立了赫赫战功,天子又是封赏,又是许官,若是寻常人物面对如此显赫的功名利禄,恐怕早就对着皇帝三叩九拜山呼万岁了。但是木兰很明智,她可以为父尽孝,为国尽忠,却不愿随朝伴君,且不说"鸟尽弓藏,兔死狗烹",就是在天子驾前,焉知不是伴君如伴虎呢?

木兰代父从军,慷慨赴国难,不是为了功名利禄,而是为了孝顺父母,报效国家。一旦战火熄灭,刀枪入库,她最大的愿望则是回到家乡,还其女儿本色,过自由自在的生活,享受家人团聚的天伦之乐。诗歌在简约而凝练地表现了木兰的忠、孝、智、勇之后,着重描写了她回归女儿本色的天真快乐:"开我东阁门,坐我西阁床。脱我战时袍,着我旧时裳。当窗理云鬓,对镜贴花黄。"当她以一身女儿妆出来和昔日的战友相见时,人们都十分吃惊:"同行十二年,不知木兰是女郎"。只此两句,诗歌的喜剧效果尽数显现出来。木兰代父从军的故事,在伙伴的惊异和木兰"安能辨我是雄雌"的诙谐调笑中戛然而止,画上了一个圆满的句号。

然而木兰的生活并没有就此结束,人生并不像童话故事,可以用一句"王子和公主从此过上了幸福美满的生活"来概括。木兰辛苦奋战多年,也没有换得一个平安终老的机会。据《归德府志》《商丘县志》等记载:"朝廷知其为女子,欲纳入宫,木兰不敢从,遂自尽。唐封为'孝烈将军',乡人为之立庙。"木兰回家后,恢复了女儿妆饰,原以为可以侍奉父母,过平凡女子的生活,可没想到朝廷得知木兰是女子后,竟下旨要将她纳入后宫。在木兰心中,"臣无媲君礼制",多年的征战生涯,早就让她习惯于将自己视为兵士、臣子,既然是臣子,于情于理都不该嫁给君主,而她为了保卫家国所做的一切努力也绝不是要换来一个入宫为妃的结果。但是朝廷并没有体谅木兰的苦衷,反而多方施加压力,木兰终于不堪重负,自杀身亡了。

为全忠孝,毅然替父从军的木兰,将自己身为女性最娇艳、最珍贵的青春年华耗费在了残酷血腥的沙场上,以柔弱的女子之身,力克强敌,保家卫国。然而最终却不能保全自己的性命,命运的不能自主,不能不说是女性的一大悲哀,即使是对木兰这样一位智勇双全、能征善战的女性,也是一样。

后世小说家们看到了木兰结局的悲惨,试图探索另一种女性生活的方式,于是塑造了"花又兰"的形象。在小说家笔下,花又兰是木兰的妹妹,木兰曾答应替窦线娘牵线,成就其与罗成的婚事。但可汗看中木兰,要强纳为妻,木兰决心以死抗争,又不愿意背弃承诺,就托付又兰,女扮男装,替她完成与窦线娘的

约定。又兰看到姐姐的命运,害怕可汗得不到木兰,转而强求自己,又不愿像木兰一样以死抗争,于是答应了姐姐的请求,女扮男装去寻找罗成。可以看出,又兰是有意识地逃避木兰的命运,才想要去寻求另外一种人生道路的。最后的结局是又兰帮助窦线娘和罗成成就了婚姻,自己也被许配给了罗成为妾。看似圆满,但终究没有逃脱与人共侍一夫的传统女性命运。由此可见,在中国古代社会,女性始终处于从属地位,再能干、再有才华的女子,最终也要依附于男子,才能获得相对平静的生活,木兰也好,又兰也好,都是如此,如果不愿服从,就只能以死抗争,或是遁入空门,这就是无法抗争的命运。

多年后,在现代战场上,也出现了一名和花木兰一样女扮男装的战斗英雄,她就是郭俊卿。郭俊卿是全国特等战斗女英雄,她生于1931年,是辽宁省凌源县人。出身贫苦,从小就对地主阶级充满仇恨。1945年,为了给被地主害死的父亲报仇,她隐瞒自己的真实性别,又把年龄报大两岁,用假名郭富参军。先后当过通信员、警卫员、班长、连队文书和副指导员。在艰苦的战争岁月里,她女扮男装五年之久,和男同志一样,冲锋陷阵,征战沙场,为中国人民的解放事业出生入死,屡建奇功,被誉为"现代花木兰"。

为了不暴露女儿身的秘密,五年中,郭俊卿从不脱衣睡觉,也不和大家一起洗澡、上厕所。1950年4月,劳累过度的郭俊卿生病住进医院,被医生发现了女儿身。同年9月,她作为特等战斗英雄,出席了全国战斗英雄代表大会,受到毛泽东、刘少奇、朱德、周恩来等党和国家领导人的亲切接见。代表大会结束后,郭俊卿作为中国青年代表团成员,出访苏联,受到莫斯科东方大学学生的热烈欢迎。回国后,进入中国人民大学学习。毕业后,根据组织安排,郭俊卿转业到地方工作,先后担任过山东省青岛市第一服装厂厂长、山东省曹县民政局副局长等职。1981年离休后在江苏省常州市定居。1983年9月病逝于南京。

这位"现代花木兰"的人生经历看似要平稳得多,可她的爱情婚姻生活一样不幸。过多的扮演男性角色使得周围的男性都将郭俊卿视为同事、战友,而不是女性。在两次失败的感情经历后,郭俊卿放弃了作为女性最大的愿望:成就一个家庭。她终身没有结婚,将姐姐的女儿视为己出,一直抚养长大,工作期间把自己的工资节省下来,救助身边有困难的老人和孩子,就这样直到去世。

虽然花木兰的命运令人扼腕,但她女扮男装,替父从军,征战沙场的故事广为流传,并为人称颂,不仅当地的百姓为木兰建庙祭祀,后世的诗人们亦多有诗作赞颂木兰的义举:

两晋南北朝诗

题木兰庙

唐·杜牧

弯弓征战作男儿，梦里曾经与画眉。

几度思归还把酒，拂云堆上祝明妃。

题木兰祠

清·徐作肃

远廓东南孝烈祠，木兰桑榜记隋时。

仓皇戎檄摧穷老，慷慨中闺有健儿。

铁甲环来杂佩冷，鸾书绝去令威迟。

千看血食瞻灵爽，伏腊金枝宛宛披。

题木兰祠

清·查岐昌

帕首弓腰出阁姿，苍凉营廓纪完碑。

俯怜弟妹辞家远，爷答君亲矢节奇。

世上几曾留姓氏，人间那复辨雄雌。

女郎剩取花名在，岁岁春风一度吹。

两晋南北朝诗